LE ROI SERPENT

À propos de l'auteur :

L'univers créatif de Jeff Zentner prend racine dans la musique. Guitariste professionnel, il a joué avec les plus grands : Iggy Pop, Nick Cave, Debbie Harry… et a découvert l'écriture à travers les chansons. C'est en faisant du bénévolat dans un camp de vacances pour adolescents dans son Tennessee natal qu'il a trouvé l'inspiration pour *Le Roi Serpent,* son premier roman. Couronné d'innombrables prix littéraires et de critiques élogieuses, traduit dans dix pays, Jeff Zentner est très vite devenu l'une des voix les plus importantes sur la scène littéraire young adult mondiale. Son second roman, *Le jour de nos adieux*, paraîtra fin 2019 chez PKJ 15+.

JEFF ZENTNER

LE ROI SERPENT

Traduit de l'anglais (États-Unis)
par Caroline Bouet

POCKET JEUNESSE
PKJ·

Titre original :
The Serpent King

Collection « Territoires » dirigée
par Pauline Mardoc

Loi n° 49 956 du 16 juillet 1949 sur les publications
destinées à la jeunesse : février 2019

ISBN : 978-2-266-28353-3
Dépôt légal : février 2019

À Tennessee Luke Zentner, mon beau garçon.
Mon cœur.

1

Dill

Il y avait certaines choses que Dillard Wayne Early Jr redoutait plus que la rentrée scolaire à Forrestville High. Pas beaucoup, mais il y en avait. Penser à l'avenir, par exemple. Dill n'aimait pas ça. Parler religion avec sa mère n'était pas non plus trop son truc. Après leurs discussions, il ne pouvait s'empêcher de pousser un « ouf » de soulagement. Il détestait aussi l'expression sur le visage des gens lorsqu'ils apprenaient son nom. L'échange qui s'ensuivait était rarement agréable.

Et ce qu'il aimait vraiment le moins, c'était rendre visite à son père, le pasteur Dillard Early Sr, à la prison de Riverbend. Ce jour-là, il n'allait pas à Nashville pour le voir, mais une peur rampante le tenaillait, et il ne savait pas pourquoi. Peut-être était-ce parce que les cours reprenaient le lendemain… Pourtant, il ne ressentait pas la même chose que lors des rentrées scolaires précédentes.

Cela aurait été encore pire sans Lydia. Un mauvais jour à ses côtés valait mieux qu'un bon jour sans elle.

Dill arrêta de gratter sa guitare et se mit à écrire dans le cahier de musique bon marché ouvert par terre devant lui. Le climatiseur délabré collé à la fenêtre sifflait péniblement, perdant la bataille contre la moiteur qui régnait dans le salon.

Dill entendit une guêpe marteler la vitre. Il se leva du canapé en lambeaux et alla près de la fenêtre, qu'il dut forcer. Elle finit par s'ouvrir en crissant.

Dill guida l'insecte vers l'interstice.

— Vaut mieux pas que tu restes ici, murmura-t-il. Cette maison n'est pas un bon endroit pour mourir. Allez, dehors.

La guêpe s'arrêta sur le rebord, sembla regarder une dernière fois la maison, et prit son envol. Dill fut presque obligé de se suspendre à la fenêtre pour la refermer complètement.

Sa mère entra, vêtue de son uniforme de femme de ménage au motel. Elle paraissait fatiguée. Elle semblait tout le temps l'être, ce qui lui donnait l'air d'avoir bien plus de trente-cinq ans.

— Pourquoi tu as ouvert la fenêtre alors que la clim est allumée ? L'électricité, c'est pas gratuit.

Dill se retourna.

— Guêpe.

— Pourquoi t'es habillé pour sortir ? Tu vas quelque part ?

— Nashville.

Pitié, ne pose pas la question que tu vas me poser.

— Tu vas voir ton père ?

Dill perçut dans sa voix de l'espoir, mais aussi comme un reproche.

— Non.

Il détourna la tête.

Sa mère s'avança vers lui et plongea ses yeux dans les siens.

— Et pourquoi ?

Dill s'efforçait d'éviter son regard noir.

— Parce qu'on n'y va pas pour ça.

— C'est qui, « on » ?

— Moi. Lydia. Travis. Comme d'hab'.

Elle posa une main sur sa hanche.

— Pourquoi vas-tu à Nashville, alors ?

— Vêtements pour l'école.

— Tes vêtements sont bien.

— Non. Ils commencent à être trop petits.

Dill souleva ses bras squelettiques, et son tee-shirt révéla son ventre concave.

— Tu comptes te les acheter comment ?

Sa mère, dont le front comptait bien trop de rides pour son âge, fronça les sourcils.

— Avec les pourboires que je reçois en aidant les gens à transporter leurs courses jusqu'à leur voiture.

— Un voyage gratuit pour Nashville. Tu devrais en profiter pour rendre visite à ton père.

Dis plutôt : t'as intérêt à rendre visite à ton père, sinon...

Dill la regarda dans les yeux d'un air déterminé.

— J'ai pas envie. J'aime pas aller là-bas.

Sa mère croisa les bras.

— Ce n'est pas censé être marrant, sinon ça ne serait pas la prison. Tu crois que ça lui plaît, à lui ?

Sûrement plus qu'à moi. Dill haussa les épaules et regarda par la fenêtre.

— Ça m'étonnerait.

— Je ne te demande pas grand-chose, Dillard. Ça me ferait plaisir. Et à lui aussi.

Dill soupira mais resta muet. *Tu demandes beaucoup de choses sans jamais vraiment les demander.*

— Tu lui dois bien ça. Toi, au moins, tu as du temps libre.

Elle ne le lâcherait pas. S'il n'allait pas le voir, elle le tourmenterait plus longtemps que s'il cédait. La peur tapie au creux de l'estomac de Dill s'intensifia.

— Peut-être. Si on a le temps.

Alors que sa mère s'apprêtait à essayer de lui arracher un engagement plus ferme, une Toyota Prius bardée d'autocollants remonta leur rue à toute vitesse et s'arrêta devant leur maison en klaxonnant. *Merci, mon Dieu !*

— Je dois y aller, déclara Dill. Bonne journée au boulot.

Il serra sa mère dans ses bras pour lui dire au revoir.

— Dillard…

Mais il était déjà parti. Le cœur lourd, il sortit dans la lumière éclatante de cette matinée d'été, se protégeant les yeux du soleil à l'aide de sa main. 9 h 20 seulement, et l'humidité vous assaillait déjà, enveloppant votre visage telle une serviette chaude et mouillée. Il jeta un œil à l'église baptiste qui se trouvait en haut de la rue, devant chez lui. Il plissa les yeux pour lire ce qui était affiché sur le panneau, par habitude. CONNAÎTRE JÉSUS, C'EST CONNAÎTRE LA PAIX.

Et si on connait Jésus mais pas la paix ? Est-ce que cela veut dire que le panneau se trompe, ou bien qu'on ne connaît pas Jésus aussi bien qu'on le pense ? Dans un cas comme dans l'autre, cela n'augurait rien de bon, si Dill en croyait l'éducation qu'il avait reçue.

Il ouvrit la portière et entra dans la voiture. Au contact de l'air climatisé glacial, les pores de sa peau se rétractèrent.

— Salut, Lydia.

Elle attrapa son exemplaire tout usé du *Maître des illusions* sur le siège passager avant que Dill s'assoie dessus, et le balança sur la banquette arrière.

— Désolée pour le retard.

— T'es pas du tout désolée.

— Bien sûr que non. Mais faut bien que je fasse semblant. Une histoire de conventions sociales, blablabla.

Lydia avait systématiquement vingt minutes de retard. Et pas la peine d'essayer d'être plus malin qu'elle en lui demandant de vous retrouver vingt minutes avant l'heure à laquelle vous vouliez réellement qu'elle arrive. C'était le meilleur moyen pour qu'elle ait quarante minutes de retard. Elle avait un sixième sens pour ces choses-là.

Lydia se pencha vers Dill et le serra contre elle.

— Tu transpires déjà et on n'est que le matin. Les garçons sont vraiment des créatures vulgaires.

Les montures noires de ses lunettes grincèrent contre les pommettes de Dill. Ses cheveux bleu-gris, de la couleur délavée d'un ciel de novembre, sentaient le miel, la figue et le vétiver. Dill inhala leur parfum. Sa tête tangua un peu, mais la sensation était agréable. Lydia était vêtue pour Nashville : chemisier rétro sans manches en vichy rouge, short noir en jean taille haute et bottes de cow-boy vintage. Il adorait sa façon de s'habiller, chaque nuance de son style – et elles étaient nombreuses.

Dill eut à peine le temps de boucler sa ceinture que Lydia le cloua à son siège en appuyant sur l'accélérateur.

— Désolé, ma clim à moi ne me donne pas l'impression d'être en décembre en plein mois d'août.

À moins d'ouvrir son frigo, Dill pouvait passer plusieurs jours sans sentir d'air aussi frais que celui de la voiture de Lydia.

Elle tendit le bras et fit tourner le bouton de la climatisation vers la gauche.

— Je milite pour que ma voiture lutte contre le réchauffement climatique par tous les moyens.

Dill orienta l'un des ventilateurs vers son visage.

— Ça ne t'arrive jamais de penser à quel point c'est bizarre que pendant que la Terre se déplace à toute vitesse dans le vide noir intersidéral où il fait genre moins cinq cents degrés, nous, on est ici, à suer comme des porcs ?

— Ça m'arrive souvent de penser à quel point c'est bizarre que pendant que la Terre se déplace à toute vitesse dans le vide noir intersidéral, toi, t'es ici, à sortir des trucs vraiment chelous.

— Bon, on va où, à Nashville ? Chez *Opry Mills* ?

Lydia le fusilla du regard avant de rediriger son attention sur la route. Elle lui tendit la main tout en gardant les yeux rivés droit devant elle.

— Toutes mes excuses. Je pensais qu'on était amis depuis la troisième, mais apparemment, c'est la première fois qu'on se rencontre. Je m'appelle Lydia Blankenship. Et vous ?

Dill profita de cette l'occasion pour prendre sa main dans la sienne.

— Dillard Early. Ce nom vous dit peut-être quelque chose, à cause de mon père.

La petite ville de Forrestville, dans le Tennessee, avait été profondément scandalisée quand le pasteur de l'église des Disciples du Christ avait été incarcéré à la prison d'État – et pas pour les raisons auxquelles les gens pouvaient s'attendre. Tout le monde se disait qu'un jour, il aurait des ennuis à cause des quelque vingt-sept crotales et vipères cuivrées qui circulaient chaque dimanche entre ses fidèles. Personne n'aurait su affirmer quelle loi ils enfreignaient, mais cette pratique ne paraissait pas bien légale. D'ailleurs, après son arrestation, l'agence de protection de la faune du Tennessee avait réquisitionné les serpents. Les gens pensaient aussi que persuader ses paroissiens de boire de l'acide sulfurique et de la strychnine – une autre de ses activités de prédilection pendant le culte – lui vaudrait peut-être un jour d'en découdre avec les autorités. Mais non, c'était un autre genre de poison qui l'avait envoyé à la prison de Riverbend : le fait d'avoir eu en sa possession plus d'une centaine d'images à caractère pornographique mettant en scène des mineurs.

Lydia pencha la tête sur le côté et plissa les yeux.

— Dillard Early, vous dites ? Ce nom me dit quelque chose. Bref, oui, bien sûr, on va faire une heure et demie de route jusqu'à Nashville pour acheter au centre commercial *Opry Mills* des fringues de merde fabriquées dans des ateliers où on exploite les gens, et que Tyson Reed, Logan Walker, Hunter Henry, leurs copines insupportables et leurs amis atroces porteront pour leur premier jour en terminale.

— C'était juste une question.

Elle leva un doigt.

— Une question idiote.

— Une question idiote.

— Merci.

Les yeux de Dill s'attardèrent sur les mains de Lydia, qui étaient posées sur le volant. Elles étaient fines, avec de longs doigts gracieux ornés de nombreuses bagues et des ongles peints en vermillon. D'une manière générale, Lydia était gracieuse, mais ses doigts l'étaient de façon ostentatoire, agressive. Dill adorait la regarder conduire. Et taper à l'ordinateur. Et faire tout ce qu'elle faisait avec ses mains.

— Tu as prévenu Travis que tu étais à la bourre ?

— Est-ce que je t'ai prévenu, toi ?

Elle prit un virage à toute vitesse. Les pneus crissèrent.

— Non.

— Tu crois qu'il sera étonné que je sois en retard ?

— Non.

L'atmosphère du mois d'août était une brume de vapeur. Dill entendait déjà les fameux insectes... Comment s'appelaient-ils, déjà ? Ceux qui émettaient une espèce de bourdonnement régulier et métallique les matins étouffants, un signe que la chaleur ne ferait qu'empirer. Pas des cigales, non... Des insectes à sonnette ? Ça paraissait bien, comme nom.

— J'ai quoi, comme budget, aujourd'hui ? demanda Lydia.

Dill la regarda d'un air ahuri. Elle leva une main et claqua des doigts.

— Allez, mon pote, essaie de suivre.

— Ah ! Cinquante dollars. Ça ira ?

Lydia laissa échapper un petit rire amusé.

— Carrément !

— D'accord, mais je ne veux pas d'habits chelous.

Lydia tendit une nouvelle fois la main vers lui – plus énergiquement cette fois, comme un karatéka qui tape dans une planche de bois.

— Non mais, sérieux, on se connaît ? C'est quoi, ton nom, déjà ?

Dill prit une nouvelle fois sa main. Tous les prétextes étaient bons.

— T'es de mauvais poil aujourd'hui !

— J'aimerais qu'on m'accorde un peu de crédit. Pas trop non plus. Faudrait surtout pas me gâter.

— Même pas en rêve.

— Ces deux dernières années, quand on a fait du shopping pour l'école, est-ce qu'une seule fois je t'ai choisi des fringues ridicules ?

— Non. Enfin, je m'en prends toujours plein la tronche, mais je suis sûr que ça n'a rien à voir avec mes vêtements.

— Évidemment que non ! C'est parce qu'on fréquente un bahut où les gens n'ont aucun sens du style. J'ai une vision pour toi, une vision enracinée dans le folklore de l'Amérique profonde. Des chemises western avec des fermoirs en nacre. Du denim. Des lignes classiques, masculines, emblématiques. Pendant que tous les gens de Forrestville essaient désespérément de faire comme s'ils n'habitaient pas dans cette région, nous, on va s'approprier l'iconographie du Sud rural, dans la veine *seventies* d'un Townes Van Zandt qui aurait fricoté avec Ryan Adams à l'époque de son groupe Whiskeytown.

— T'as déjà tout prévu.

L'idée d'avoir occupé les pensées de Lydia, même si ce n'était que comme une poupée à habiller, plaisait beaucoup à Dill.

— Ça t'étonne ?

Dill huma l'odeur dans l'habitacle – désodorisant pour voiture senteur vanille, frites, lotion jasmin-orange-gingembre et maquillage. Ils étaient presque arrivés chez Travis, qui habitait tout près. Ils s'arrêtèrent à un croisement, et Lydia prit un selfie avec son téléphone avant de le tendre à Dill.

— Fais-en un de là où tu es.

— Tu es sûre ? Tes fans pourraient penser que tu as des amis !

— Ha-ha, très drôle ! Laisse-moi gérer ce problème et contente-toi de me prendre en photo.

Quelques centaines de mètres plus loin, ils s'arrêtèrent devant la maison des Bohannon. Elle était blanche et délabrée, avec une toiture en tôle dans un sale état. Du bois s'entassait sous le porche. Dans l'allée gravillonnée, le père de Travis, en nage, changeait les bougies d'allumage de son pick-up. Sur les portières, on lisait le nom de l'entreprise familiale, *SCIERIE BOHANNON*. Il jeta un regard saumâtre à Dill et Lydia, et, se servant de ses mains comme d'un porte-voix, hurla : « Travis, t'as de la compagnie ! », ce qui économisa à Lydia un coup de klaxon.

— Papa Bohannon n'a pas l'air de très bon poil non plus, observa Lydia.

— D'après ce que raconte Travis, papa Bohannon n'est jamais de très bon poil. En d'autres termes, c'est un trouduc ambulant, et ça ne se soigne pas.

Quelques secondes plus tard, Travis sortit de chez lui à grands pas. Mais tranquillement tout de même. Bref, à la manière d'un ours. Du haut de ses deux mètres, et avec ses cent dix kilos. Sa touffe de cheveux roux et bouclés et sa barbe éparse d'adolescent étaient encore mouillés de la douche. Il portait sa tenue de prédilection : chaussures de sécurité noires, jean *Wrangler* noir et ample chemise boutonnée jusqu'en haut, noire aussi. Autour du cou, il arborait un collier orné d'un dragon en étain qui tenait entre ses griffes une boule de cristal pourpre – un souvenir acheté lors d'une fête médiévale. Il ne s'en séparait jamais. Il avait aussi sur lui un tome tout corné de la saga du *Règne du sang*, un autre accessoire dont il ne se départait que rarement.

Alors qu'il se dirigeait vers la voiture, il s'arrêta à mi-chemin, leva un doigt, se retourna et se précipita à l'intérieur de la maison, se cassant presque la figure au passage. Lydia se pencha pour voir, les mains toujours posées sur le volant.

— Oh, non ! Le bâton de pouvoir, murmura-t-elle. Il a oublié le bâton de pouvoir.

Dill émit un grognement et, l'air consterné, se couvrit le visage avec une main.

— Ouais. Le bâton de pouvoir.

— Le bâton de pouvoir *en chêne*, déclara Lydia d'un ton qui se voulait moyenâgeux et grandiloquent.

— Le bâton magique des rois, des seigneurs, des magiciens et… des elfes, ou autres.

Travis revint, muni de son bâton, sur lequel étaient sculptés grossièrement des symboles et des visages. Son père leva les yeux, le regarda avec une expression affligée, secoua la tête et se remit au travail. Travis ouvrit la portière.

— Salut, les gars.

— Le bâton ? Vraiment ? demanda Lydia.

— Je le prends toujours avec moi lors de mes périples. Imagine qu'on ait à se défendre ? C'est dangereux, Nashville.

— Ouais, dit Lydia. Mais il n'y a pas de brigands qui manient le bâton. Ils ont des flingues, maintenant.

À flingue-bâton-ciseaux, le flingue l'emporte sur le bâton.

— Ça m'étonnerait vraiment qu'on se retrouve au milieu d'un combat au bâton à Nashville, renchérit Dill.

— J'y tiens à mon bâton. Je me sens bien quand je l'ai sur moi.

Lydia roula des yeux et démarra la voiture.

— Comme il est mignon ! Bon, les gars, allons-y. C'est notre dernière mission shopping pour la rentrée des classes, merci mon Dieu !

En entendant ces mots, Dill comprit que la peur tapie au creux de son ventre ne le lâcherait pas de sitôt. Peut-être même jamais. Le pire dans tout ça ? Il ne pensait même pas pouvoir en tirer une bonne chanson.

2

Lydia

La silhouette des gratte-ciel de Nashville se dressait au loin. Lydia aimait cette ville. Vanderbilt était l'une des universités de sa liste de vœux. Pas tout en haut, mais elle y figurait. Penser à la fac la mettait de bonne humeur, tout comme l'idée de vivre dans une grande ville. C'était bien la première fois qu'elle se sentait aussi heureuse à la veille de la rentrée. Elle ne pouvait qu'imaginer ce qu'elle ressentirait l'année prochaine, pour ses premiers pas à l'université.

Ils venaient d'entrer dans la banlieue de Nashville. Dill regardait à travers la vitre. Lydia lui avait prêté son appareil afin qu'il prenne des photos de leur expédition, mais il avait oublié de le faire. Comme à son habitude, il semblait détaché et arborait son air mélancolique caractéristique. Pourtant, aujourd'hui, quelque chose n'était pas comme d'habitude. Lydia savait que pour lui aller à Nashville était une expérience douce-amère à cause de son père, et elle avait essayé de trouver un autre itinéraire que celui qu'il empruntait pour se rendre à la prison. Elle avait passé pas mal de temps sur *Google Maps* à chercher, en vain. Pour rejoindre Nashville, il n'y avait pas trente-six mille solutions.

Peut-être que Dill observait les maisons devant lesquelles ils passaient. Aucune ne semblait aussi exiguë et délabrée que la sienne, même dans les quartiers défavorisés. Peut-être pensait-il à la musique, qui coulait dans les veines de la ville. Ou peut-être que son esprit était accaparé par tout autre chose. Avec lui, c'était toujours une possibilité.

— Hé-ho ! l'interpella doucement Lydia.

Il sursauta et se tourna vers elle.

— Hé-ho quoi ?

— Rien, juste « hé-ho ». T'es bien silencieux.

— Je n'ai pas grand-chose à raconter aujourd'hui, c'est tout. Je réfléchis.

Ils franchirent le fleuve et pénétrèrent dans East Nashville. Après avoir passé des cafés et des restaurants, ils s'arrêtèrent devant une maison de plain-pied de style Craftsman. Sur une enseigne peinte à la main qui se trouvait juste devant, on pouvait lire *ATTIC*. Lydia se gara.

Alors que Travis s'apprêtait à se saisir de son bâton, elle leva un doigt.

— T'as pas intérêt ! l'avertit-elle.

Avant d'entrer, Lydia demanda à Dill de prendre une photo d'elle devant l'écriteau, puis une autre d'elle adossée au large porche.

Le magasin sentait le vieux cuir, la laine et le jean. Un climatiseur ronronnait, propageant un air frais au doux parfum de moisissure. La musique de Fleetwood Mac sortait d'enceintes camouflées. Sous leurs pieds, le parquet grinçait. Une jolie fille d'une vingtaine d'années aux cheveux blond vénitien et à l'allure bohème était assise derrière un comptoir en verre rempli de bijoux faits main. Elle avait les yeux rivés sur son écran. Lorsqu'ils approchèrent, elle leva la tête.

— J'adore ton style. Sérieux, t'es super sexy ! s'exclama-t-elle en voyant Lydia.

Celle-ci fit une petite révérence.

— Eh bien merci, gente commerçante ! Sérieux, c'est toi qui es super sexy !

Lydia regarda Dill, l'air de dire : « Tu peux te lever de bonne heure pour avoir un tel accueil chez *Opry Mills* ! »

— Vous cherchez quelque chose en particulier ?

Lydia prit Dill par le bras et le poussa devant elle.

— Des habits. Des fringues. Des sapes. Qui aillent à ce mec et fassent se pâmer toutes les femmes de la région.

Dill détourna le regard.

— Lydia, pour l'instant, ce qui m'intéresse, c'est qu'ils m'aillent, ces vêtements, dit-il entre ses dents.

La vendeuse laissa échapper un petit cri de surprise.

— Mes parents ont failli m'appeler Lydia ! Finalement, ils ont choisi April.

— Après toi, mademoiselle April, dit Lydia. Je vois que tu as une excellente sélection triée sur le volet !

Pendant que Dill entrait et sortait de la cabine d'essayage, Travis, assis sur une chaise en bois qui grinçait, lisait, complètement absorbé par un autre univers. Lydia était dans son élément, rarement aussi joyeuse que lorsqu'elle jouait à relooker Dill.

Elle lui tendit une autre chemise.

— Il nous faut une musique spéciale, genre « clip essayage de fringues ». Je sais pas, moi, « Let's Hear

It for the Boy », ou un truc du style. À un moment donné, tu sors de la cabine en costume de gorille par exemple, et moi, je secoue immédiatement la tête.

Dill enfila la chemise, la boutonna jusqu'en haut et étudia son reflet dans le miroir.

— Faut que tu arrêtes de regarder des films des années 1980.

À la fin, ils se retrouvèrent avec une pile de chemises, de jeans, une veste en denim doublée en peau de mouton et une paire de bottes.

— J'adore faire du shopping dans des magasins vintage avec toi, Dill. T'as le physique d'une rock star des années 1970. Tout te va.

Note pour plus tard : à la fac, n'avoir que des copains ayant le physique de Dill. C'est le genre de corps vraiment sympa à habiller. En fait, c'est le genre de corps sans doute sympa à... Bref.

— J'ai pas les moyens de me payer tout ça, confia Dill tout bas.

Lydia lui tapota la joue.

— Détends-toi !

April calcula le montant de leurs achats. Trente dollars pour trois chemises. Trente dollars pour la veste. Quarante dollars pour les bottes. Vingt dollars pour deux jeans. Ce qui donnait un total de cent vingt dollars.

Lydia se pencha au-dessus du comptoir.

— Bon, April. Voilà ce que je te propose. Ce qui serait formidable, c'est que tu nous vendes tout ça pour cinquante dollars. Moi, de mon côté, je ferai en sorte que tu ne le regrettes pas.

April adressa un petit mouvement de tête sympathique à l'intention de Lydia.

— Ah, ma belle… J'aimerais trop. Tu sais quoi ? Comme tu es la meilleure amie que je rêve d'avoir, je vais te faire un super prix : j'arrondis tout ça à cent dollars.

Lydia se pencha par-dessus le comptoir et fit un geste en direction de l'ordinateur portable.

— Je peux ?

— Bien sûr.

Lydia tapa « Dollywould » dans le moteur de recherche et attendit que la page se charge. Elle tourna l'ordinateur portable vers April.

— Tu connais ce site ?

April plissa les yeux en regardant l'écran.

— Ouais, ça me dit quelque chose. Il n'y a pas eu un article sur les meilleures boutiques vintage du Tennessee qui parlait d'ici ?

— Si.

April fit défiler la page.

— Ah, oui, je suis déjà venue sur cette page. L'article était dément.

— Merci.

— Attends, c'est toi qui l'as écrit ?

— J'ai écrit cet article, et tous les autres sur *Dollywould*. C'est mon site.

April en resta bouche bée.

— Mais non ! T'es sérieuse ?

— Absolument.

— T'as quel âge ? Dix-huit ans ?

— Dix-sept.

— T'étais où, quand j'étais au lycée ?

— À Forrestville, dans le Tennessee, en train de rêver que j'étais toi. Comment tu te fais connaître ?

— Par le bouche-à-oreille, essentiellement. Je n'ai pas vraiment de budget marketing. De temps à autre, quand le mois a été bon, je me paie le luxe d'une pub dans le magazine *Nashville Scene*.

— Et si je te proposais de mettre ta boutique en avant sur mon site en échange d'un rabais sur ces vêtements ?

April tambourina sur le comptoir avec ses doigts pendant quelques instants.

— J'en sais rien…

Pendant qu'April réfléchissait à la question, Lydia dégaina son téléphone et tapa quelque chose. Elle le posa ensuite sur le comptoir, fit un pas en arrière et croisa les bras avec un grand sourire. Son téléphone se mit à biper et à sonner.

— C'est quoi ? Qu'est-ce que t'as fait ? demanda April.

— Je voulais te donner un avant-goût. T'es sur Twitter ?

— J'ai un compte pour la boutique.

— Je viens de tweeter que je me trouvais dans la meilleure boutique de fringues vintage de tout le Tennessee, et j'ai recommandé à mes *followers* de venir ici en juger par eux-mêmes.

— Waouh, merci, je…

Lydia leva un doigt et prit son téléphone.

— Attends. Voyons voir… OK, soixante-cinq personnes ont noté mon tweet dans leurs favoris, cinquante-trois ont retweeté… « Merci pour le tuyau, je vais tester… Je te suis les yeux fermés… Faut que j'aille à Nashville, on pourrait se retrouver et faire du shopping ensemble… »

— Et si…

Lydia leva de nouveau le doigt.

— Ah, celui-ci, il est bien. Son nom ne te parlera pas forcément, mais c'est l'une des rédac chefs de *Cosmo*. Voyons voir ce qu'elle dit... « Super tuyau, suis justement en train d'écrire un article sur Nashville. Merci ! » Tu vas peut-être te retrouver dans *Cosmo*. Alors, convaincue ?

April considéra Lydia pendant un instant et leva les mains en laissant échapper un petit rire.

— OK, OK, t'as gagné !

— *On* a gagné.

— Bon, pour résumer, t'es la fille la plus cool de ton bahut, c'est ça ?

Lydia rit. Dill et Travis se joignirent à elle.

— Comment dire... Oui, je suis la fille la plus cool de mon bahut. Par contre, question popularité... Disons juste qu'être une star sur Internet ne me donne pas vraiment la cote auprès de mes petits camarades.

— En fait si, mais une cote négative, précisa Dill.

— Vrai. Au lycée, être une fille et donner son avis tout haut, ça ne rapporte pas vraiment de points.

— Eh bien, je suis impressionnée !

— Génial ! Bon, pendant que tu encaisses mon ami, moi je vais voir comment dépenser au mieux trois cents dollars dans ton magasin !

— Et toi ? demanda April à Travis. Je ne crois pas qu'on ait des tonnes de vêtements à ta taille, mais on a sûrement des choses.

Travis rougit et leva les yeux vers elle, avec un petit sourire au coin des lèvres.

— Ah, non merci, madame. Je porte plus ou moins la même chose tous les jours, histoire d'avoir le temps de réfléchir à d'autres sujets.

April et Lydia échangèrent un regard. Lydia secoua la tête. L'expression sur le visage de la vendeuse laissa entendre qu'elle avait compris.

Lydia n'eut aucun mal à dépenser la somme qu'elle avait économisée pour s'acheter des vêtements. Avant de partir, elle demanda à Dill de prendre une bonne cinquantaine de photos d'elle avec ses nouveaux habits combinés de différentes façons. Et elle lui demanda d'en prendre une bonne cinquantaine d'autres d'elle au côté d'April. Toutes deux échangèrent leur numéro de téléphone et se promirent de rester en contact.

Dès qu'ils posèrent le pied dehors, ils se mirent à transpirer. Il devait faire au moins trente-cinq degrés. Le soleil de fin d'après-midi faisait rage. Le chant des cigales rappelait la pulsation d'un cœur qu'on entend battre lors d'une échographie.

Lydia fit signe aux autres de se rassembler autour d'elle.

— On va se prendre en photo tous ensemble. Dernière expédition shopping de rentrée à Nashville !

Dill s'efforça de sourire.

— Allez, mon pote, tu peux faire mieux que ça, dit Lydia.

Il essaya à nouveau. Pas mieux.

— Hé, Lydia, tu pourrais me prendre en photo avec mon bâton de pouvoir ?

Lydia était ravie d'avoir négocié comme une chef pour Dill, de ses propres trouvailles vestimentaires, et de s'être fait une nouvelle amie plus âgée et stylée. Elle feignit tout de même d'être vraiment contrariée, histoire de se donner une contenance.

— Bon, d'accord. Vas-y. Pars donc en quête de ton bâton de pouvoir.

Travis se précipita vers la voiture et récupéra son accessoire. Il revint et prit une pose sombre et méditative.

— C'est bon ! dit-il.

Lydia réalisa plusieurs clichés. Travis adopta des poses différentes : appuyé sur son bâton, le brandissant, comme prêt à frapper.

— Fais en sorte que mon collier de dragon soit visible !

— Mec. Tu crois que c'est la première fois que je dois mettre un joli accessoire en avant sur une photo ?

Une fois le shooting terminé, Travis rejoignit Lydia et, un large sourire de gamin vissé sur les lèvres, admira son œuvre. Il sentait la transpiration et l'odeur de moisi qu'ont les vêtements laissés trop longtemps dans la machine à laver avant de passer au sèche-linge.

— Je suis bien, murmura-t-il. On dirait Raynar Northbrook dans *Le règne du sang*.

Dill tendit le cou pour les regarder.

— Oh, c'est sûr, t'es son portrait craché.

Son sarcasme passa complètement au-dessus de la tête de Travis.

Lydia tapa dans ses mains.

— Les gars, j'ai la dalle. Allons chez *Panera*.

— *Panera*, c'est trop chic. J'ai envie d'aller chez *Krystal's*, proposa Travis.

— Petit 1, c'est *Krystal*, sans « s », et petit 2, non.

— Allez ! Et c'est toi qui choisis la musique pour le trajet.

— Il y a un *Krystal* à Forrestville, et pas de *Panera*. On n'est pas venus jusqu'ici pour manger dans un

Krystal à la con et se chopper la diarrhée alors qu'on peut avoir la même à Forrestville !

— C'est Dill qui va choisir. Il tranchera.

Dill avait les yeux perdus au loin.

— Moi… j'ai pas faim. Je mangerai chez moi.

— Et alors ? Tu peux quand même voter.

— Voter pour *Krystal*, c'est voter pour rentrer à Forrestville, déclara Lydia.

— Alors je vote pour *Panera*.

Cette fois-ci, le sourire de Dill était plus sincère.

Ils finirent par passer chez *Krystal* pour Travis.

3

Dill

Dill avait espéré que lorsqu'il demanderait à faire une halte à la prison sur le chemin du retour, Lydia répondrait qu'elle devait rentrer chez elle pour une raison quelconque et que, par conséquent, elle ne pouvait pas l'attendre pendant qu'il rendrait visite à son père. Mais non.

La prison de Riverbend se trouvait dans une partie de Nashville trompeusement belle et bucolique. Des collines ondoyantes et un parterre luxuriant d'arbres entouraient des monolithes beiges de béton entaillés de fenêtres semblables à des meurtrières.

— Je n'en ai pas pour longtemps, les amis. Vous savez bien que je déteste cet endroit, dit le garçon en sortant de la voiture.

Lydia tapota sur son téléphone.

— T'inquiète, mec. Je peux bosser sur mon article spécial rentrée des classes, pendant ce temps.

Travis brandit son livre en guise de réponse.

— Sérieux, vous êtes censés me dire que vous devez rentrer de toute urgence à Forrestville ! soupira Dill.

— Ah, d'accord ! dit Lydia. OK, Dill, magne-toi parce que sinon, je vais être punie, ou me prendre une fessée !

— Ouais, grouille-toi, Dill, renchérit Travis. J'ai vraiment envie de rentrer chez moi et de passer du temps avec mon père super cool plutôt que de rester ici à lire mon roman préféré.

Dill leur adressa un sourire gêné et leur fit un doigt d'honneur. Il prit une grande inspiration et se dirigea vers le bâtiment principal. Il passa les contrôles de sécurité et inscrivit son nom au registre. Les gardiens le conduisirent jusqu'au parloir. Il ne ressemblait pas à ceux qu'on voit à la télévision. Il n'y avait ni cloisons ni combinés téléphoniques. Juste une grande pièce meublée de tables rondes, chacune entourée de deux ou trois chaises, et quelques distributeurs automatiques proposaient boissons et snacks. Ça lui rappelait la cantine de son lycée. La pièce était mal aérée, et il faisait si chaud qu'on aurait pu oublier qu'elle était dotée d'un climatiseur, mais une contrainte budgétaire ou morale empêchait qu'on l'utilise pour rafraîchir l'atmosphère de façon vraiment agréable. Plusieurs gardiens arpentaient les lieux.

Dill était le seul visiteur. Il s'assit à une table et tambourina dessus avec ses doigts. Il n'arrêtait pas de secouer les jambes. *Allez, qu'on en finisse !*

Il se retourna et se leva lorsque la porte s'ouvrit, laissant place à un gardien qui escortait Dillard Early Sr.

Le père de Dill était grand et maigre, décharné. Ses yeux noirs étaient profondément enfoncés dans leurs orbites. Il avait une moustache en guidon de vélo, et de longs cheveux bruns et gras parsemés de gris qui étaient retenus par une queue de cheval. Chaque fois que Dill voyait son père, celui-ci lui paraissait plus dur. Plus fourbe. Plus féroce et retors. La prison était en train de l'affûter, de lui ôter le peu de douceur et de gentillesse qu'il avait en lui. Il avait dix ans de plus que la mère de Dill, quasiment au jour près, mais on lui en aurait donné vingt de plus.

Il portait un jean bleu foncé et une tunique bleu clair avec un numéro imprimé sur la poitrine, et TDOC, le sigle de la prison, sur le dos.

Son père avançait d'un pas nonchalant. Il avait la démarche d'un prédateur sur ses gardes.

— Salut, Junior.

Dill détestait qu'on l'appelle ainsi. Ils restèrent debout, se faisant face pendant un bref instant. Ils n'avaient pas le droit de se serrer dans les bras ou de se toucher de quelque façon que ce soit. Son odeur parvint à Dill, depuis l'autre côté de la table. Il ne sentait pas mauvais, mais il dégageait un parfum indéniablement humain. Primal. Comme de la peau ou des cheveux qui n'ont pas été lavés aussi souvent que ceux des gens libres.

Ils s'assirent. Le père de Dill posa ses mains sur la table. Sur l'une d'elle, MARC était tatoué à l'avant de ses doigts, et sur l'autre, 1618. Les tatouages, c'était nouveau. *Et ce n'est pas un changement positif. Pas très rassurant, ce glissement vers encore plus d'excentricité.*

Dill s'efforça de parler comme si de rien n'était.

— Salut, papa. Dis donc, tu t'es fait des tatouages.

Son père jeta un coup d'œil à ses mains, comme s'il les découvrait à l'instant.

— Oui. On ne me laisse pas prêcher, alors ma foi, je l'affiche sur ma peau. Ça, ils ne peuvent pas me l'enlever.

Eh bien, j'ai l'impression que ça se passe bien pour toi ici ! Quand son père avait été envoyé en prison, tout le monde pensait qu'il allait en baver, étant donné ce pour quoi il était condamné. Mais c'était sous-estimer son charisme. Apparemment, si vous parvenez à convaincre les gens de tenir des serpents à sonnette et des vipères cuivrées à mains nues et de boire du poison, trouver des détenus prêts à vous protéger de ce que son père appelait les « sodomites » n'était pas un problème.

Ils restèrent assis à se regarder pendant plusieurs secondes embarrassantes.

— Alors… comment tu vas ? demanda Dill.

— Je vis au jour le jour, loué soit Jésus.

— Est-ce que tu… manges à ta faim ?

Pas facile de discuter de tout et de rien avec quelqu'un qui est en prison. Même parler de la pluie et du beau temps semble compliqué.

— Mes besoins sont satisfaits. Comment allez-vous, toi et ta mère ?

— On survit. On bosse dur.

Son regard intense s'illumina d'une lumière étrange qui donna à Dill l'impression d'être rempli d'obscurité.

— Ravi de l'entendre. Travaillez dur. Remboursez nos dettes afin que je puisse reprendre mes fonctions de pasteur quand j'aurai fait mon temps ici. Tu pourrais peut-être te joindre à moi si d'ici là ta foi a grandi.

Dill se tortilla.

— Ouais, peut-être. Bon, demain, c'est la rentrée.

Son père posa ses coudes sur la table et joignit ses doigts comme pour prier.

— Ah, déjà ? Et comment comptes-tu employer cette année scolaire ? Seras-tu un soldat du Christ qui prêchera la bonne nouvelle du salut et parlera des signes à tes semblables ? Accompliras-tu le travail que je ne suis pas en mesure de réaliser ?

Dill se tortilla de nouveau sur son siège et détourna le regard. Il n'aimait pas entrer en contact visuel avec son père. Celui-ci avait des yeux capables de pousser les gens à faire des choses dont ils savaient qu'elles n'étaient pas bonnes pour eux.

— Je… Euh… Je ne pense pas que mes camarades de classe s'intéressent beaucoup à ce que j'ai à dire.

Parfait. D'une pierre deux coups : je rappelle à quel point je suis impopulaire tout en soulignant que je déçois vraiment mon père. Sympas, les visites en prison.

Ni une ni deux, son père plongea ses yeux dans ceux de Dill et dit, sur le ton de la conspiration :

— Alors dans ce cas-là, ne *dis* pas. *Chante.* Élève cette voix que Dieu t'a offerte. Sers-toi de ces mains auxquelles Dieu a fait le don de la musique. Répands la bonne parole à travers les chansons. Les jeunes adorent la musique.

Dill étouffa un rire amer.

— Ouais, mais pas le genre de musique où l'on parle de tenir des serpents dans ses mains… Ça, c'est pas vraiment populaire.

— L'Esprit Saint descendra sur eux de la même façon qu'il descendait sur notre congrégation lorsque tu chantais et que tu jouais. Quand je sortirai d'ici, le nombre de nos fidèles aura été multiplié par dix.

Et si, à la place, j'essayais juste de survivre à mes années de lycée ? Et si j'évitais d'aggraver mon cas ?

— Écoute, papa, ta… ta… situation… fait que c'est difficile pour moi d'aborder ce genre de sujet avec mes camarades. Ils n'ont pas vraiment envie d'écouter, tu comprends ?

Son père émit un grognement incrédule.

— Et donc nous cédons face aux ruses de Lucifer qui cherche à anéantir notre culte des signes ? Nous lui concédons la victoire sans discuter ?

— Non, je ne…

Comprenant soudain le caractère surréaliste de la situation – recevoir une leçon de morale de la part d'un détenu –, Dill laissa sa phrase en suspens.

— Souviens-toi qu'avant, tu écrivais des psaumes et tu les chantais avec le groupe de louange. Tu t'en souviens ?

— Oui, je crois.

Le père de Dill s'adossa à sa chaise en secouant doucement la tête. Son regard se perdit au loin.

— Qu'elles étaient belles, ces chansons…

Ses yeux se posèrent de nouveau sur Dill.

— Chantes-en-moi une !

— Tu veux dire, genre, ici ? Maintenant ?

Dill chercha des indices prouvant que son père plaisantait. Ce n'était pas vraiment son genre, mais qui sait…

— Oui. Celle que tu as écrite. « Et alors le Christ viendra nous libérer ».

— Je n'ai pas ma guitare sur moi. Ça serait bizarre, non ?

Dill fit un signe de tête en direction des gardiens qui avaient l'air de s'ennuyer et discutaient entre eux.

Son père leur jeta un coup d'œil rapide. Lorsque son attention revint sur Dill, il avait une lueur au fond des yeux.

— Tu crois qu'ils ne nous trouvent pas déjà bizarres ?

Bien vu. Dill rougit. Autant arracher le pansement d'un coup. Il se mit à chanter rapidement et tout bas le morceau *a capella*. Du coin de l'œil, il vit que les gardiens avaient arrêté de parler pour écouter.

— Encore ! réclama son père en applaudissant. Chante-moi une nouvelle chanson.
— Je… ça fait un bail que je n'en ai pas écrit de nouvelle.
— Tu as laissé tomber la musique ?
— Pas vraiment. C'est juste que maintenant… j'écris d'autres trucs.
Le visage de son père s'assombrit.
— Dieu n'a pas déversé la musique sur ta langue pour que tu puisses chanter à la gloire des hommes et de la débauche.
— Je n'écris pas sur la débauche. Pas une seule de mes chansons ne parle de débauche.
Son père pointa le doigt vers lui.
— N'oublie pas. Dieu est la voie. La seule possible. Ton chemin vers le salut. Et ta musique est ton chemin jusqu'au Christ. Les manifestations des signes de la foi étaient mon chemin jusqu'au Christ. Quand nous perdons le chemin qui nous mène jusqu'au Christ, nous perdons notre chemin jusqu'au salut. Nous perdons notre récompense éternelle. Tu comprends ?
— Oui, je comprends.
Lorsqu'il parlait à son père, Dill avait l'impression de s'adresser à un mur de brique animé qui, bizarrement, savait des choses à propos de Jésus.
— OK, bon, je dois y aller.
Le visage de son père s'assombrit un peu plus encore.
— Tu viens juste d'arriver. Tu n'as tout de même pas fait toute cette route pour repartir au bout de quelques minutes à peine ?
— Non. Je suis venu en voiture avec des copains qui devaient faire du shopping pour la rentrée. Ils m'attendent sur le parking, et ça tape vraiment dehors. Ils

ont été sympas de m'accorder quelques minutes pour que je passe te voir.

Le père de Dill souffla par le nez et se leva.

— Bon, dans ce cas, j'imagine qu'il vaut mieux que tu ailles les retrouver. Au revoir, Junior. Dis à ta mère que je l'embrasse et que je lui écrirai bientôt.

Dill se leva à son tour.

— Entendu.

— Dis-lui que j'ai reçu ses lettres.

— D'accord.

— Quand est-ce que je te revois ?

— Je ne sais pas encore.

— Alors je te reverrai quand Dieu le voudra. Que Jésus t'accompagne, fils.

Le père de Dill leva ses deux poings et les mit côte à côte. MARC, 16 : 18. Puis il tourna les talons et s'éloigna.

Dill expira longuement en quittant le bâtiment, comme si, pendant tout le temps où il avait été à l'intérieur, il avait retenu son souffle afin de ne pas inhaler la violence que les hommes emprisonnés ici portaient en eux. Alors que la visite en prison était derrière lui et qu'il n'avait donc plus à la redouter, il se sentait à peine mieux. Maintenant, seule demeurait la peur de ce matin.

Il arriva à la voiture. Lydia était en train de dire à Travis quelque chose au sujet du nombre de calories qu'un dragon devrait ingérer par jour pour pouvoir cracher du feu. Son argument ne semblait pas le convaincre.

Elle leva les yeux à l'approche de Dill.

— Ah, ouf !

Elle mit le contact.

— Alors, ton père ?

— Il est bizarre. Vraiment bizarre.

— Est-ce que..., commença Travis.

— Je n'ai pas trop envie d'en parler.

— D'accord, t'énerve pas...

— Pardon, je ne dis pas ça pour être désagréable, mais... on rentre ?

Pendant tout le trajet du retour, ils ne parlèrent pratiquement pas. Travis lut son livre. Lydia mit une playlist composée de morceaux de Nick Cave and the Bad Seeds et de The Gun Club. Toujours de très bonne humeur, elle tapait en rythme sur le volant. *Ça se comprend. Elle vient de passer une journée formidable.*

Dill regarda par la vitre les arbres de chaque côté de la route, les croix artisanales qui, çà et là, signalaient l'endroit où quelqu'un était mort, ponctuant le mur continu de verdure. Au loin, trois vautours tournoyaient au-dessus de quelque chose, profitant des vents ascendants. Dill essaya de savourer les derniers instants de leur trajet en voiture.

Dernière expédition shopping de rentrée ensemble. La mort d'un petit bout de mon existence. Et je n'ai même pas pu en profiter complètement à cause de mon cinglé de père qui, doucement, bascule un peu plus dans la folie.

Du coin de l'œil, il regarda Lydia conduire. Les commissures de ses lèvres. Leur façon de se plisser en une sorte de sourire moqueur permanent. Elles bougeaient de manière quasi imperceptible tandis qu'elle chantait.

Souviens-toi de ça. Écris-le sur une croix que tu auras fabriquée de tes mains et que tu planteras dans ton cœur pour signaler que c'est fini.

À leur arrivée à Forrestville, les ombres sur le sol étaient longues et la lumière donnait l'impression d'être filtrée par une carafe de thé glacé. Ils déposèrent d'abord Travis.

Celui-ci sortit et, la main posée sur le toit, se pencha pour les regarder dans la voiture.

— Une nouvelle année qui commence ! À demain ?

— Malheureusement, déplora Dill.

Travis remonta l'allée devant chez lui. Lorsqu'il se retrouva sous le porche, il se retourna et les salua une dernière fois en brandissant bien haut son bâton.

Lydia redémarra en trombe.

— Je ne suis pas pressé de rentrer chez moi.

— Tu m'étonnes !

— Ça te dit d'aller à Bertram Park pour regarder les trains jusqu'au coucher du soleil ?

— J'adorerais traîner avec toi, mais faut vraiment que je prenne de l'avance pour le blog en prévision des prochains mois. Je vais en parler dans mes dossiers de candidature à l'université, alors il faut que le contenu tienne la route.

— Allez !

— Écoute, ça me plairait carrément parce que j'aime zoner avec toi même quand on s'ennuie à deux, mais non.

Elle se gara devant la maison de Dill. Il resta assis un moment, sans chercher à ouvrir la portière, avant de se tourner vers Lydia.

— Tu n'auras pas de temps pour nous, cette année ?

Lydia le regarda d'un air de défi. Quelque chose se durcit dans ses yeux et son air joyeux s'évapora.

— Pardon, j'avais la tête ailleurs. On a fait quoi, ces dernières heures ? Ah oui, ça me revient !

— Ce n'est pas ce que je voulais dire. Je ne parle pas d'aujourd'hui. Je veux dire en général. Est-ce que cette année, ça va être comme ça ?

— Euh, mec. À moi de te retourner la question. Est-ce que cette année, ça va être comme ça ? Quand j'aurai des trucs à faire, tu ne comprendras pas et tu te comporteras de manière chelou ?

— Non.

— Ah bon, parce que là, ça commence mal.

— C'est bon. J'ai compris. Tu seras occupée. Blablabla.

— Mais toi, tu ne diras rien, tu seras tout renfermé et tu joueras les gros connards.

— En ce moment, j'ai pas mal de soucis.

— Je suis sérieuse, Dill. S'il te plaît, arrête de tirer la tronche dès que j'ai un truc à faire.

— Je ne tire pas la tronche.

— Si, un peu.

— Désolé.

Ils se regardèrent quelques instants, comme pour se laisser la possibilité d'exprimer d'autres demandes et plaintes. Le visage de Lydia se radoucit.

— Rien à voir, mais la moitié de ma salade chez *Panera*, c'est pas vraiment un dîner.

— Ça me suffit.

— T'es sûr ?

— Ouais.

— D'accord. Bon, je dois y aller.

Elle se pencha vers lui et le serra dans ses bras pour lui dire au revoir.

Dill huma une dernière fois son parfum, qu'il emporterait avec lui, tout comme ses nouveaux vêtements.

— Merci pour tout. Vraiment, je te suis reconnaissant. J'ai conscience de tout ce que tu fais pour moi.

— Tant mieux, parce que je t'ai préparé une petite surprise.

Elle sortit du compartiment central un CD sur lequel JOY DIVISION/NEW ORDER était écrit au feutre.

— C'est ce qu'on a écouté à l'aller. Je savais que tu en voudrais une copie.

Dill tapota sur le CD.

— Bien vu. Merci.

— Et pour ta gouverne, « Love Will Tear Us Apart » est ma chanson préférée au monde.

— Je le note.

— Demain, sept heures et quart.

Il leva son pouce.

— Je serai prêt.

Dill sortit et se dirigea vers chez lui. Il gravit les marches en béton érodées. Il posa la main sur la poignée de la porte avant de se raviser. À quoi bon rentrer dans cette maison sombre avant la tombée de la nuit ? Il posa son sac de vêtements et le CD sur les escaliers, s'assit et regarda le panneau devant l'église.

PAS DE PAIX SANS PAIX. SANS PAIX, PAS DE PAIX.

4

Travis

Chaque fois qu'il rentrait de la chasse et apercevait les remparts de Northhome, Raynar Northbrook sentait son cœur se remplir de joie. Il rêvait de s'asseoir auprès d'un bon gros feu de bois en laissant une flasque d'hydromel dissoudre son épuisement, et d'échanger des récits de conquêtes – de terres et de belles femmes – en compagnie du capitaine de sa garde. Il n'aspirait qu'à profiter de la vie. Malheureusement, lorsqu'il arriva au sommet du plus haut des remparts, il aperçut en contrebas les rangs de l'armée d'hommes déchus et de Maudits de Rand Allastair qui approchaient pour assiéger ses murailles…

En rentrant chez lui, Travis trouva son père devant la télévision. Une cannette de Budweiser bien entamée à la main, les pieds sur la table basse, il regardait un match de base-ball opposant les Braves aux Cardinals. Des os d'ailes de poulet étaient en train de se figer dans l'assiette posée sur ses genoux. Ses yeux étaient rouges et chassieux.

— T'étais où ? lui demanda son père sans même détacher son regard de l'écran.

— À Nashville. Je faisais du shopping pour la rentrée avec Lydia et Dill. Je te l'ai dit.

Son père rota, écrasa sa cannette qui alla rejoindre un tas déjà conséquent de cadavres, puis saisit une nouvelle bière dans une pile qui, en revanche, ne faisait que diminuer.

— Tu t'es acheté de nouvelles fringues ? Tu ne vas plus ressembler à Dracula ?

Il ouvrit sa bière.

— Non, j'aime bien mes vêtements.

Son père gloussa.

— Ah, évidemment ! À force de lire toute cette merde sur les sorciers et les fées…

— Clint, mon chéri, je t'en prie, arrête de jurer, intervint timidement depuis la cuisine la mère de Travis, qui était rousse comme lui.

Comment un grand gaillard du gabarit de Travis avait bien pu sortir d'une femme aussi minuscule était un vrai mystère. Le fait qu'il ait été engendré par un tel père aussi.

— Je suis chez moi. Alors je jure si je veux ! beugla l'homme.

— Eh bien, je m'en passerais bien. Travis, tu as faim ?

— Non, mère.

Travis s'apprêtait à se rendre dans sa chambre quand son père l'interpella.

— Attends. J'ai pas fini de te parler.

Le garçon se retourna.

— La rentrée, lança son père.

— Ouais.

— Je t'ai déjà raconté qu'en terminale, j'étais *quarterback* ? C'est moi qui ai fait la passe décisive contre l'équipe de Athens High en demi-finale. Matt aussi jouait à ce poste.

— Tu me l'as déjà raconté. Plusieurs fois.

Travis ressentit une douleur lancinante en entendant le nom de son défunt frère. Matt avait toujours pris le temps de s'asseoir à ses côtés les veilles de rentrée pour lui prodiguer des mots d'encouragement. Il lui avait expliqué comment parler aux filles. Comment se défendre. Il lui avait appris à être un meneur plutôt qu'un suiveur... En revanche, Travis se serait bien passé du genre de discours que son père était en train de lui servir.

— T'as l'intention de passer ton année de terminale avec ta queue dans la main ? lui demanda son père.

— Non, père. Dans mon pantalon, comme d'habitude.

— Tu te crois malin ?

— Non, père.

Travis amorça sa retraite vers sa chambre. Mais son père n'en avait pas fini avec lui.

— Tu comptes faire quoi ?

— Des ateliers pratiques. Essayer d'avoir de bonnes notes. D'obtenir mon diplôme. Apprendre, j'imagine.

Son père grimaça.

— Tu vas encore te bastonner avec un latino, cette année ?

— Je n'en ai pas l'intention, répondit Travis. Alex me fout la paix, maintenant.

En première, Alex Jimenez avait coincé Dill à la cantine et s'était lancé dans une partie de « jeu de la baffe » avec lui. Le principe était simple : gifler Dill dans l'espoir que celui-ci finirait par riposter, ce qui donnerait à Alex une excuse pour le tabasser. En tant que seul latino de leur classe, le garçon n'était pas beaucoup plus haut sur l'échelle sociale que Dill, mais remporter une bagarre vous permettait généralement de monter d'un cran.

Travis était entré au moment où Dill esquivait une autre baffe en demandant à Alex d'arrêter. L'agresseur avait alors tourné son attention vers Travis. Remporter une bagarre contre quelqu'un de beaucoup plus grand : voilà qui lui permettrait carrément d'asseoir sa réputation. Travis n'avait pas spécialement cherché à se défendre jusqu'à ce qu'Alex lui flanque une grosse gifle dans l'œil.

Ç'avait été la goutte d'eau. Travis avait attrapé Alex par le maillot de foot et l'avait à moitié poussé, à moitié balancé à plus de deux mètres. Quand le garçon avait atterri, il s'était foulé la cheville. Il avait alors perdu l'équilibre et s'était ouvert le crâne sur le bord de l'une des tables de la cantine. Le sang avait coulé à flots. Il avait convulsé.

Était venu ensuite le moment crucial. S'il avait sorti un truc comme : « Et maintenant, pauvre con ? » en crachant sur Alex, il aurait pris du galon dans la hiérarchie du lycée. Au lieu de quoi, il avait essayé de porter secours à sa victime, mais la foule l'en avait empêché. Il s'était mis à arpenter la cantine en passant la main dans ses cheveux. Il sanglotait et répétait à qui voulait l'entendre qu'il était désolé. On avait appelé les secours. Son remords évident l'avait sauvé, lui épargnant l'exclusion définitive. Le conseil de discipline du lycée savait que pour l'emporter dans une bagarre et en sortir malgré tout perdant, il fallait avoir fait montre de beaucoup de gentillesse. On estima que le mépris que cela vaudrait à Travis serait une punition bien suffisante. Cette intuition se confirma lorsqu'une vidéo intitulée « Mec baraqué met la branlée à la racaille du bahut et pleure comme une petite fille LOL » commença à circuler sur YouTube.

Mais le père de Travis ne vit jamais cette vidéo – le conseil de discipline exigea que la personne qui l'avait postée la supprime sous peine d'exclusion. Il ne vit pas Travis implorer le pardon d'Alex qui, les yeux révulsés, convulsait, tandis que le sang formait une mare sur le lino blanc. Il ne vit pas que Travis, à son retour au lycée après quelques jours d'éviction, était allé saluer Alex, qui était assis seul dans le réfectoire, sa cheville plâtrée posée sur une chaise, pour lui offrir une boîte remplie de pudding à la banane de sa mère – son gâteau préféré. Alex n'avait rien dit, n'avait pas daigné le regarder. Puis il avait balayé la boîte d'un revers de la main quand Travis avait insisté.

Le père de Travis n'avait eu vent que d'une seule chose : son fils avait mis une branlée à un Mexicain dont les parents, qui ne parlaient pas anglais, semblaient avoir trop peur pour aller voir les flics ou même lui demander qu'il paie les factures médicales de leur enfant. Et c'est ainsi que, une fois n'est pas coutume, il avait été fier de son fils.

— En parlant de mettre à profit ta force, je suis tombé par hasard sur le coach, l'autre jour chez *Walmart*. Il m'a dit que ce n'était pas obligatoire que tu aies joué les autres années pour intégrer l'équipe de football américain.

— C'est bon à savoir.

— Je lui ai expliqué que tu ne courais pas très vite et que tu ne rattrapais pas très bien la balle, mais que s'il cherchait un bon gros tas de viande à placer sur la ligne de défense tu ferais l'affaire.

Son père but une gorgée de bière et rota.

— C'est vrai. Je suis un gros tas de viande.

— Tu vas faire des essais pour l'équipe, alors ? Histoire que je sois fier de toi ? Comme ça, peut-être qu'on te verra traîner avec une autre fille que l'espèce de lesbienne qu'a pondue Denny Blankenship.

— Eh bien, je vais y réfléchir.

Son père rit en émettant un petit grognement.

— Tu vas y réfléchir…

Il se pencha en avant et balança l'assiette avec les os de poulet sur la table basse.

— Et ensuite ? Après le lycée ? Tu vas t'engager dans les Marines comme Matt ?

Autre pincement au cœur, une douleur plus aiguë encore. *C'est vrai que ça lui a bien réussi…*

— Je n'y ai pas encore vraiment pensé. J'imagine que je continuerai à bosser à la scierie.

— Tu devrais peut-être t'enrôler. Ça fera de toi un homme. On te remplacera facilement, à la scierie.

— Je vais y réfléchir.

Silence. Son père reporta son attention sur le match. Pendant un instant, Travis resta à l'observer. Les images de la télévision se reflétaient dans les yeux de son père. Peut-être que s'il attendait une seconde ou deux de plus, celui-ci lui adresserait des mots d'encouragements ou des propos pleins de sagesse en cette veille de rentrée – peut-être dirait-il quelque chose prouvant à Travis qu'il croyait en lui. Comme le faisait Matt.

Il n'y eut qu'un rot étouffé. Travis se dirigea de nouveau vers sa chambre.

— Je vais te raconter une histoire, dit son père, sans quitter la télévision des yeux.

Le cœur de Travis bondit d'espoir.

Son père but une lampée de bière.

— J'étais en train de livrer des planches de cinq par dix pour une paroisse. Bref, devant leur église, il y avait une petite mare avec des canards et une grosse dinde, tous ensemble, et bien contents de l'être.

Travis s'obligea à rire. Il valait mieux jouer le jeu quand son père racontait des histoires.

— Ouais, marrant !

Ce n'étaient pas les mots d'encouragement qu'il attendait, mais tout de même mieux que rien.

Son père posa ses yeux vitreux sur lui. Puis de nouveau sur l'écran.

— Enfin, tout ça pour dire que c'est à ça que tu me fais penser, quand je te vois traîner avec le fils du prédicateur pervers et ta copine gouine. Une grosse dinde qui se prend pour un canard.

Travis ne bougea pas. Il laissa la pique pénétrer en profondeur. Se sentit se dégonfler. Il attendit que son père ajoute : « Je plaisante. » Ou qu'il explique qu'il trouvait que les dindes étaient formidables. Peut-être au moins lui souhaite bonne chance pour la rentrée le lendemain. Rien. Juste le reflet de la télé dans ses yeux. Pour les mots d'encouragement, il faudrait repasser. Et voilà qui clôturait une bien belle journée.

Travis alla dans sa chambre et ferma la porte, posant son bâton derrière celle-ci. Il s'installa à son bureau en bois mélaminé premier prix et alluma son vieil ordinateur portable qui avait neuf ans, récupéré de son frère Matt. Le ventilateur sifflait tandis que Travis naviguait jusqu'au forum consacré au *Règne du sang*. Il entra son nom d'utilisateur, « Tennessee_Northbrook », et prit part à un débat animé sur la sortie prochaine du *Souffle des morts*, le sixième et dernier volet de la saga, prévue en mars de l'année suivante.

Il s'adossa à sa chaise et passa en revue sa légion d'amis numériques : des noms inventés, des photos de profil qui montraient des personnages de dessins animés ou des chats à la mine renfrognée. Il était heureux de les avoir. Tandis qu'il faisait défiler les pages du forum, cliquant sur des fils de discussions, une petite fenêtre apparut en haut de l'écran. Son cœur s'emballa. Un message privé. Il l'ouvrit. Adressé exactement par la personne qu'il espérait : landes_automnales. Il ne savait pas grand-chose au sujet de cette landes_automnales, hormis qu'elle avait à peu près son âge et habitait non loin de Birmingham, en Alabama. Ils avaient commencé à s'envoyer des messages privés une semaine auparavant, après que Travis avait pris sa défense lors d'un échange animé dont l'objet était de déterminer si les Maudits étaient des humains morts-vivants ou une tout autre entité.

landes_automnales : Hé, quoi de neuf ?

Tennessee_Northbrook : Pas grand-chose, je glande. Et toi ?

Pareil. J'ai adoré ta théorie au sujet de Norrell Bayne, comme quoi il serait le vrai fils de Torren Winterend.

Travis bondit sur son siège et se mit à taper : **J'aimerais être le vrai fils de Torren Winterend parce qu'il est sûrement vachement plus cool que mon père LOL.**

M'en parle pas. Mon père se comporte parfois en gros naze avec moi. Il est tout le temps sur mon dos à propos de trucs débiles.

Ouais mon père m'a pris le chou tout à l'heure pour que je m'inscrive au football américain alors que l'école commence demain. Je hais ce sport. Il m'a comparé à mon frère. Je ne supporte pas quand il fait ça.

Mes parents me comparent tout le temps à ma petite sœur, miss parfaite. Ça me rend dingue ! T'as pas encore repris les cours ??? Injuste ! Moi j'ai repris la semaine dernière !!!

Tu devrais peut-être t'installer ici LOL.

Travis rougit en appuyant sur « Envoyer ».

OK, c'est ce que je vais faire, à condition que tu me promettes de t'asseoir à côté de moi à la cantine.

Travis sentit une chaleur envahir son corps. Il était en train de préparer sa réponse quand on toqua à la porte. Il sursauta. Il pria pour que ce ne soit pas son père. Non pas que son père prenne la peine de frapper à la porte lorsqu'il avait décidé d'entrer dans une pièce.

— Oui !

C'était sa mère, qui tenait un sac en papier marron dans sa main. Elle referma la porte derrière elle.

— Coucou, mon cœur. Je suis allée faire des courses aujourd'hui et je t'ai pris un petit quelque chose. Un cadeau de rentrée.

Elle tendit à Travis le sac en papier.

— Ce n'est pas grand-chose.

Il ouvrit le sac. Il contenait un livre de poche intitulé *Le chevalier rebelle.* Sur la couverture, il y avait un homme au visage ciselé et à la mine sombre, qui avait de longs cheveux noirs et une barbe naissante. Sa tunique entrouverte révélait des pectoraux bronzés. Il avait dans une main une épée, et un bouclier dans l'autre. Travis avait une idée assez précise du contenu.

— Waouh, maman, merci ! s'exclama-t-il avec autant d'enthousiasme que possible. Ça a l'air génial.

Sa réaction sembla réjouir sa mère.

— Je sais que tu aimes les livres de chevaliers. Je me suis dit que tu ne l'avais peut-être pas lu, celui-ci.

— Non, répondit-il doucement en le feuilletant. Celui-ci, je ne l'ai pas lu.

— Ton père ne veut que ton bien.

Travis regarda fixement le livre, le soupesant.

— Dommage qu'il ne soit pas très doué pour le montrer.

— Je suis d'accord avec toi. Enfin... Je te laisse retourner à tes occupations.

Elle se pencha en avant, le serra dans ses bras et déposa un baiser sur sa joue.

— Je te souhaite une excellente rentrée demain. Je t'aime.

— Je t'aime aussi, maman.

Une fois sa mère partie et la porte refermée, Travis secoua la tête et balança le livre sur le lit. Ce n'était pas la première fois. En fait, Travis commençait à avoir une bonne collection de bouquins érotiques médiévaux sous son lit. Mais il n'avait pas le cœur de le dire à sa mère.

Un nouveau message de landes_automnales apparut à l'écran : OK, bon, visiblement, t'as pas vraiment envie de t'asseoir à côté de moi à la cantine, bouhou !

Non, non ! J'adorerais m'asseoir à côté de toi à la cantine LOL. Désolé, ma mère est entrée. J'étais en train de lui parler.

Cool ! Parce que généralement, je mange toute seule. Je n'ai pas des masses d'amis dans mon bahut pourri. Ici, personne n'aime *Le règne du sang*.

Je vois grave ce que tu veux dire. J'ai deux amis qui déchirent. Mais même eux ne comprennent rien au *Règne du sang*.

Si l'idée est qu'on déjeune ensemble le midi, autant se dire nos vrais noms. Moi, c'est Amelia.

J'aime bien ce nom. Moi, c'est Travis.

Enchantée, Travis.

Enchanté, Amelia.

Son cœur battait au rythme des syllabes de son nom. A-me-lia. Tandis qu'elle écrivait sa réponse, Travis se leva, fit rapidement le tour de la pièce, ramassa son bâton et le fit tournoyer au-dessus de sa tête du mieux qu'il le put dans l'espace confiné de sa chambre, en regardant son reflet dans le miroir.

5

Dill

Dill détestait rentrer chez lui après avoir passé du temps avec Lydia. C'était comme se réveiller d'un rêve euphorisant. Quand il ouvrit la porte, sa maison était silencieuse et étouffante. Il posa son CD sur la table de la cuisine et réfléchit aux possibilités qui s'offraient à lui pour le dîner. Rien de très réjouissant. Il improvisa une espèce de ragoût avec des boîtes de conserve cabossées de haricots verts et de velouté de champignons, auquel il ajouta du fromage périmé – qu'il avait eus gratuitement chez *Floyd's Foods*, où son travail consistait à aider les clients à ranger leurs courses ainsi qu'à mettre les produits en rayon.

Il mit la triste mixture au four, brancha l'air conditionné et commença à jouer de la guitare, travaillant sur un nouveau morceau que personne n'entendrait jamais. Une chanson qui parlait d'histoires qui se terminent. De ce que l'on ressent quand les gens qu'on aime partent en nous laissant derrière eux.

Vers 20 h 45, Dill entendit leur Chevrolet Cavalier 1992 remonter bruyamment l'allée. Sa mère entra dans la maison. Elle suintait l'épuisement.

— C'était comment, le boulot ?

— Je suis fatiguée. J'ai dû refouler une bonne vingtaine de gamins de ton âge qui essayaient d'acheter de la bière.

Elle se laissa tomber avec un petit gémissement dans leur vieux fauteuil tout usé et se frotta le visage.

— Tu as pris tes médicaments pour le dos ? demanda Dill.

— Je n'en ai plus. Je ne peux pas en racheter tant que je n'ai pas touché mon salaire.

Dill retourna dans la cuisine et regarda où en était son plat.

— Le dîner est prêt ! cria-t-il pour qu'elle l'entende depuis le salon.

La mère de Dill inspira un grand coup et, les mains posées au milieu de son dos, elle se mit debout. Elle prit un moment avant de se redresser en grognant de douleur. Elle entra dans la cuisine et s'assit à table. Elle prit le CD de Dill.

— C'est quoi, Joy Division et New Order ?

Merde. Dill possédait un don particulier, perfectionné au bout de plusieurs années d'amitié avec Lydia : rendre chrétien n'importe quel groupe de rock en un clin d'œil. Arcade Fire ? Une référence aux flammes de l'enfer qui attendent ceux ayant renoncé à Dieu au profit des jeux vidéo. Fleet Foxes ? Une allusion à l'épisode biblique au cours duquel Samson capture des renards, attache des torches à leur queue afin qu'ils brûlent les champs des Philistins. Radiohead ? Une façon de dire que l'esprit humain doit servir de conduit vivant au Saint-Esprit, un peu comme une antenne de radio.

— Ah, euh… New Order… Ça parle de l'ordre nouveau que le Christ créera quand il reviendra régner sur Terre… Et Joy Division… ça parle de la joie qui divise les gens – ceux qui connaissent le salut et les autres. Ce sont des groupes chrétiens.

Soit sa mère se satisfaisait de son explication, soit elle était trop fatiguée pour lui chercher des poux. C'était sans doute la première hypothèse, puisque la fatigue ne l'avait jamais empêchée de se disputer avec Dill.

Il sortit le plat du four. Ça sentait bon, c'était chaud et plein de fromage. Chez les Early, on n'était pas difficiles. Il prit un quart du pain blanc rassis qui se trouvait sur le frigo pour absorber le liquide de son ragoût. Il saisit deux assiettes et des cuillères sur l'égouttoir à côté de l'évier, mit la table et les servit tous les deux.

Ils mangèrent en silence.

— C'était comment, Nashville ? lui demanda enfin sa mère.

— Bien. Grâce à Lydia, j'ai pu m'acheter des bons vêtements pour vraiment pas cher.

Sa mère tamponna sa bouche avec une serviette.

— J'aimerais bien que tu aies plus d'amis de l'église.

— Travis va à l'église.

— Je me pose des questions sur lui. Toujours habillé tout en noir. Et ce collier de démon…

— De dragon.

— C'est pareil. Relis le livre de la Révélation.

Dill se leva pour remplir de nouveau leurs verres d'eau.

— Et Lydia ne fréquente pas notre église.

— Ouais, mais je t'ai expliqué qu'elle était épiscopalienne, ou presbytérienne, enfin, je ne sais plus. Elle est chrétienne, en tout cas.

La mère de Dill laissa échapper un rire amer.

— J'aimerais bien voir un épiscopalien tenir des serpents ou parler en langues[1]. Les signes suivent ceux qui ont véritablement la foi.

— Je ne peux pas choisir mes amis en fonction de qui veut bien tenir une vipère cuivrée entre ses mains.

— Bien sûr que tu peux. Dis plutôt que tu ne veux pas.

— De toute façon, c'est un peu compliqué maintenant que le seul pasteur qui manipule des vipères se trouve derrière les barreaux.

La mère de Dill lui jeta un regard sévère.

— Ne prends pas ça à la légère.

— Je te jure que ce n'est pas le cas. Je lui ai rendu visite quand j'étais à Nashville.

Cette fois-ci, les yeux de sa mère exprimèrent un autre genre de dureté.

— Tu aurais pu le dire plus tôt. Comment tu l'as trouvé ?

Dill enfourna une bouchée de ragoût et se mit à mastiquer lentement, le temps de réfléchir à sa réponse.

— Bien, je dirais. Je ne sais pas. Bien pour quelqu'un en prison ? Je crois qu'il s'est fait des amis, parce qu'il avait des tatouages sur les phalanges.

Sa mère plissa le front.

— Vraiment ? Des tatouages ? De quoi ?

1. Phénomène extatique au cours duquel le croyant adresse une prière à Dieu dans une langue inconnue.

— Marc, 16 : 18. Sur les huit premières phalanges.

La mère de Dill contempla son assiette.

— Il a toujours su entendre la voix de Dieu. Je n'ai pas compris tout ce que ton père a fait, mais je suis certaine que c'était Sa volonté.

Elle épongea ce qui restait de son ragoût avec un croûton de pain.

D'après moi, pas sûr que Dieu approuve tout ce que papa a fait dans sa vie. À vrai dire, j'en doute. Dill débarrassa les assiettes qu'il mit à tremper dans l'évier. Il ouvrit un tiroir en prenant soin qu'il ne sorte pas de la coulisse (ce qui demandait une certaine adresse) et prit une feuille de film alimentaire qu'ils utilisaient, lavaient puis réutilisaient. Il enveloppa le reste de ragoût et le mit au frigo.

— Tu ferais mieux d'aller dormir un peu si demain tu veux aller en cours.

— Pourquoi « si » ?

— Parce que je ne t'oblige pas à y aller. Tu le sais bien.

— Je ne pensais pas que tu étais sérieuse quand tu m'as dit ça.

— Si ! J'ai hâte que tu travailles à plein temps chez *Floyd.* Ils t'aiment bien, là-bas. Deviens manager et tu gagneras trente-cinq mille dollars en un rien de temps. C'est une belle somme.

— Et je ne termine pas le lycée ?

Je n'en reviens pas... Je suis en train de plaider en faveur de l'école auprès de ma mère...

— Tu sais lire. Écrire. Faire des additions et des soustractions. C'est suffisant pour décrocher un bon boulot. À quoi te servirait un bout de papier ? Ce qui compte à mes yeux, c'est que tu connaisses les textes sacrés.

Dill récura les assiettes.

— Lydia postule à toutes les meilleures universités du pays. Et pendant ce temps-là, ma mère m'encourage à laisser tomber l'école…

— Le père de Lydia est dentiste et sa mère travaille aussi. En plus, ils n'ont pas nos dettes. Ça ne sert à rien de te comparer à elle.

— T'as raison, ça ne sert à rien.

— Ton père n'a pas fini le lycée. Et moi non plus. J'ai tout laissé tomber pour l'épouser.

Dill posa l'assiette qu'il était en train de laver, se retourna et regarda sa mère avec des yeux incrédules.

— Tu ne penses pas réellement me convaincre avec un argument pareil ?

— Un jour, tu apprendras que tu ne vaux pas mieux que ton nom.

Un jour ?

— Ouais, eh bien peut-être que c'est ce que je vais apprendre cette année à l'école. Les autres ont l'air déterminés à me le faire comprendre. Bonne nuit.

Dill posa l'assiette sur l'égouttoir en plastique blanc craquelé et se rendit dans sa chambre. Il souleva la porte par la poignée, car l'une des charnières était cassée, et la referma derrière lui. Il s'assit sur son lit, seul meuble de sa chambre hormis une commode achetée chez Emmaüs. Le matelas plein de bosses grinça sous son poids. Il mit son nouveau CD dans le vieux lecteur que Lydia lui avait offert. Il enfonça les écouteurs dans ses oreilles et s'allongea, les mains derrière la tête.

Parfois, la musique parvenait à vaincre sa solitude. Mais quand il avait l'impression d'être assis au fond d'un puits asséché et de regarder le ciel, cela ne marchait pas du tout. Aujourd'hui, c'était le début de la fin pour lui, alors que pour Lydia, ce n'était que le début du début. Il soupira.

Aucune chanson n'avait le pouvoir de changer ça.

6

Lydia

Quand Lydia rentra chez elle, ses parents étaient confortablement installés sur le canapé, en train de regarder la télévision. Sa mère avait un verre de vin rouge dans la main et les pieds sous l'une des jambes de son mari. Un carton à pizza était posé devant eux, sur la table basse en bois de récupération. Le père de Lydia était obsédé par les meubles anciens de style industriel. Leur maison victorienne, qu'ils avaient méticuleusement restaurée, en était remplie. Les magazines de décoration étaient son péché mignon.

— Salut, toi ! dit son père. C'était bien, Nashville ?

Lydia souleva ses sacs de shopping.

— J'ai ma réponse. Al Gore a été sage ?

— On ne l'a pas croisé.

— Mais non, ta voiture ! Elle a bien roulé ?

Lydia avait hérité de Al Gore (la première Prius de Forrestville) de son père.

— Elle a été sage.

Lydia enleva ses bottes, se laissa tomber sur le canapé, de l'autre côté de son père, et cala elle aussi ses pieds sous sa jambe.

— Tu as faim ? Il reste de la pizza, dit sa mère.

— Ça manque, une vraie pizzeria, dans cette ville, fit remarquer Lydia.

— Plus qu'un an, et tu habiteras dans l'une de ces extraordinaires métropoles où il y a tellement de pizzerias qu'il est impossible de toutes les tester, répliqua sa mère.

— Ouais, mais un an, c'est long, quand tu manges de la mauvaise pizza.

— Tu es tellement élitiste ! déplora son père. De toute façon, une pizza, ça ne peut jamais vraiment être mauvais, si ?

— « Élitiste », pourquoi pas, si tu entends par là : « capable de choix éclairés ». Mais bon, je t'accorde que notre pizzeria tient grosso modo la route, du moment qu'on évite la jambon-ananas.

— Ceci dit, cette remarque est valable pour n'importe quelle pizzeria, dit son père. Allez, prends-en une part.

— Je ne devrais pas.

— Mais si.

— J'ai trop la flemme de me lever.

Son père se pencha, attrapa le carton à pizza et le lui tendit.

— Dois-je également vous donner la becquée, très chère ?

— Oh, la ferme ! lui répondit Lydia en se servant une part.

— Voyons, Lydia ! s'indigna sa mère en reniflant.

Lydia ôta ses lunettes et nettoya une trace sur l'un de ses verres.

— J'adorerais zoner avec vous en mangeant de la pizza, mais je dois travailler sur mon blog ce soir. Les gens qui me suivent attendent mon post consacré à la rentrée.

— Vis ta vie ! dit son père. Mais avant, va donc voir ce qui t'attend sur le plan de travail de la cuisine. La petite souris des terminale t'a déposé quelque chose pendant ton absence. On a essayé de lui expliquer que tu n'avais pas été sage, que tu disais à ton père de se la fermer, mais elle ne nous a pas écoutés.

Lydia roula des yeux malicieusement, se leva et se rendit dans la cuisine. Un tout nouveau portable Mac entouré d'un ruban rouge l'y attendait. Elle tapota sa bouche de sa main et poussa un petit cri de joie. Tout le malaise qu'elle avait pu éprouver après sa dispute avec Dill s'évapora en un clin d'œil. Elle se précipita dans le salon pour embrasser ses parents, avec un empressement tel que sa mère faillit renverser son verre de vin sur le canapé.

— Il ne manquerait plus que ton ordinateur te lâche au beau milieu d'un dossier de candidature pour une université ou de ta dissertation d'admission, dit son père.

— Je vous aime ! Malgré votre penchant pour la mauvaise pizza !

Lydia se rua à l'étage. Son père disait souvent pour la taquiner qu'elle avait annexé cette partie de la maison. Ses parents y occupaient une chambre. Elle aussi. Ainsi que deux autres pièces – l'une, meublée d'innombrables portants à roulettes, accueillait son dressing, l'autre, son atelier de couture et de projets.

Une fois dans sa chambre, Lydia s'installa derrière son bureau moderne et dépouillé, qu'ils avaient acheté lors d'une expédition *Ikea* à Atlanta. En attendant que son nouvel ordinateur démarre, elle passa en revue les photos du jour sur son téléphone, postant les meilleurs clichés sur Instagram et Twitter.

Son téléphone bipa. Un SMS de Dahlia Winter : Argh, déjà la rentrée ?

Dahlia était sa meilleure amie sur Internet. En fait, elles étaient devenues très proches dans la vraie vie au cours de l'été, depuis que Lydia avait passé deux semaines dans la maison de vacances que possédait la famille de Dahlia sur l'île très huppée de Nantucket. Rentrer à Forrestville après un tel séjour avait été rude. Cette expérience avait permis à Lydia de confirmer que c'était une bonne idée de partager une chambre étudiante avec Dahlia à NYU, leur premier choix à toutes les deux. Lydia croisait les doigts pour être admise dans cette université. Évidemment, Dahlia le serait. Sa mère, Vivian Winter, était la célèbre rédactrice en chef de *Chic Magazine*. Elle avait la réputation d'être redoutable. Dahlia aurait pu intégrer sans difficulté n'importe quelle école de son choix. Mais elle voulait être là où battait le cœur de la mode, et adorait s'encanailler avec les classes populaires. D'où son amitié avec une fille « pauvre » du Tennessee.

Argh, comme tu dis. Tu peux pas savoir à quel point mon bahut est atroce, écrivit Lydia.

Je compatis. Ici aussi, il y a de gros nazes.

J'imagine que ceux qui fréquentent Phillips Exeter ne sont pas les mêmes que ceux de Forrestville High. C'est quand, ta rentrée ?

Ouais, sûrement. En septembre.

Je te déteste. (Mais avec amour.)

LOL, je dois te laisser. Bon courage demain au lycée de Ploucville.

Lydia posa son téléphone et se mit à écrire un texte dans lequel elle raconta le trajet en voiture jusqu'à Nashville, sa halte shopping chez *Attic*, et partagea ses réflexions sur la rentrée des classes. Elle finit par manquer d'inspiration et commença à chercher des façons de procrastiner.

Elle téléchargea les photos de leur expédition à Nashville sur son nouvel ordinateur et les passa en revue. Travis, appuyé sur son bâton, s'efforçant de prendre une expression ténébreuse. Elle alla sur sa messagerie et lui écrivit un e-mail auquel elle joignit les images.

T'y crois, toi ? On est tombés par hasard sur Rainer Northbrooke à Nashville. Il te passe le bonjour. Cadeau !

Et puis elle se mit à parcourir les photos de Dill. Il semblait distant. Perdu. Tourmenté.

Lydia ressentit un pincement de culpabilité et de tristesse en pensant qu'elle ne pouvait pas utiliser ces clichés sur son blog. Quand elle s'était rendue à la Fashion Week de New York, elle avait participé à une rencontre entre bloggeurs de mode adolescents. Tout un tas de gamins âgés de treize à dix-sept ans qui ne parlaient que de contenu et d'image de marque.

« Ça craint tellement quand tes potes n'ont aucun style et que tu ne peux pas parler d'eux ou les montrer sur ton blog. C'est tellement gênant… Quoi ?

Tu ne vas pas leur dire “Hé, désolé, mais t’as un look de merde alors je préfère ne pas m’afficher avec toi ?” Pourtant, c’est la réalité », avait déclaré une fille de treize ans à l’air blasé originaire de Johannesburg, à son auditoire qui l’écoutait en hochant sagement la tête.

Lydia n’était pas intervenue. *Oh oui ! Je sais ce que c’est, d’avoir des amis qui n’ont pas de style.*

Travis était désespérément à côté de la plaque en matière de mode. Et il s’en foutait royalement.

Dill ? C’était une autre histoire. Il était grand, avait des yeux sombres, des pommettes hautes et saillantes, d’épais cheveux bruns en bataille (qu’elle coupait pour lui), des traits ciselés sur un visage émacié, et des lèvres charnues et expressives – bref, il ne correspondait absolument pas aux canons de beauté traditionnels de Forrestville, mais ferait un très bon mannequin pour *Prada* ou *Rick Owens*.

Elle faisait tout ce qu’elle pouvait pour le mettre en valeur. Et même si elle l’habillait conformément à ce qu’il était – un musicien du Sud rural –, ce n’était pas à cause de son look qu’il risquait de nuire à son image de marque. En réalité, il ferait certainement un malheur auprès des gens qui la suivaient, bien qu’elle n’ait aucune envie de passer son temps à gérer le fan-club de Dill. (Elle n’était pas possessive, juste occupée.)

Le problème de Dill, c’était son nom. Les gens qui suivaient le blog de Lydia étaient des « googleurs » invétérés. Elle redoutait plus que tout qu’ils voient une photo de lui, que cela attise leur curiosité, et que, de fil en aiguille, ils découvrent son identité. Parce que devinez ce que l’on trouve en tapant « Dillard Early » ? Quelque chose de très mauvais pour la marque *Dollywould*.

Déjà que les gens, à commencer par Dahlia, traitaient Lydia avec une espèce de condescendance bienveillante… (« Tu es tellement intelligente et ouverte d'esprit pour quelqu'un qui vient du Sud ! » « Tes goûts sont tellement raffinés pour quelqu'un de cette région. ») Ils s'imaginaient qu'elle vivait dans une maison, comment dire… semblable à celle de Dill. *Ma baraque est sûrement plus chouette que la tienne*, se disait-elle en lisant leurs commentaires bien intentionnés. *Mes parents se sont rencontrés à Rhodes College. Deux Prius et un SUV Lexus hybride sont garés devant chez nous. J'ai cent gigas de musique sur mon tout nouvel ordinateur portable Mac, un abonnement à Netflix et une connexion Internet haut-débit. Hé, les gars, je ne chasse pas le raton laveur pieds nus devant ma caravane !*

Elle fit défiler rapidement les photos de Travis, de Dill et celles où ils étaient tous les trois, choisit les meilleurs clichés où elle apparaissait seule, et d'autres où elle posait aux côtés d'April (qui elle, ne risquait pas de nuire à son image). Elle enregistra sa sélection sur le bureau pour pouvoir s'en servir. Elle n'avait toujours pas envie de travailler à son article, alors elle envoya un SMS à Dahlia.

Hé, tu fais quoi, là ? Dispo pour parler ?

Désolée, poulette, pas pour l'instant. Je suis en train de dîner avec Peter Diamond. On se parle plus tard.

Peter Diamond était la dernière sensation littéraire de Brooklyn. Il venait de publier le deuxième volet d'un cycle proustien de quatre romans qui évoquait de façon semi-autobiographique (parfois heure par heure, minute par minute) les désarrois et l'ennui d'un jeune homme de vingt ans au tempérament créatif à Brooklyn. Certainement fascinant…

Ça me donne un bon avant-goût de ce qui m'attend à New York, pensa Lydia. Elle adorait Dahlia, mais là, ça la dépassait un peu !

Peut-être est-ce un signe que m'envoie l'univers pour me dire d'arrêter de remettre mon article à plus tard. Après quelques faux départs, elle commença à écrire sur la rentrée.

Voilà ce que je me suis dit en roulant vers Nashville aujourd'hui, mon dernier jour d'été avant le début de mon année de terminale : rien ne donne davantage l'impression d'essayer de retenir le sable qui te glisse entre les doigts que la rentrée scolaire. Le sable, c'est évidemment le temps.

Le jour de la rentrée de terminale, tu comprends que l'été ne voudra peut-être plus jamais dire la même chose qu'avant. Sans même avoir mis les pieds en classe, tu apprends que la vie est composée d'un nombre limité d'étés qui défilent dans une sorte de tourbillon de glaces, de libellules, de cheveux à l'odeur de chlore et de peau qui sent la crème solaire parfumée à la noix de coco. Nous vivons dans une série de moments, de saisons et de souvenirs sensoriels qui, mis bout à bout, forment une sorte d'histoire. Peut-être que les premiers jours d'école sont faits pour nous donner des lignes de démarcation, pour apporter du sens à ces instants de l'enfance, au cycle de vie des amitiés et…

Tandis qu'elle tapait son texte, elle ressentit une chaude vague d'excitation et d'impatience l'envahir en pensant à la nouvelle vie qui l'attendait, imminente.

7

Dill

Dill balayait du regard le parking avec une résignation morose, observant ses camarades qui arrivaient les uns après les autres. *Sauf que cette fois-ci, je ne peux même pas prier pour que l'année se termine vite, parce que, après, Lydia ne sera plus là.* Al Gore était garée à l'arrière du parking, le spot préféré de Lydia. De là, on pouvait décoller en vitesse après les cours. Elle avait même sur son iPod un morceau rapide au banjo pour accompagner ces fuites. Ils étaient arrivés légèrement en avance, ce qui leur laissait un peu de temps à tuer avant le début des cours. Le coffre était ouvert. Lydia et Dill étaient installés sur le pare-chocs.

Mlle Alexander, la coach des pom-pom girls, passa devant eux. Quand elle se trouva assez loin, Lydia dit :

— Je n'ai jamais compris pourquoi tout le monde la trouve aussi sexy.

— Moi non plus.

Lydia parut satisfaite. C'était manifestement la réponse qu'elle attendait de lui.

— Je parie vingt dollars qu'on va finir par l'arrêter pour avoir couché avec un élève de treize ans.

Lydia balançait doucement les jambes. Elle portait des collants intentionnellement troués au motif chaotique. Sur quelqu'un d'autre, le résultat aurait été désastreux. Son mollet tapait sur l'autocollant qui disait DES DENTS EN BONNE SANTÉ, ÇA DONNE LE SOURIRE. Son père avait proposé de l'enlever. « Pourquoi tu ne l'as pas laissé faire ? » lui avait demandé Dill un jour. « Parce que ce slogan reste d'actualité, lui avait-elle répondu. Et puis parce que ça craint, mais c'est archi-poilant. »

— Tu lui donnes quoi, comme pourcentage de sexytude ?

Dill réfléchit un moment.

— Soixante-quinze pour cent.

— Eh ben dis donc ! Ça rigole pas.

— Dans ce bahut, tout le monde pense qu'être sexy, c'est avoir un beau bronzage et des dents parfaites.

— Mais pas toi.

— Non.

Bonne réponse encore, sembla dire une fois de plus le sourire de Lydia. Ses dents étaient aussi chaotiques et imparfaites que ses collants. Et comme pour ces derniers, Dill trouvait qu'elle les portait avec style. Elle ne voulait pas que son père les corrige, comme elle refusait qu'il enlève l'autocollant. Elle avait expliqué un jour à Dill que c'était un peu comme les tisserands de tapis persans, qui laissaient volontairement un défaut dans leur création pour rappeler que seul Dieu est parfait.

À force de faire des commentaires sur les gens qui défilaient devant eux, il était presque l'heure d'aller en classe.

Alors que Dill s'apprêtait à demander à Lydia quel était son premier cours de la journée, il entendit un rire à sa gauche. Tyson Reed et sa copine, Madison Lucas, approchaient. Son cœur se serra. *C'est parti.*

— Quoi de neuf, Dildo[1] ? La terminale ! s'exclama-t-il avec un enthousiasme exagéré, en levant la main pour qu'il tape dedans. Allez, mon pote, tope là !

Dill se barricada en mode défensif. Il se referma sur lui-même et détourna le regard, ignorant Tyson. Il pria en son for intérieur. *Bénis soient ceux qui t'insultent, bénis soient ceux qui t'insultent, bénis soient ceux qui t'insultent.* Une autre pensée lui traversait l'esprit en parallèle : *Dieu me punit parce que j'ai déshonoré ma mère en venant à l'école. Il ne m'accordera même pas une heure de répit.*

Pour se payer leur tête, Lydia lassa échapper un gros rire semblable à un braiement.

— Attends, attends… J'ai compris ! T'as dit « Dildo » ? Comme son nom, auquel t'ajoutes un « -do » à la fin ! La bonne blague ! Tu sais que tu es hi-la-rant ?

Elle applaudit.

— Tant mieux, si ma vanne te plaît, Lydia Chlamydia ! répondit Tyson.

Madison, qui était derrière lui, ricana.

Lydia ouvrit grand la bouche en prenant un air ahuri.

— Quoi, Lydia Ch… T'as recommencé ! T'as balancé une autre vanne poilante en trouvant une maladie vénérienne qui rime avec mon nom ! Énorme !

— C'est toi, qui es énorme, répliqua Tyson.

Nouveau ricanement de Madison. Celui-ci était plus sonore et acerbe, comme si, enfin, Tyson avait lâché la vacherie qu'elle attendait depuis le début.

1. Synonyme de sex-toy.

Quelque chose surgit en Dill. Pas exactement du courage. Disons plutôt qu'il ne perdrait rien à être viré du lycée. D'ailleurs, et si c'était ce que Dieu voulait pour lui ? Peut-être allait-il réussir à balancer son poing dans la tronche de Tyson avant que celui-ci ait le temps de réagir ? Tyson ne s'attendait sûrement pas à ce que Dill riposte. Même le Christ avait chassé les marchands du temple. Et aux yeux de Dill, l'amitié de Lydia était un temple.

Dill se leva. Il sentit la main de Lydia, chaude sur son bras. Il s'assit, étourdi par l'adrénaline, s'efforçant de ne pas montrer qu'il tremblait.

— Ouais, Dildo. Vas-y. Balance ! l'exhorta Tyson.

Lydia croisa les jambes. Elle se remit à les balancer comme si de rien n'était, les mains posées sur son genou.

— Énorme, tu dis ? Voyons voir… Partons du principe qu'il faudrait que je perde, allez, dix kilos. Pour y parvenir, facile : il suffirait que j'arrête de manger des gâteaux, du bacon et autres délices qui donnent tout leur sens à la vie. Mais toi, poursuivit-elle en pointant son doigt vers Tyson d'une manière volontairement théâtrale, tu es bête. Et tu auras beau arrêter de manger tous les aliments du monde, ça ne te rendra pas plus intelligent. Tu mourras bête.

— Et toi, tu mourras d'une overdose de frites, Lydia Chlamydia-cul-de-vache.

— Tu veux vraiment te lancer là-dedans ? lui demanda-t-elle en agitant son doigt entre eux deux. Une joute verbale ? C'est même pas marrant de te défoncer parce que t'es trop crétin pour capter que tu es en train de te faire démolir.

Madison s'avança brusquement, son visage crispé comme un poing peinturluré à l'autobronzant.

— Tu es laide. Dedans comme dehors. Tu penses valoir mieux que tout le monde parce que t'as été interviewée dans le *New York Times* et que t'es connue sur Internet.

Lydia étudia le visage de Madison comme si elle contemplait des toilettes bouchées.

— Puisque pour toi, « être plus intelligent » et « valoir mieux » ne vont pas de pair, je dirais que ce n'est pas vrai.

— C'est pour ça que personne ne peut te blairer, répliqua Madison.

— Ah, ouf ! J'ai eu peur que ce soit à cause de mon haleine.

— Au fait, sympas, tes collants de sorcière, lui lança Madison d'une voix dégoulinante de mépris. Tu les as trouvés dans une poubelle ?

— Non, c'est un cadeau des sœurs Rodarte. C'est la collection de l'année dernière, mais j'espérais que personne du lycée ne le remarquerait.

— Madame et ses amis chics… Tu vas aller te plaindre de nous sur ton blog, maintenant ?

Lydia adressa à Tyson un sourire condescendant et fronça les sourcils.

— Oh, qu'il est mignon ! Il croit qu'il est assez important pour que je parle de lui sur mon blog… Mais attention, je n'ai pas dit que tu n'étais pas important du tout, mon petit bouchon !

Travis approchait, l'air épuisé.

— Salut !

— Tyson, tu ne veux pas trouver un sobriquet rigolo à Travis ? demanda Lydia avec un sourire malicieux.

La bagarre entre Travis et Alex n'avait peut-être pas permis à leur ami d'augmenter sa cote, mais les gens continuaient à le craindre. Travis mesurait facilement vingt centimètres de plus que Tyson, et pesait bien cinquante kilos de plus que lui.

Tyson attrapa la main de Madison.

— Allez tous vous faire foutre. On a perdu assez de temps comme ça avec vous, bande de pédales.

Ils s'éloignèrent d'un pas raide. Madison fit un doigt d'honneur à Lydia par-dessus son épaule. Auquel Lydia, Dill et Travis répondirent une fois que leurs agresseurs eurent le dos tourné. Le cœur de Dill battait toujours fort, mais au moins, il respirait à nouveau. Finalement, le message que Dieu avait pour lui aujourd'hui était peut-être différent de celui qu'il avait imaginé.

— Ils n'ont toujours pas digéré cette interview, pas vrai ?

— T'as décrit le bahut comme, je cite, le « désert de la mode », fit remarquer Travis.

— « Peuplé de faux-bourdons dont la garde-robe provient exclusivement de magasins discount, et qui empestent comme les survivants d'une collision entre une citerne de parfum Axe et un bus scolaire », compléta Dill.

— Oh, les garçons, vous l'avez lu !

— Pourquoi tu ne lâches pas les fans de ton blog sur les gens qui te font la misère ? demanda Travis.

— Parce que les gens qui aiment mon blog ne sont pas des pros du harcèlement en ligne, et heureusement. Je détesterais que mes lecteurs soient comme ça.

Ils se levèrent et se dirigèrent vers le lycée, un grand bâtiment quelconque des années 1970 qui avait autant de charme qu'un asile d'aliénés.

— Je vais par là, les amis, déclara Travis.

— Eh, pourquoi on a l'impression que t'as dormi un quart d'heure cette nuit ? Tout va bien ? demanda Lydia.

— J'ai discuté jusqu'à pas d'heure avec des potes sur le forum. Rien de spécial. Je vous vois après le boulot ?

— Ouais, répondit Dill.

Lui et Lydia continuèrent leur chemin. Lydia était silencieuse. Elle avait l'air d'un boxeur qui vient de remporter un combat : triomphante mais le corps endolori.

— Tu n'es ni grosse ni laide, lui dit Dill.

Elle se mit à rire.

— T'es gentil, mais ça va, je t'assure ! Je m'aime telle que je suis. Tyson aura beau me balancer tout ce qu'il veut, ça n'y changera rien. Encore un an avec ces connards et ensuite, je ne les verrai plus jamais. Enfin, à moins que l'un d'eux me serve des frites au fast-food dans dix ans. Puisque c'est ma passion, apparemment.

Dill pensait être parvenu à le cacher, mais lui-même devait avoir l'air meurtri.

— Ça ne te va pas du tout, « Dildo », tu sais. Je ne comprends pas qu'ils n'aient pas pensé à te surnommer « Dilettante ». C'est plus marrant et plus inventif. Mais ça nécessite plus de vocabulaire.

— Je ne suis pas vexé à cause d'eux.

— Ah bon, alors c'est à cause de moi ?

Ils venaient d'arriver devant l'entrée du lycée. Ils firent une halte. Autour d'eux, les élèves s'engouffraient à l'intérieur.

— C'est rien… Tout va bien.

Au moment où Dill allait entrer dans le bâtiment, Lydia l'arrêta.

— Nan, nan, nan. Qu'est-ce qu'il y a ?

— Quand tu parles des gens qui seront encore ici dans dix ans…

Lydia roula les yeux.

— Oh, bon sang ! Et si on partait tout de suite du principe que je ne parle pas de toi quand je dis des trucs comme ça ?

— Mais… Et si c'était moi qui te servais des frites dans dix ans ? Est-ce que ça signifie que tu me trouves bête comme Tyson ?

— T'es sérieux, Dill ?

— C'est toi qui as voulu savoir ce qui me contrariait.

— OK, t'as raison. J'ai voulu savoir. Non, je ne pense pas valoir plus que toi. Non, je ne pense pas que tu me serviras des frites au fast-food dans dix ans. Putain, est-ce que tu peux éviter de me faire des scènes ? Quand je prends ta défense, en plus !

— Et si… Et si, au final, je ne devenais pas quelqu'un de meilleur que Tyson ?

— Je ne laisserai jamais une chose pareille se produire ! Je t'engagerai comme majordome, s'il le faut.

— C'est pas drôle.

— Non, c'est vrai, tu serais un très mauvais majordome. Tu serais tout le temps dans la lune, et tu jouerais de la guitare alors que des gens seraient en train de frapper à la porte. Et quand tu leur ouvrirais enfin, tu sortirais des trucs comme : « Hé, c'est bizarre, non ? La Terre est un corps céleste, et pourtant nous, nous ne pouvons pas voler », dit Lydia en imitant la voix de Dill. Et tu te mettrais la rate au court-bouillon chaque fois qu'un invité te ferait une remarque vaguement vexante.

— Et puis ce que tu as sorti, à propos de Tyson, comme quoi il n'était pas assez important pour figurer sur ton blog… Tu n'as jamais parlé de moi sur ton blog.

Ils restèrent immobiles à se regarder dans les yeux.

— Tu veux vraiment que je te dise ici, devant les portes de Forrestville High, à quel point tu es important pour moi ? Que se passe-t-il vraiment, Dill ? Quelque chose d'autre te travaille.

La sonnerie retentit – début des cours dans cinq minutes.

Dill détourna le regard.

— On ferait bien d'y aller, dit-il en se retournant.

Lydia attrapa son bras.

— Quoi ?

Dill regarda d'un côté, puis de l'autre.

— Hier soir, ma mère a essayé de me convaincre de laisser tomber l'école pour travailler à temps plein.

Lydia en resta bouche bée, comme tout à l'heure avec Tyson et Madison, sauf que cette fois-ci, son étonnement et son indignation étaient sincères.

— Quoi ? C'est atroce ! Elle est folle, ou quoi ?

— Faut croire que non.

Le proviseur adjoint approchait.

— Monsieur Early, mademoiselle Blankenship, vous avez entendu la sonnerie. Ce n'est pas parce que vous êtes en terminale que vous avez le droit d'être en retard. Dépêchez-vous !

— Oui, monsieur ! s'empressa de répondre Dill.

Il attendit qu'il ait disparu pour ajouter :

— Ma mère a dit autre chose.

— Quoi ?

— Elle m'a dit qu'un jour, j'apprendrais que je ne vaux pas mieux que mon nom.

— Eh bien, elle se trompe. On en reparle très vite.

Chacun partit de son côté. Alors qu'il se dépêchait de rejoindre sa salle de classe, Dill sentit un effluve de produit d'entretien industriel.

Soudain, il a douze ans, et aide son père à nettoyer leur église afin qu'elle soit rutilante pour l'office du samedi soir. Il a fini de nourrir les serpents dans leurs caisses en bois, et, alors qu'il lustre l'un des bancs, son père le regarde en souriant et lui dit que Dieu est content de lui, et qu'à la sueur de son front, il mangera son pain. Et le cœur de Dill bondit de joie, car il sent qu'il a contenté son père et Dieu.

Tout est tellement plus simple quand personne ne vous déteste à cause de votre nom et qu'il ne vous vient pas à l'idée d'en avoir honte.

8

Travis

Les corvées du jour de Raynar Northbrook étaient presque terminées. En sa qualité de seigneur de Northbrook, il n'avait pas à se salir les mains en travaillant. Mais il le faisait parce qu'il adorait l'odeur douce et épicée du bois coupé, ainsi que le parfum riche et terreux du sol humide. Le travail était un moyen pour l'homme de se forger un dos et des bras solides pour la guerre. Et il lui faudrait toute la force possible dans les jours à venir…

— Travis, cria son père par-dessus le vacarme de la scie.

Le garçon leva les yeux. Son père tapota sur sa montre avant de faire tournoyer son doigt dans les airs.

— C'est l'heure ! Remballe !

Travis termina ce qu'il était en train de faire avant d'éteindre la scie. Il n'était là que depuis quelques heures. Il avait une dispense spéciale du lycée pour pouvoir travailler, alors il devait terminer tôt. Il consulta son téléphone. Deux messages d'Amelia. Son pouls s'accéléra.

C'était comment, cette reprise ?

Oups, j'avais oublié que t'étais au boulot à cette heure-ci.

Travis s'empressa de lui répondre :

Ouais, je suis au boulot. La rentrée, ça va. J'étais un peu K.-O. parce qu'on a parlé jusqu'à pas d'heure ! Et toi, ta journée ?

Héhé, K.-O. aussi. Beurk, chaque journée au lycée craint. À choisir, je préférerais vivre pendant un mois le siège de King's Port plutôt qu'une journée dans mon bahut à la con.

Mais souviens-toi que pendant le siège de King's Port, ils ont dû manger des rats et du cuir bouilli. Moi, perso, j'adore manger.

Héhé, c'est vrai, moi aussi. Peut-être trop, ce qui est une des raisons pour lesquelles je me fais pourrir à l'école.

N'écoute pas ces gens. Je parie que tu es très jolie.

Travis rougit en écrivant. Il hésita à appuyer sur « Envoyer ». Il le fit tout de même.

Il resta planté là quelques minutes, dans l'attente d'une réponse. Son cœur se serrait un peu plus à chaque seconde qui passait sans message. Il savait qu'il n'aurait pas dû l'envoyer. Il rangea son téléphone dans sa poche et se mit à marcher vers le bureau. Son téléphone vibra. Il faillit le faire tomber en le récupérant. Amelia lui avait envoyé une photo d'elle, prise à un angle avantageux, et avec beaucoup de filtres. Ses cheveux étaient colorés en rouge pétant, elle avait de grands yeux gris sacrément maquillés, et arborait une moue expressive sur son visage rond. Elle tenait devant elle un morceau de papier sur lequel était écrit : HÉ, TRAVIS !

J'avais raison, écrivit Travis, le cœur battant.

Il passa en revue les photos de lui et choisit la meilleure de celles que Lydia avait prises de lui avec son bâton. Il l'envoya à Amelia avec le message suivant :

Voilà, c'est moi. Désolé, je n'avais pas de papier.

Géniale, la photo ! Et le bâton, j'adore ! Faudra que tu me le montres, si on se voit un jour.

Lol, mes amis trouvent que c'est la honte. Bon, je dois y aller, mon père m'attend.

On se voit sur le forum ce soir ?

Ça marche.

Salut !

Salut !

Travis brandit un poing victorieux, épongea la sueur sur son front et se rendit dans le bureau, où son père et Lamar étaient assis dans l'air frais climatisé, papotant, chiquant et recrachant dans de vieilles cannettes de Coca Light.

Lamar balança à Travis un Coca frais.

— T'as un rencard ce soir, Travis ?

— Non, monsieur. Je vois des amis et j'ai des devoirs, répondit Travis, assez content de mentir un peu – ou en tout cas, de ne dire que la moitié de la vérité.

— Tu te rends comptes que tu as mis dans la même phrase « Travis » et « rencard », Lamar ? Tu ne le connais pas, ou quoi ? demanda son père.

Comme si toi, tu me connaissais.

— Bon, bon. Un grand gaillard comme lui, bosseur qui plus est. Ça doit bien en intéresser une ou deux, observa Lamar.

— Peut-être, dit Travis en décapsulant sa cannette.

— Si y en a, il ne les regarde même pas, déclara son père, comme si Travis n'était pas dans la pièce.

Il est trop occupé avec ses copains. Hé, tu sais avec qui il traîne ?

Lamar secoua la tête.

— Le petit-fils du Roi Serpent.

Les yeux de Lamar allèrent de Travis à son père, avant de revenir au garçon.

— Ah bon ? C'est vrai ? Le petit-fils de Dillard Early ?

— Non, intervint Travis. Vous parlez du père de Dill, pas de son grand-père. Le père de Dill s'appelle aussi Dillard Early. C'est lui qui a des serpents.

Le père de Travis le regarda d'un air ahuri.

— Nan, je ne parle pas du prédicateur pervers. Mais bien du grand-père de Dill. Tu veux dire que ton ami ne t'a jamais rien dit sur son grand-père, le Roi Serpent ?

Travis secoua la tête, perplexe.

— Non, je ne savais même pas que Dill portait le même nom que son grand-père. Il n'aime pas trop parler de sa famille.

Le père de Travis laissa échapper un gros rire porcin.

— Eh ben dis donc !

Il donna une tape sur l'épaule de Lamar.

— Raconte à Travis l'histoire du Roi Serpent. Tu t'en souviens mieux que moi. Faut qu'il entende ça !

Lamar émit un grognement et s'adossa à son siège, croisant les bras sur son ventre à bière.

— Bon sang de bonsoir. Ça fait un bail que je n'ai pas pensé au Roi Serpent. Un sacré bail même.

Il caressa sa barbe et ajusta sa casquette de base-ball.

— Bon, pour commencer, il y a trois Dillard Early. Il y a Dillard, le Roi Serpent. Il y a Dillard, le prédicateur, fils du Roi Serpent. Et puis il y a celui qui est ton ami, le fils du prédicateur. Il devrait être Dillard, troisième du nom, mais après la mort du grand-père, son père est devenu Dillard Senior, et lui, Dillard Junior. Je sais comment ça marche parce que je suis le troisième Lamar Burns de la lignée. Mais quand mon grand-père est mort, je suis devenu Lamar Junior.

Travis tira vers lui une chaise pliante en métal et s'assit.

— OK…

— Donc Dillard, le Roi Serpent, vivait dans une maison tout en haut de Cove Road. Il possédait un lopin de terre, et Dillard travaillait en ville comme mécano. Il avait deux gamins. Dillard le prédicateur et une fille qui s'appelait… J'ai oublié. Ruth. Rebecca. Quelque chose dans ce genre-là.

— Ruth, intervint le père de Travis. Je crois que c'était Ruth Early.

Lamar cracha dans sa cannette.

— Bref, Dillard le Roi Serpent adorait cette gamine. Je les voyais tous les samedis en ville. Elle portait une jolie robe blanche, et ils allaient manger des glaces. Et puis on raconte qu'un jour, alors que Dillard le Roi Serpent était assis sous son porche, en train de tailler un morceau de bois, il a entendu un cri : « Papa ! Viens vite ! » Il s'est précipité vers l'endroit d'où provenaient les cris. Ruth était allongée sur le sol. Une vieille vipère cuivrée l'avait mordue en plein dans le cou.

Lamar forma un « V » avec ses doigts et fit mine de s'en poignarder le cou.

— Donc Dillard Senior a gueulé à son fils de prévenir les secours pendant que lui restait avec Ruth. Ce que Dillard le prédicateur a fait, mais il était trop tard. Le poison de la morsure est allé direct dans le cerveau de Ruth et, pfff, elle est morte.

Lamar fit glisser son doigt sur son cou.

Travis, dont le tee-shirt était trempé de sueur, frémit dans l'air climatisé. Entre la vague d'euphorie qu'il avait ressentie en voyant la photo d'Amelia et qui retombait à vitesse grand « V » et la caféine qui lui donnait le tournis, il était content d'être assis.

Lamar poursuivit son récit.

— Il a enterré la gamine sur leur terrain, et à partir de ce moment-là, il a complètement vrillé. La suite, ce sont des suppositions, mais il s'est mis à tuer des serpents pour se venger. Il a dû penser qu'il valait mieux tous les buter, puisqu'il ne pouvait pas savoir lequel avait tué sa fille. Il a continué à venir bosser à la scierie, sauf qu'il a commencé à débouler au travail avec des peaux de serpent accrochées à ses vêtements, et des têtes de serpent accrochées à un fil qu'il portait en collier autour de son cou. Bon, c'était carrément bizarre, mais personne n'allait lui dire quoi que ce soit, vu qu'il avait perdu son bébé. Son état s'est dégradé. Il portait de plus en plus de peaux sur lui, vu qu'il tuait de plus en plus de serpents. Il ne se lavait plus, ne se rasait plus, ne se coupait plus les cheveux et sentait le rat crevé. Il maigrissait à vue d'œil. Il s'est mis à ressembler à un serpent. Finalement, on a été obligés de le renvoyer. Il faisait peur aux clients. Il avait ce truc bizarre au fond des yeux. Je me rappelle l'avoir vu après que les choses se sont vraiment gâtées pour lui. Il traînait la patte dans la rue, des peaux de serpent pendues à ses vêtements. Il avait une longue tignasse, une grosse barbe hirsute.

Le regard de Lamar se perdit au loin. Il secoua la tête et se mit à parler tout doucement.

— Tu sais quoi ? Quand tu le regardais dans les yeux, tu voyais un mort-vivant. J'en ai la chair de poule rien que d'y penser. J'en ai vu des choses, dans ma vie. J'ai fait le Vietnam. Mais je n'ai jamais vu un homme se décomposer de cette façon à cause du chagrin. La tristesse l'a complètement englouti. C'est à ce moment-là que les gens ont commencé à l'appeler le Roi Serpent. Pas par méchanceté ni pour se moquer de lui. Ils essayaient juste de comprendre, je crois. Les gens font ça quand ils ont peur. Et ils ont peur du chagrin. Ils pensent que c'est contagieux, comme une maladie.

Travis attendit que Lamar termine son histoire.

— Qu'est-ce qui lui est arrivé ?

Mal à l'aise, Lamar bougea sur son siège.

— Tout ce que je sais, c'est ce qu'on raconte. Un matin, le Roi Serpent s'est rendu sur la tombe de sa petite fille et s'est allongé dessus avec une bouteille de Coca remplie de strychnine. Il l'a bue et est mort là-bas. On dit que c'est Dillard le prédicateur qui l'a trouvé. T'imagines ? Assister à un truc pareil ? Ça ne m'étonne pas que Dillard le prédicateur ait lui-même pété les plombs. Je ne lui cherche pas des excuses, mais tout de même…

Personne n'ouvrit la bouche. L'air perturbé, Lamar regarda par la fenêtre.

— Je n'aime pas raconter cette partie de l'histoire. En fait, je n'aime pas du tout cette histoire. Mais comme ton père me l'a demandé et que c'est lui qui signe mes chèques…

— Oh, Lamar, t'es qu'une couille molle !

Le père de Travis cracha dans sa cannette, qui cliqueta discrètement.

— Donc tous les Dillard Early sont un peu atteints, apparemment. Ça leur arrive tôt ou tard. Généralement, ils se mettent alors à tripoter des serpents.

En parlant de serpents, Travis commençait à avoir l'impression qu'il y en avait un ou deux en train de se tortiller dans son ventre. Il frissonna. Il essaya de comprendre ce que cela signifiait, pour Dill, d'avoir autant de noirceur dans sa lignée. Il connaissait ce qui était arrivé à son père, bien sûr. Mais ce qu'il venait d'entendre, c'était autre chose…

— Tu parles d'une tragédie ! s'exclama Lamar en levant un doigt. Quand on y pense, il a suffi d'un seul serpent pour bousiller toute une famille.

— Arrête de pleurnicher, Lamar, intervint le père de Travis. T'as pas entendu parler d'Adam et Ève ? Un seul serpent a suffi à nous foutre tous en l'air. Toute la famille des humains, putain !

— C'est comme si les deux plus vieux Dillard Early avaient essayé d'être le Roi Serpent, chacun à leur façon. Le premier en tuant ces bestioles. Le deuxième en les manipulant, observa Lamar en crachant dans sa cannette.

Le père de Travis cracha à son tour dans la sienne, se leva et donna une claque dans le dos de Travis.

— T'aimes les rois, les princes et toutes ces merdes ? N'empêche qu'il vaudrait mieux pas que tu sois dans les parages quand ton pote disjonctera et voudra prendre le trône de papy et de papa. Parce qu'une chose est sûre : son nom, il ne porte pas bonheur.

9

Dill

Dill préférait étudier à la bibliothèque plutôt qu'au café *Bonne nouvelle*. Tout d'abord, il détestait se sentir obligé d'acheter quelque chose. Et puis ce café d'inspiration chrétienne lui rappelait vraiment trop un monde auquel il n'aimait pas penser, surtout quand il était avec Lydia. Mais celle-ci avait insisté pour venir ici.

— Je vais prendre un grand latte Luc. Attendez… Un mocaccino Mathieu… Non, finalement, un latte Luc. Dill ? Je t'invite.

— Rien, merci.

— Allez !

— D'accord. Un café noir, en Venti.

La fille derrière le comptoir leur tendit leur boisson avec un grand sourire joyeux et leur souhaita une divine soirée à tous les deux. Dill et Lydia se trouvèrent une table.

— Pourquoi on n'a toujours pas de *Starbucks* ici ? demanda Lydia. Il y en a tellement partout que j'ai déjà vu un mini-*Starbucks* dans les toilettes d'un *Starbucks*. Et puis, en quoi c'est chrétien, un café ?

— Ça sous-entend que les cafés normaux sont sataniques.

— Ce qui est carrément le cas. Je vous en prie, puis-je avoir une tasse de café sans devoir m'agenouiller devant Lucifer et lui vendre mon âme ?

— Voici votre latte. Vous réglez comment ? Liquide, carte bleue ou sang de vierge ?

Ils éclatèrent de rire, tout contents de remettre leurs devoirs à plus tard.

— À l'église, on nous a appris que le logo de *Starbucks* était satanique, expliqua Dill.

— Ça ne m'étonne pas qu'on t'ait raconté ça. Satanique ! Quelle est la logique ?

Elle dessina des guillemets imaginaires dans l'air en prononçant ce mot.

— Une sirène démoniaque.

— Ah, d'accord ! Mais ta nouvelle église est un peu moins barrée, pas vrai ? Il n'y a pas de serpents.

— Non, pas de serpents.

— Tiens, puisqu'on se trouve dans le temple du café chrétien, tu te souviens du verset sur le serpent ?

C'était exactement le genre de sujet que Dill préférait éviter, mais il voulait faire plaisir à Lydia.

— Marc, 16 : 18. « Ils saisiront des serpents ; s'ils boivent quelque breuvage mortel, il ne leur fera point de mal ; ils imposeront les mains aux malades, et les malades seront guéris. »

— Bravo !

— Tu ne sais même pas si le texte est correct.

— Hé-hé, il m'a l'air correct. Ça fait biblique. Venir ici avec toi, ça me donne une certaine légitimité.

— Je ne suis pas si religieux que ça. J'ai accepté de jouer dans le groupe de louange parce que j'avais peur des serpents.

Lydia sirota son latte.

— Enfin, j'imagine que s'ils t'ont pris, c'est parce que tu étais capable de jouer d'un instrument et de chanter relativement juste. Enfin, non pas que je t'aie déjà entendu faire les deux en même temps.

Dill haussa les épaules.

— Sûrement.

Lydia sembla réfléchir.

— Pour en revenir aux serpents, à ton avis, que voulait vraiment dire Jésus ? Peut-être qu'il a sorti un truc comme : « Et, en théorie, vous pourriez sans doute prendre des serpents dans vos mains », et que Marc, de son côté, a retranscrit : « Vous devriez littéralement ramasser des serpents. Cool, Jésus, j'ai compris ! » Et Jésus de répondre : « Allons, t'enflamme pas avec cette histoire de serpents ; je te demande juste d'être quelqu'un d'honnête. Les serpents, c'est plus une espèce de métaphore. » Mais Marc a tout de même écrit : « Ramasse littéralement des serpents, des vrais, et bois du vrai poison, par exemple du jus de raisin pourri ou une autre poison biblique du genre. »

— Qui peut vraiment savoir ce qu'il voulait dire ?

Dill s'efforça de cacher que cette conversation le fatiguait. Il était vraiment content que Lydia s'intéresse à sa vie.

— Excuse-moi, tu détestes peut-être parler de tout ça ?

— Non, t'inquiète.

Et voilà comment transformer le temple du café chrétien en un puits noir de mensonge.

— Est-ce que je risque l'enfer à cause de mes blagues ?

— Pas si on trouve des serpents et que tu les manipules. Et j'ai mis de l'arsenic dans ton latte quand tu ne regardais pas.

Ils rirent.

Dill soupira, comme lorsqu'il se retrouvait au pied du mur après avoir reporté le plus possible une tâche. Il chercha dans son sac ses manuels scolaires.

— Des devoirs dès le jour de la rentrée, marmonna-t-il dans sa barbe.

— Hé, Dill, attends une seconde.

Lydia parlait doucement. Il n'y avait plus la moindre trace d'ironie dans sa voix.

— J'ai un truc à te dire.

Le cœur de Dill se mit à battre la chamade. Ces dernières années, quand des gens avaient introduit leurs propos par : « J'ai un truc à te dire », il s'était avéré que lui n'avait jamais envie d'entendre parler du truc en question.

« J'ai un truc à te dire. Ton père a des ennuis. »

« J'ai un truc à te dire. Nous avons besoin de ton témoignage. »

« J'ai un truc à te dire. Ta mère a eu un accident de voiture très grave en rentrant de la prison après être allée rendre visite à ton père. Pas sûr qu'elle s'en sorte. »

« J'ai un truc à te dire. Avec la maison, l'église, les frais d'avocat de ton père et mes factures d'hôpital à cause de l'accident, nos dettes s'élèvent à environ deux cent soixante-dix mille dollars. »

« J'ai un truc à te dire. Je m'en vais, sans toi, pour mener une vie meilleure, plus ambitieuse. Je t'oublierai pour toujours et je ne te parlerai plus jamais. » Pas impossible.

— OK, répondit-il.

— J'aimerais bien refaire du shopping spécial rentrée des classes. Mais cette fois-ci, pour choisir une école.

Interloqué, Dill posa sur elle des yeux vides.

— La fac. Je veux que tu ailles à la fac.

— Pourquoi ?

Le cœur de Dill battait toujours à tout rompre. Ce que Lydia était en train de lui dire n'était pas quelque chose de négatif au sens où il le craignait, mais ce n'était toujours pas ce qu'il voulait entendre.

— *Pourquoi* ?

Chose rare, Lydia paraissait troublée. Comme si elle ne s'était pas attendue à devoir justifier sa démarche.

— Parce que ! Tout d'abord, la fac, c'est bien. Tu apprends à évoluer dans le vaste monde, au-delà des frontières de Forrestville, et ça te prépare mieux à la vie. Et puis les gens qui ont un diplôme universitaire gagnent beaucoup mieux leur vie. Ça représente des millions en plus à l'échelle de toute une existence.

— Tu sais, je vais rester à Forrestville, et ça devrait aller. Et je n'ai pas besoin de millions de dollars. Il me faut juste de quoi vivre.

Le garçon évitait de croiser son regard.

— Dill, tu te fous de moi, là ? Ici, tu es malheureux comme les pierres. Tous les gens qui chuchotent, qui te dévisagent quand tu passes… Avoue ! En plus, si tu avais un projet d'avenir, tu ne me ferais pas payer en permanence le fait que j'en aie un.

Dill croisa les bras.

— Je me demandais quand est-ce qu'on allait parler de toi.

Lydia inspira profondément et bruyamment par le nez.

— Pfff... Il n'est pas question de moi, ici. Mais de toi, et de comment faire pour que tu aies une vie meilleure. Alors oui, j'en tire un bénéfice : que tu sois moins à cran parce que moi, je refuse de croupir ici jusqu'à la fin de mes jours ! J'essaie juste de te tirer vers le haut.

Quelques joyeux adolescents chrétiens un peu plus jeunes que Dill et Lydia entrèrent et commandèrent des cupcakes et des smoothies. *J'étais comme ça, avant.* Dill attendit qu'ils aient dépassé leur table pour parler.

— Je suis devenu ton projet, dit-il tout bas. Ça ne te suffit plus de choisir mes vêtements. Maintenant, tu veux aussi faire des plans pour ma vie.

— Tu plaisantes, j'espère ? Tu crois vraiment que je te considère comme mon projet ?

— C'est l'impression que tu me donnes. J'ai le sentiment d'être une espèce de cobaye pour toi. Avec moi, tu bidouilles comme tu le fais avec tes photos pour les besoins de ton blog. Sauf que ce n'est pas pour ton blog, puisque je ne risque pas de m'y retrouver un jour...

— Ouais. Bon. D'accord. C'est devenu mon projet de faire en sorte que tu aies une vie meilleure.

Sa voix montait crescendo. Lydia n'avait l'accent du Tennessee que lorsqu'elle était en colère.

— Je suis vraiment désolée de m'intéresser à toi et de vouloir que tu aies une vie meilleure.

— C'est la vraie raison, ou bien est-ce que tu as peur que ma vie merdique rejaillisse négativement sur toi ? Et du coup, tu te sens obligée de me passer un joli petit vernis pour que je ne te foute pas la honte ?

— Alors là, non, tu te trompes complètement, mec. Et en plus, c'est dégueulasse, ce que tu dis. Tu flippes à l'idée de partir, et tu projettes ta peur sur moi. C'est toi qui essaies de me mettre au centre de tout ça. M'accuser de te pousser à partir pour des raisons égoïstes t'empêche de voir que ce qui te retient ici, c'est ta peur.

Quelques jeunes du groupe qui venait d'entrer les observaient du coin de l'œil. Le regard que Lydia leur jeta leur intima de se mêler de leurs affaires. Ils firent une drôle de tête. L'un d'eux murmura quelque chose à l'oreille d'un camarade, comme pour illustrer ce que Lydia avait dit plus tôt à Dill sur les gens qui, en le voyant, chuchotaient et le dévisageaient. Dill entendit « pasteur » et « prison ». Il se demanda sérieusement si Lydia n'avait pas loué leurs services. Elle en était capable.

— Écoute, dit-il en murmurant presque. Moi aussi, j'adorerais aller à la fac. Mais je ne peux pas.

— Pourquoi ?

— À cause de mes notes.

— Tu as de bonnes notes. Pas extraordinaires, mais certaines universités acceptent tous les étudiants, du moment qu'ils sont vivants. Et puis surtout, tu es très intelligent. Je traînerais pas avec toi sinon. Argument suivant !

— Je n'en ai pas les moyens. Même si mes notes me permettent d'entrer, je n'obtiendrai pas de bourse.

— Emprunt et boulot à mi-temps. Argument suivant.

— Je n'en ai toujours pas les moyens car je dois travailler à temps plein pour aider ma famille à éponger ses dettes. En fait, il va me falloir plus qu'un temps plein.

— Projette-toi sur le long terme ! Tu seras plus en mesure d'aider ta famille avec un diplôme universitaire. Argument suivant.

— Étudier n'a jamais fait partie de mes ambitions. Aller à la fac, ce n'est pas dans la tradition familiale, chez les Early. Personne n'y a jamais mis les pieds.

Lydia s'adossa à son siège, l'air satisfait.

— Enfin ! La vraie raison ! Et la plus débile de toutes.

— Merci, mais toutes mes raisons sont bonnes. Surtout quand je parle d'aider ma mère. Elle n'a que moi. Mes grands-parents sont morts. La famille qu'on a encore dans le coin ne nous fréquente plus.

— Je n'essaie pas de te convaincre d'entrer à la Sorbonne ou à Harvard, Dill. Je te parle de facs des environs ! Tu seras tout près de chez toi.

Les jeunes d'à côté se mirent en cercle et, main dans la main, firent une prière avant de s'attaquer à leurs cupcakes et leurs smoothies. Dill attendit qu'ils aient fini.

— Pourquoi tu ne colles pas au cul de Travis, plutôt ?

— Déjà, je tiens à préciser que je peux parfaitement coller au cul de deux personnes à la fois. Plusieurs culs, ça…

En l'entendant répéter ce mot, leurs voisins de table jetèrent des regards désapprobateurs à Lydia. Elle baissa le ton, réduisant sa voix à un murmure rauque.

— Plusieurs culs, ça ne me fait pas peur. Des multitudes de culs. Je peux être sur tellement de culs à la fois que j'en arrive à créer des failles dans l'espace-temps. Stephen Hawking a dû théoriser un univers parallèle pour expliquer mon omniprésence.

— Donc, tu colles aussi au cul de Travis ?

— Non.

Dill se couvrit le visage des deux mains.

— Écoute, dit Lydia. Je ne prends pas la tête à Travis parce qu'il est bien ici. Et tu sais pourquoi ? Parce qu'il n'habite pas vraiment à Forrestville, dans le Tennessee. Il vit au pays du *Règne du sang*. Travis sera très heureux d'empiler du bois la journée et de bouquiner la nuit jusqu'à sa mort. Il est comme ça. Mais toi ? Je vois bien que tu ne veux pas de cette vie-là. Tout en toi réclame une autre existence. C'est ta façon d'être.

— Et si je m'installais dans une autre ville pour y travailler ?

— Ne fais pas les choses à moitié. Soit tu vas à la fac, tu apprends quelque chose et tu changes de vie, soit tu restes ici et tu es malheureux. Ça ne sert à rien de t'installer dans le comté d'à côté juste pour être malheureux, mais là-bas. Tu perdras ton temps.

— C'est vraiment facile à dire pour toi. Tu as des parents qui t'aiment, qui te soutiennent et veulent que tu réussisses. Tu as les moyens de te payer des études.

— Qu'est-ce que ça change, que ce soit facile à dire pour moi ? Est-ce que c'est une raison pour que je me la ferme sur les sujets importants ? Pas logique, ton histoire !

— Je ne peux pas. Point. Et grâce à toi, maintenant, je trouve ma vie encore plus naze qu'avant. C'est comme dire à quelqu'un en fauteuil roulant : « Marcher, c'est génial ! Tu devrais essayer ! » Ce n'est pas si facile.

— Je dis à un gars en fauteuil roulant de marcher car il est en fauteuil roulant parce que papa et maman étaient en fauteuil roulant, et qu'il ne pense pas mériter de marcher. Ou bien il a peur de leur faire de la peine.

— Comment tu peux connaître mes motivations et mes sentiments les plus intimes ? Je ne t'ai jamais dit que je voulais quitter Forrestville.

La voix de Lydia monta un peu plus dans les aigus.

— Oh, arrête ! Demande à n'importe quel homo du monde si ne pas exprimer tout haut un désir le rend moins réel ! (Autre salve de regards désapprobateurs en provenance de la table d'à côté.) Comment je sais que tu as envie de te barrer ? Parce que tu t'es bidonné à tous les films de Wes Anderson qu'on a regardés ensemble. Parce que tu as aimé absolument toutes les compils de musique que je t'ai faites. Tu as lu tous les livres que je t'ai recommandés. Et parce que je suis ta meilleure amie et que je veux que tu te casses d'ici ! Tu es curieux et tu as soif d'expériences, c'est évident.

Les yeux de Lydia lançaient des éclairs de colère.

— J'ai des devoirs.

Ils s'assirent et se dévisagèrent.

L'expression de Lydia se radoucit.

— Je t'en prie, réfléchis à tout ça.

Dill but une gorgée de son café.

— Ça a été la pire rentrée de toute ma vie. C'est dire.

L'angoisse tenace qui avait accompagné Dill à Nashville se matérialisa à nouveau. Désormais, non seulement il perdrait Lydia à la fin de cette année, mais en plus, il la décevrait. Et pire encore, autour de cette angoisse voletait un autre sentiment abominable : vous n'êtes jamais autant à nu que lorsque quelqu'un identifie un désir dont vous n'aviez absolument pas conscience jusque-là.

10

Lydia

Elle est en troisième, en cours de lettres, assise à quelques sièges de Dillard Early. Il parle peu. Il est souvent absent. Lydia a entendu son père raconter que le père de Dillard avait des ennuis parce que des documents pornographiques vraiment suspects avaient été retrouvés sur son ordinateur – et ce n'était peut-être pas tout. Ce télescopage entre sexualité perverse et religion étrange émoustille leur petite ville. En fait, il en est question partout. Aux infos nationales, même. Les comédiens amateurs qu'on voit le soir, tard à la télé, ne résistent pas aux blagues faciles sur le maniement des serpents. D'après certaines rumeurs, les fichiers pornos appartenaient à Dillard. Cela serait un petit peu moins flippant, puisqu'au moins, lui est mineur. Quoi qu'il en soit, les gens l'évitent – même ses deux ou trois copains de l'église.

Elle-même n'avait pas une cote d'enfer. Grosso modo, elle a toujours préféré les livres aux gens de son âge. Sa seule amie proche, Heidi, est partie s'installer à Memphis l'année précédente.

Ils étudient le roman *Sa majesté des mouches*. La prof demande aux élèves ce qu'ils ont compris du livre. Généralement, les enseignants évitent d'interroger Dillard, soit parce qu'ils pensent qu'il n'aura pas de réponse à donner, soit parce qu'ils préfèrent ne pas l'exposer. Mais Mlle Lambert – bénie soit-elle –, ne se prive pas.

— Dillard, d'après toi, quel est le message de ce livre ? demande-t-elle.

Dill lève la tête de son bureau. Il dort beaucoup en cours. Il fixe sur la prof ses yeux intenses et troublants de pentecôtiste, qui, ces derniers temps, sont très souvent marqués de cernes noirs. Il attend quelques secondes avant de parler. Pas tant parce qu'il réfléchit à sa réponse, que parce qu'il se demande si la prof est prête à entendre ce qu'il pense.

— Je crois que le message de ce livre est que nous sommes tous nés avec des graines en nous. Et si on les expose à la lumière du soleil et à l'air, elles pousseront à travers nous et nous casseront. Comme un arbre qui pousse sur un trottoir et qui le traverse.

Gloussements dans la salle de classe, mais surtout, silence gêné.

Mlle Lambert répond posément.

— Oui, Dillard, je crois que c'est vraiment ça, le sujet du livre.

Logan Walker lève la main et n'attend pas qu'on lui donne la parole.

— Ma mère m'a dit que si on mange des graines de pastèque, une pastèque grandit dans notre ventre.

Ricanements. Dillard reprend sa position initiale, la tête contre son bureau.

— Ça suffit ! intervient Mlle Lambert.

Mais Lydia ne prête aucune attention à cet échange parce qu'elle vient d'avoir un coup de cœur instantané pour Dillard. Pas le genre de coup de cœur auquel tout le monde pense. Dans la taxonomie de coups de cœur de Lydia, il existe d'innombrables sous-genres dont la plupart sont exempts de toute dimension romantique. Un jour, elle en a dressé une liste qui se voulait la plus exhaustive possible dans un post de son nouveau blog. Coup de cœur pour une hippie propre sur elle de la côte ouest coiffée d'un bandeau. Coup de cœur pour une chanteuse britannique au look de sorcière gothique vêtue de robes déchirées et se déplaçant pieds nus. Coup de cœur pour un jeune acteur juif mignon seulement sous un certain angle, avec qui elle aurait volontiers brunché mais qu'elle n'avait aucune envie d'embrasser. Etc., etc.

Qui aurait cru qu'elle s'emballerait pour un garçon bizarre de la campagne, un paria manipulateur de serpents ayant un penchant pour les déclarations existentielles et apocalyptiques en classe ? Et pourtant… Elle se doute bien qu'elle a de grandes chances de le regretter. En effet, plutôt que de porter en lui un chagrin magnifique, une solitude et du génie comme elle l'imagine, Dillard est probablement en réalité un mec chelou fou de Dieu et accro au porno. Mais dans ce cas-là, elle pourra toujours le laisser tomber sans avoir à subir de répercussions sociales.

Elle le retrouve plus tard à la cantine, où il mange ses repas subventionnés généralement seul, ou parfois en compagnie de Travis Bohannon, un autre spécimen de canard boiteux qui a lui aussi une bien triste histoire. Aujourd'hui, Dillard est seul, et écrit sur un carnet. Elle lui demande si elle peut s'asseoir en face de lui. Il la regarde avec méfiance – l'air de se demander comment elle compte lui faire du mal.

— Vas-y, dit-il.

Elle s'installe donc avec ses mini-carottes, ses chips de pita et son houmous, tous achetés chez *Trader Joe*, un supermarché bio de Nashville. Lors de leurs dernières courses là-bas, le SUV Lexus de sa mère avait peiné sous le poids de toutes leurs emplettes. Ils avaient installé dans le garage un frigo spécialement dédié à leurs achats.

— Tu écris quoi ? lui demande-t-elle.

— Rien.

Va droit au but.

— Au fait, je ne suis pas là pour me moquer de toi. Tu ne l'as pas forcément remarqué, mais les gens qui se paient ta tête ne sont pas tendres avec moi non plus. J'ai bien aimé ce que tu as dit en classe au sujet du livre.

Il continue de la considérer avec prudence.

— Des chansons. J'ai des idées qui me viennent et je les écris. Des mots, ou des mélodies.

— Tu es musicien ?

— Oui, j'ai appris la guitare et le chant quand j'étais tout gamin pour pouvoir jouer de la musique dans l'église de mon père.

— Alors, ces chansons, elles parlent de Jésus ?

— Non.

— T'aimes les films ?

— Oui. Enfin, je n'en ai pas vu des masses.

— Tous les vendredis, c'est soirée cinéma chez moi. Ça te dirait de venir cette semaine ?

— Ma mère est assez stricte.

Lydia hausse les épaules.

— OK. Une autre fois alors.

Dillard hésite.

— Mais vendredi soir, elle travaille. D'ailleurs, elle travaille quasiment tous les jours et tous les soirs. Alors du moment que je suis chez moi avant dix heures…

— Je ne suis pas une balance.

Et pour la première fois, elle voit Dillard Early sourire.

Lydia sortit de sa rêverie juste au moment où Travis, les cheveux encore humides de la douche, entrait dans le café d'une démarche mal assurée.

— Désolé, j'ai été retenu au travail. À cause d'histoires.

Il s'assit à côté de Dill et sortit son exemplaire du *Règne du sang* qui partait en lambeaux.

Lydia détacha ses yeux de la page blanche qu'elle avait regardée fixement sur son écran tandis qu'elle était perdue dans ses souvenirs.

— T'as dû lire ce livre au moins sept fois.

— Huit.

— Alors pourquoi…

— Parce que *Le souffle des morts*, le dernier livre de la saga, sort en mars. En attendant, je relis tous les autres tomes pour ne rater aucun détail quand j'en parle sur le forum. Les gens qu'on croise sont sans pitié. Je n'ai pas envie de passer pour un amateur. Je le relis en même temps que l'une de mes connaissances du forum. Ce sont de bons romans. Tu devrais les lire.

Lydia roula des yeux.

— Ouais… Non ! Je ne lirais jamais cinq mille pages même si dedans, il y avait la recette miracle pour perdre dix kilos en mangeant des beignets et en se tapant des orgasmes. T'as pas de devoirs ?

— La vache, Lydia, tu te prends pour notre maman ce soir ou quoi ? intervint Dill.

Travis lui adressa un haussement de sourcils interrogateur.

Lydia, les yeux toujours rivés sur son écran, leva les mains pour leur signifier qu'elle jetait l'éponge.

— Allez, c'est bon, j'ai donné. Faites comme vous voulez. Moi je cherche à vous aider, et voilà comment vous me remerciez…

Voilà comment vous me remerciez alors que j'essaie juste d'éviter d'avoir à vous regarder vous dessécher et mourir en pleine fleur de l'âge dans ce bled minable.

Son téléphone vibra.

OMG ! Je viens juste d'avoir un aperçu de la collection pré-automne de Vivienne Westwood. Époustouflant ! lui écrivait Dahlia.

Suis jalouse !!

Les trucs cool que ça donne quand on subvertit les modèles féminins tradis !

Je répète : suis jalouse !

Patience, chérie. Au fait, ai discuté avec Chloe ce matin. Bien envie de partager une chambre avec nous à NY.

Chloe Savignon était une jeune actrice et une créatrice de mode. Lydia ne l'avait jamais rencontrée en personne, mais avait échangé en ligne avec elle et vu ses films. Elle était fan de *Dollywould*.

Cool, écrivit Lydia.

Pas facile d'imaginer à quel point sa vie serait différente d'ici un an. Et ce changement, elle l'avait forgé à la seule force de sa volonté et de son ambition. La parfaite inconnue qui avait grandi dans un coin paumé et sans âme allait vivre en colocation avec des actrices et des héritiers d'empires de la mode dans la ville la plus glamour au monde, et suivre des cours dans l'une des meilleures universités de la planète. Que de possibilités infinies ! Ses nouveaux amis s'habilleraient et s'exprimeraient différemment. Ils viendraient de grandes villes et auraient étudié dans des prépas privées élitistes. Ils auraient des maisons de vacances au bord de la mer où ils passeraient leurs week-ends. Ils parleraient jusqu'au bout de la nuit de Chomsky, Sartre, Kraftwerk, Kurosawa, et de la collection de printemps de Givenchy. Ces amis lui feraient découvrir de nouveaux horizons – pour une fois, les choses se passeraient dans ce sens-là. Voilà ce qui se substituerait à sa réalité d'aujourd'hui. Cela ne voulait pas dire qu'elle ne s'amusait pas. Ni que Dill et Travis n'étaient pas de bons amis. Qu'ils ne lui manqueraient pas. Qu'elle ne se sentirait pas coupable de les laisser derrière elle. Mais…

Dans un an, elle ne serait pas assise dans un café chrétien en face d'amis qui lui en voulaient parce qu'elle avait de l'ambition – c'était une certitude.

Voilà qui constituait un bon point de départ pour sa dissertation d'admission à l'université. Elle se mit à taper sur son clavier :

Je suis née et j'ai grandi à Forrestville, dans le Tennessee, 4 237 habitants au dernier recensement. Vous ne serez pas surpris d'apprendre que les start-ups, les éditeurs de logiciel, les grands groupes de presse et autres ne se précipitent pas pour s'installer dans une ville qui doit son nom à Nathan Bedford Forrest, général confédéré et fondateur du Ku Klux Klan. À Forrestville, les opportunités et les possibilités ne viennent pas frapper à votre porte. Vous devez vous les créer vous-même.

Le café donnait sur la place de la ville. Ses camarades de classe aimaient se regrouper sous le kiosque qui se trouvait en son centre. En venant de la rue principale, ils tournaient souvent à ce niveau pour se garer sur le parking du *Walmart*. Le grand rassemblement avait commencé.

Nouveau SMS de Dahlia :

Je dîne avec ma mère dans une heure. Souhaite-moi bonne chance.

Ah, au fait, tu crois que ta mère accepterait de m'écrire une lettre de recommandation pour la fac ? Il va m'en falloir quelques-unes.

Ça va pas ou quoi ? pensa Lydia. *Je viens juste de demander comme ça une lettre de recommandation à l'une des femmes les plus puissantes dans le milieu des médias !* Elle avait rencontré Vivian Winter une seule fois dans sa vie, lors de la Fashion Week – c'était le père de Dahlia, agent de change à la Bourse, qui les avait accompagnées dans le Nantucket. Heureusement, Dahlia adorait avoir l'occasion de montrer qu'elle était influente.

Oh, maman t'adore. Tu l'auras, ta lettre !

Cette petite victoire en poche, Lydia retourna à sa dissertation.

Quand j'avais treize ans, j'ai décidé que rien ne justifiait que seuls les adultes originaires de grandes villes aient leur mot à dire sur la mode, la culture pop et les arts – les trois choses les plus chères à mon cœur. J'ai donc lancé un blog intitulé Dollywould. *C'est une phrase de l'une de mes idoles, une « compatriote » du Tennessee et femme de tête, Dolly Parton, qui a inspiré ma démarche : « Si tu n'aimes pas la route sur laquelle tu marches, traces-en une autre. » Alors c'est ce que j'ai fait. Je me suis tracé une nouvelle route. J'ai écrit avec sincérité sur les sujets que j'affectionnais, et les gens ont commencé à s'intéresser à ce que j'avais à dire.*

J'ai eu des dizaines, parfois des centaines de milliers de visiteurs uniques en un mois. J'ai plus de cent mille followers *sur Twitter et Instagram. On a parlé de* Dollywould *dans les magazines* Teen Chic, Cosmopolitan, Elle, Seventeen *et* Garden & Gun. *Depuis deux ans, je suis invitée à la Fashion Week de New York, et j'ai été interviewée dans le* New York Times. *J'ai été juge invitée dans l'émission Project Design sur la chaîne câblée* Bravo. *Des créateurs m'envoient chaque semaine des vêtements afin que je parle de leurs créations sur mon blog.*

Mon objectif avec Dollywould *était de créer un espace valorisant les jeunes – particulièrement les jeunes femmes – qui, parce que leurs goûts ne sont pas ceux de tout le monde, se sentent seuls, incompris de tous. C'est un sentiment que je connais. Je n'ai que deux amis au lycée. L'un est le fils d'un pasteur défroqué manipulateur de serpents qui est en prison en ce moment. Mon autre ami travaille dans une scierie afin de gagner de quoi s'acheter des livres.*

Un peu de folklore sudiste n'avait jamais tué personne. Dill et Travis n'étaient peut-être pas très bons pour l'image de marque de son blog, mais étaient de sérieux atouts dans sa dissertation d'admission où elle se décrivait comme une fille qui avait réussi en partant de rien.

11

Dill

Dill était de bonne humeur en pointant à la fin de sa journée de travail. Il ôta son tablier vert, le plia et le rangea dans son sac à dos. Chaque année depuis qu'il connaissait Lydia, le Dr Blankenship leur avait organisé un dîner spécial le premier vendredi de la rentrée, avant leur soirée cinéma traditionnelle. Chaque fois, c'était une réussite, avec une épaule de porc fumée, du pain au maïs, du chou cavalier, des macaronis au fromage, du thé glacé, et le flan de Mme Blankenship en dessert. C'était généralement le meilleur repas que Dill mangeait de toute l'année. Afin d'en profiter un maximum, il s'était même résolu à s'offrir le luxe d'oublier que ce serait le dernier dîner de ce genre auquel il assisterait.

Sur le trajet, il fredonna une nouvelle chanson qu'il était en train de composer. Il sentit une odeur d'allume-barbecue et de charbon de bois aux abords de l'une des maisons près du centre-ville. Il passa devant le magasin de réparation d'électroménager. L'heure de la fermeture approchait. La porte s'ouvrit et une femme vêtue d'une robe simple qu'elle avait sans doute confectionnée elle-même sortit avec ses deux enfants – un garçon et une fille.

Dill s'arrêta net.

— Sœur McKinnon ?

Il ne tombait que rarement sur des membres de son ancienne église. La plupart d'entre eux vivaient en dehors de Forrestville. Ce n'étaient pas des adeptes de la vie citadine.

La femme sursauta en entendant son nom et regarda fixement Dill pendant quelques instants avant de le reconnaître.

— Frère Early ? Mon Dieu, j'ai failli ne pas te reconnaître. Tu as dû prendre trente centimètres depuis la dernière fois que je t'ai vu. C'était quand, d'ailleurs ?

— Sûrement juste après que mon père… Euh, je dirais trois ans et quelques.

— Et comment va ton papa ?

— Ça a l'air d'aller. Je l'ai vu il y a une semaine à peu près.

— Quel saint homme ! Je prie pour sa sûreté et sa santé chaque jour.

— Moi aussi, mentit Dill.

— J'ai toujours été croyante, mais voir les signes se manifester de cette façon en lui… Si j'avais jamais eu un doute, ton père l'a dissipé.

— Allez, maman ! s'impatienta le garçon en tirant sur le bras de sa mère.

— Du calme, Jacob. Papa doit payer le monsieur qui a réparé le lave-linge, et ensuite, il faudra le mettre dans le minibus.

Dill s'agenouilla pour toper dans la main du petit garçon.

— C'est Jacob ? Waouh. La dernière fois que je l'ai vu, il était deux fois plus petit !

— Ils grandissent trop vite. Est-ce que ta mère et toi vous fréquentez une église ?

— On travaille beaucoup tous les deux, mais on va à l'Église originelle de Dieu quand on peut.

Sœur McKinnon hocha poliment la tête.

— Ah, d'accord. On y pratique l'évangile des signes ?

— Pas de tous les signes. Juste la guérison et le parler en langues.

Elle hocha de nouveau poliment la tête.

— Oh, eh bien, la parole de Dieu reste la parole de Dieu, où qu'on l'entende.

— Mamaaaan ! cria Jacob en tirant de nouveau sur le bras de sa mère.

— Va dans le magasin voir papa. Allez. Emmène ta sœur.

Les deux enfants se précipitèrent à l'intérieur. Sœur McKinnon se tourna vers Dill.

— Nous assistons désormais à un culte avec signes à Flat Rock, dans l'Alabama.

— Oh là là ! ça doit vous prendre des heures de...

— Deux heures aller, deux heures retour. Environ cent cinquante kilomètres.

Elle lui indiqua un minibus qui pouvait accueillir une quinzaine de personnes.

— Nous avons acheté ce véhicule. Grâce à lui, nous pouvons emmener les Harwell et les Breeding. Ils participent aux frais d'essence. Tu cours toujours avec Joshua Harwell ?

— Non, euh... on n'a plus grand-chose en commun, je crois.

Silence de plomb.

— Vous encadrez toujours un groupe de jeunes, comme dans notre église ? demanda Dill. Vous étiez ma préférée.

Elle lui sourit d'un air mélancolique.

— Non, nous habitons trop loin pour être sollicités. Et toi ? Tu joues de la musique dans un groupe de louange ?

— Non.

— C'est dommage. Tu avais un vrai don pour ça.

Une clochette retentit. La porte du magasin venait de s'ouvrir. Frère McKinnon et ses enfants sortirent d'un pas maladroit avec leur lave-linge sur un diable. Dill se précipita pour leur tenir la porte. Frère McKinnon le remercia sans lever la tête, transporta la machine jusqu'au minibus avant de s'arrêter, essoufflé, pour s'essuyer le front avec un bandana. Quand ses yeux se posèrent sur Dill, son expression se métamorphosa.

— Hé, frère McKinnon ! s'exclama Dill en tendant la main vers lui dans l'espoir de briser la glace.

À vrai dire, c'était exactement le genre de réaction qu'il attendait de ses anciens condisciples.

Frère McKinnon ne mordit pas à l'hameçon.

— Pour une surprise… Je t'aurais cru trop occupé à dépenser tes trente pièces d'argent.

Dill, que l'homme venait de traiter de Judas, rougit et essaya de réfléchir à une réponse.

Sœur McKinnon toucha le bras de son mari.

— Dan, s'il te plaît…

Il leva la main.

— Non, non, j'ai bien envie de dire à Junior ici présent ce que je pense. J'en ai envie depuis un bon bout de temps.

Eh mince… On va bien se marrer.

— Sœur McKinnon, ça a été un plaisir. Je…, commença Dill en tournant les talons pour partir.

Frère McKinnon empoigna le bras de Dill.

— Ne l'appelle pas « sœur », dit-il en haussant la voix et en postillonnant. Tu sais très bien ce que tu as fait. Et si tu ne veux plus en entendre parler, eh bien, peut-être que c'est ta conscience qui te tourmente. Mais tu n'as pas facilité la vie de ma famille. Je passe quasiment toute ma journée de dimanche dans la voiture pour aller à l'église. Des centaines de dollars d'essence. J'espère que tu es content.

Dill dégagea son bras et regarda fixement le sol.

— Non, je ne suis pas content. Je suis désolé.

De l'autre côté de la rue, des badauds s'étaient arrêtés pour assister, bouche bée, à l'échange animé entre deux manipulateurs de serpents. Frère McKinnon laissa échapper un gloussement sarcastique.

— Oh, tu es désolé ! Eh bien, avec ton « désolé » et quatre cents dollars par mois, je peux acheter de l'essence et élever mes gamins dans la vraie foi. Tu es désolé…

Il cracha en direction des pieds de Dill.

Dill soutint le regard caustique de frère McKinnon. Le sentiment de honte qu'il éprouvait tournait à la colère.

— Oui, je suis désolé que la situation soit difficile pour vous. Mais je ne suis pas responsable de ce qu'a fait mon père. Il s'est mis dans de sales draps tout seul.

La voix de frère McKinnon prit une intonation menaçante.

— Continue à te raconter des salades, Judas, dit-il en tapotant avec son index sur la poitrine de Dill pour ponctuer ses propos. Mais va le faire ailleurs. Parce qu'en te voyant, j'ai envie de commettre un acte que je risque de regretter.

Dill ne répondit rien, mais il se retourna et pressa le pas. L'adrénaline parcourait ses veines à toute allure. Il en avait les jambes en coton et la nausée. Il se dépêcha de remonter la rue, avec la sensation d'être un cafard chassé de sa cachette. En marchant, il décida de renoncer à tenter d'occulter que ce serait son dernier dîner de rentrée. *Voilà ce qui m'attend quand elle sera partie. Me faire cracher dessus devant des magasins de réparation d'appareils électroménagers par d'anciens fidèles de l'église de mon père persuadés que je l'ai vendu aux Romains.* Il avança tête baissée en jetant des coups d'œil furtifs d'un côté et de l'autre, mais à cette heure-ci, les rues étaient pour la plupart désertes dans la nuit couleur de rouille.

Le dîner fut excellent, comme d'habitude. La bonne chair et l'amitié effacèrent le souvenir de la rencontre fortuite avec les McKinnon. Mais même une fois le goût amer laissé par cet incident dissipé, un sentiment de désolation envahit l'espace autour de Dill. Bien sûr, il éprouvait toujours une forme d'anxiété lorsqu'il passait du temps avec la famille de Lydia, dans leur foyer. Il faut dire que le contraste avec sa famille et son foyer à lui était marqué. D'un côté, leur demeure lumineuse, spacieuse et aérée, regorgeant de belles choses et d'installations modernes, dans laquelle flottait toujours un parfum frais et vif de propreté, de fleurs blanches et de citron… De l'autre, sa maison étriquée et sombre, dans un état de délabrement avancé, qui sentait la moisissure, la vieille moquette et la colle qui empêchait que tout tombe en ruine. D'un côté, une famille soudée et aimante, dans laquelle les discussions allaient bon train ; Lydia, une enfant unique par choix… De l'autre, sa famille disloquée, sa mère qui le traitait comme un gamin alors qu'elle n'avait que dix-huit ans de plus que lui ; Dill, enfant unique parce que Dieu n'avait pas voulu en offrir plus à ses parents (pour reprendre les propos de ces derniers).

Cette fois-ci, il avait le sentiment d'être assis sur une plage à profiter du soleil, mais les pieds plongés dans l'eau froide de la mer qui montait. *L'année prochaine, au même moment, tout cela aura disparu.*

C'était aussi un peu comme être à l'hôpital au chevet d'une personne dont la journée a été bonne, mais que l'on sait condamnée. Et il avait déjà vécu ça.

12

Travis

Cette année-là, la récolte fut bonne sur les terres de Raynar Northbrook, et nombreuses furent les occasions de festoyer sur la lourde table en chêne au centre de la grande salle de réception. Il demanda à ce que l'on rapporte du pain et de la viande. Lorsqu'il fut repu, il jeta les restes de nourriture aux chiens endormis au coin du feu qui flambait dans l'âtre. Il était d'excellente humeur.

— Il faut que je vous dise, docteur Blankenship : j'adore votre table.

Travis, qui aidait le père de Lydia à débarrasser, passa la main sur le plateau en bois trouvé dans une vieille grange.

— Merci, Travis, tu es un gentleman d'un raffinement extrême.

Travis sourit de toutes ses dents. On ne lui faisait que rarement des compliments au sujet de ses goûts – c'était le risque, lorsqu'on portait un collier orné d'un dragon.

Pendant que Travis donnait un coup de main au Dr Blankenship, son téléphone vibra. Un SMS d'Amelia.

Je m'ennuie. Suis en train de jouer avec mon chien. Tu fais quoi ?

Travis mit une assiette dans le lave-vaisselle.

Je viens de terminer de dîner chez une amie. J'aide à débarrasser. C'est quoi, le nom de ton chien ?

Ça a l'air cool ! Il s'appelle Pickles.

C'est pas vrai ? Mon meilleur pote s'appelle Dill[1].

Lol !!! Faut trop qu'ils se rencontrent !

Carrément.

— En ce moment, je traverse une phase Werner Herzog, dit Lydia. Et c'est à mon tour de choisir. Alors le film de notre soirée cinéma d'aujourd'hui sera *La grotte des rêves perdus*.

Les parents de Lydia allèrent s'installer avec un verre de vin et un livre sur les chaises à bascule qui se trouvaient sous le porche à l'avant de la maison. Travis suivit Lydia et Dill dans le salon.

Tandis qu'il regardait le documentaire consacré aux fresques peintes trente-deux mille ans auparavant qu'on avait retrouvées dans la grotte de Chauvet, en France – un film émaillé de considérations existentielles que Herzog, le réalisateur, énonçait avec son accent très marqué –, le garçon ne put s'empêcher de se demander ce que dirait son père s'il était là. « De quoi parle cette tarlouze ? Je comprends pas un mot de ce qu'il baragouine. » Pour sa part, Travis appréciait le film, comme tout ce qui avait un parfum de feu de bois, de choses anciennes et de mystère.

1. *Dill* signifie « aneth », et *pickles* « cornichons ». Si l'on réunit les deux, cela donne des cornichons à l'aneth (*dill pickles*), un condiment très apprécié aux États-Unis.

— Ces derniers temps, j'ai pas mal réfléchi à la notion de permanence, au fait que nous vivons nos vies sans que le monde se rende jamais compte que nous avons été là un jour et que nous sommes partis, déclara Lydia à la fin, pendant le générique.

— De nombreux chrétiens pensent que le monde n'a que six mille ans, remarqua Dill. T'imagines ! Alors que ces peintures sont là depuis cinq fois plus longtemps.

— Ça fait réfléchir sur ce qu'on va laisser derrière nous, dit Travis. J'aimerais laisser une trace, pour que les gens se souviennent de moi. Un peu comme les rois. Ou les hommes des cavernes.

Il ne prit conscience de ce désir qu'au moment où les mots franchirent le seuil de sa bouche.

Les trois amis restèrent assis un moment à réfléchir.

— Nous devrions laisser quelque chose dernière nous, poursuivit Travis. Une chose grâce à laquelle les gens se souviennent de nous. Notre version à nous de ces peintures rupestres.

Lydia n'avait aucune blague sous le coude – en d'autres termes, l'idée lui plaisait.

— Mais on évite les grottes. Aucune envie de me balader à quatre pattes dans la boue.

— Le Pilier ! s'exclama Travis après quelques minutes de réflexion. Aucun de nous ne sait dessiner, mais nous pourrions écrire dessus des trucs qui sont importants à nos yeux.

— J'adore ! Et ça fera un bon post de blog ! s'exclama Lydia. Première chose : est-ce que tout le monde a un truc à écrire ? Dill ?

— Des paroles de mes chansons.

— Travis ?

— Je connais par cœur l'inscription gravée par Raynar Northbrook sur la tombe de son meilleur ami. C'est ma phrase préférée.

— OK. Donc je suis la seule à devoir chercher quelque chose. Je réfléchis pendant que je me change.

Lydia se précipita à l'étage et revint quelques minutes plus tard, après avoir enfilé une tenue plus adaptée aux marches en forêt.

— Bien. Il nous faut des marqueurs indélébiles. Des gros.

— *Walmart*, dit Travis.

Il éprouvait de la fierté, car il était rarement le moteur de leurs activités.

— *Walmart* un vendredi soir ? On va croiser tous nos camarades de classe adorés ! observa Dill.

— Ah, oui, répondit Lydia. C'est vrai qu'on a tout loupé des frasques du vendredi soir chez *Walmart* pendant qu'on gâchait notre temps devant les documentaires de Werner Herzog ! Il est temps de réaffirmer notre position sociale.

La lumière des étoiles filtrait à travers la canopée verte des chênes majestueux et des magnolias qui bordaient la rue de Lydia. Dès qu'il se retrouva dehors, dans l'atmosphère étouffante, la sueur coula le long du dos de Travis. Mais il s'en moquait. C'était le meilleur des vendredis soir.

Ils se garèrent sur le parking de *Walmart* alors que la lune montait, brillante et argentée, dans le ciel couleur saphir. Ils se dirigèrent ensuite vers le magasin au son de cris, de gloussements et de musique en provenance d'un groupe de voitures stationnées dans un coin du parking. Travis laissa son bâton dans la Prius.

— Dildooooo ! Chlamydiaaaaa ! cria quelqu'un.

Lydia secoua la tête.

— Voilà ma vie. Me faire beugler dessus sur le parking d'un *Walmart* un vendredi soir par quelqu'un imitant très mal un acteur de comédie de série B.

— On vient juste de visionner un documentaire passionnant, alors dis-toi que ta vie ne se résume pas à ça, remarqua Travis.

— J'ai l'impression qu'on n'a pas loupé grand-chose de ce qui se passait du côté du *Walmart*, constata Dill.

— T'as des cookies à nous vendre, la scout ? cria quelqu'un d'autre.

Lydia avait toujours une tenue adaptée à toutes les occasions. Elle portait un tee-shirt vintage de colonie de vacances, un short kaki et des chaussures de rando des années 1970.

— Bon, je l'ai un peu cherché, là, admit-elle.

Est-ce que tous les losers de ton lycée traînent sur le parking du *Walmart* le vendredi soir ? demanda Travis à Amelia par texto.

Carrément, répondit-elle. Je rêve, ou on habite dans la même ville ?

J'aimerais bien. J'adore mes amis, mais ça serait tellement cool de pouvoir parler *du Règne du sang* avec toi en personne.

Après avoir acheté leurs marqueurs, ils roulèrent jusqu'à la route gravillonnée qui ne portait pas de nom. Elle se terminait par une rangée d'arbres au bord de la rivière Steerkiller, qui coupait Forrestville en deux.

L'air sentait le kudzu, la boue, le gravier froid et le poisson mort.

Cette odeur.... Soudain, Travis a quatorze ans. Il assiste avec sa mère au culte du samedi soir à l'Église originelle de Dieu de Forrestville. Une nouvelle famille a rejoint leur petite congrégation : Crystal et Dillard Early Jr, la femme et le fils de Dillard Early Sr, le prédicateur pervers manipulateur de serpents. Le nombre déjà modeste des disciples du pasteur Early s'est effondré en l'absence de ce dernier, et l'Église originelle est la meilleure alternative qui se présente à eux à Forrestville. Ils y retrouveront le parler en langues, le Saint-Esprit et l'imposition des mains pour soigner les malades. En revanche, ils devront manipuler leurs serpents et boire leur poison à la maison, si tel est leur penchant.

Ils s'installent au fond à côté de Travis et de sa mère. À voir leur mine, on pourrait penser qu'ils n'ont pas dormi depuis des mois. Et c'est certainement le cas. Dillard évite le regard de tout le monde. Se trouver dans la maison de Dieu ne paraît lui apporter aucun réconfort. Il semble n'avoir aucun ami, être seul au monde. Travis sait ce que c'est. Ses vêtements et son goût avéré pour la lecture de livres immoraux lui valent bien des regards suspicieux, lui aussi.

Il sait également ce que c'est, de perdre quelqu'un et de ne pas dormir pendant des nuits entières. L'année précédente, son grand frère Matt est mort dans l'explosion d'une mine sur une route en Afghanistan. Leur père n'avait jamais été particulièrement gentil, mais l'alcool ne faisait qu'accentuer sa méchanceté. Après la mort de Matt, il s'est mis à boire plus. Beaucoup plus. Et Travis a changé aussi. Avant, il adorait les livres et les jeux vidéo de guerre moderne, mais maintenant, voir des soldats lui rappelle Matt, quand il lui envoyait par mail des photos de lui en compagnie de ses camarades assis sur leur Humvee, avec leurs armes. Par conséquent, ses vieux livres et jeux vidéo lui rappellent son chagrin, ravivent le sentiment de perte qu'il ressent depuis la mort de son frère, lui donnent encore plus l'impression de ne pas être à la hauteur de l'héritage de Matt. Alors Travis se procure sa dose d'héroïsme et de combats dans les romans de *fantasy*. La lecture de ces ouvrages lui permet de fuir un monde où les grands frères meurent dans des contrées lointaines. Dès que sa mère comprend que ces lectures lui apportent une forme de réconfort, elle lui ramène d'une virée shopping à Nashville le premier tome de la saga du *Règne du sang*, que lui a recommandé un libraire.

Travis croise le regard de Dillard, lui sourit et lui dit bonjour d'un geste de la main. Dillard, impassible, lui rend son salut. Quelque chose pousse Travis à aller lui parler. On lui a toujours appris que le sentiment de bien agir est une expression du Saint-Esprit, et que lorsque l'on ressent cet appel, mieux vaut y répondre. De plus, il se sent un peu seul lui aussi. L'une des conséquences de sa fuite dans l'univers de la *fantasy* a été de perdre ses rares amis – rencontrés pour la plupart à l'église.

Il glisse sur le banc jusqu'à Dillard et lui tend la main. Le garçon la serre.

Ensuite, ils se revoient lors d'une réunion entre jeunes de l'église. Travis demande à Dillard si ça lui dit de découvrir un chouette endroit que son frère lui a montré avant de partir au camp d'entraînement des

Marines. C'est le lieu idéal pour se retrouver au calme avec ses pensées. Et – mais cela, Travis le garde pour lui –, c'est le lieu idéal pour fuir votre père quand celui-ci picole devant des matchs de football américain, se souvient à quel point votre défunt frère était un joueur formidable, vous demande si ça vous tenterait de coacher un tas de millionnaires afro-américains (sauf que lui emploie un terme bien moins policé) et ne vous lâche pas avant que, pour l'apaiser et parce qu'il dégaine facilement sa ceinture, vous lui mentiez en répondant que non, ce boulot ne vous intéressait pas. Et ensuite, vous vous détestez, parce que vous avez été lâche et n'avez pas dit ce que vous pensiez vraiment. Vous vous détestez parce que vous n'êtes pas aussi courageux que les gens dans les livres que vous dévorez. Et vous n'avez qu'une envie : être quelque part où personne ne fait naître en vous de tels sentiments.

— Travis, tu peux prendre ton bâton, cette fois, dit Lydia, ce qui le ramena dans le présent. Cet endroit me fout toujours un peu les jetons la nuit.

— Et si un raton laveur ou un opossum te voit avec moi ? Tu ne risques pas d'avoir la honte ?

— Ramène ton bâton avant que je change d'avis.

13

Dill

— J'ai mon taser et un spray au poivre, dit Lydia. Ma mère m'a bien armée.

— C'est quoi ton délire ? demanda Dill. Tu penses tomber sur une meute de meurtriers ou quoi ?

— J'ai la réputation d'être une femme qui exprime ses opinions haut et fort. Je suis obligée de prendre mes précautions.

— Peut-être que Travis et moi, on devrait porter un costume et des lunettes noires quand on se balade avec toi.

— C'est bon, t'as fini ?

— Ouais.

Ils décidèrent de couper par le maquis au pied du pont ferroviaire. Au bord de la rivière, un chœur de grenouilles sifflantes se joignit à la clameur des insectes. Dill, muni d'une lampe torche trouvée dans la voiture de Lydia, ouvrait la marche.

Lydia balayait le sol avec la LED de son téléphone portable.

— J'ai peur des serpents.

— S'ils nous embêtent, Dill saura quoi faire, intervint Travis. Pas vrai ?

Dill écrasa un moustique.

— Très drôle.

La terre devenait de plus en plus molle sous leurs pieds. Lydia essaya de prendre quelques photos avec flash.

— C'est assez cool, dit-elle. J'ai un peu l'impression d'être Ryan McGinley, le photographe. L'un de vous deux a envie de se mettre à poil et de courir tout nu dans le noir pendant que je le photographie ?

Dill se plaça derrière Lydia pour regarder ses clichés.

— Pas spécialement.

— La lentille de ton appareil risque de ne pas aimer ça, dit Travis.

— Oh, arrête, Travis. Ton corps est beau. Dill, tu peux dire à Travis que son corps est beau ?

Cette réplique de la série *Freaks and Geeks*, qui obsédait totalement Lydia, était une blague récurrente entre eux depuis qu'elle les avait obligés à regarder l'intégralité des épisodes la même journée. La blague marchait à tous les coups.

Une fois devant le premier pilier du grand pont en béton qui se dressait dans le sol, juste en face de la rivière, ils le contournèrent. Leurs chaussures étaient aspirées par la boue. Sur le côté de l'édifice, une petite échelle métallique dont la peinture verte s'écaillait les attendait. Pour se rendre jusqu'au fameux Pilier situé au milieu de la rivière, ils devaient grimper à cette échelle. Celle-ci leur permettait d'accéder à une passerelle sous le pont, qui enjambait le cours d'eau. Une fois de l'autre côté, il fallait emprunter une autre échelle qui descendait jusqu'au Pilier.

— J'hésite entre invoquer la formule des « femmes d'abord » afin d'éviter de devoir escalader derrière vous sur des barreaux dégueus de boue, et laisser l'un de vous y aller en premier pour s'assurer qu'aucune araignée géante n'a fait son nid là-haut.

— Une araignée géante comme Sha'alar, la reine araignée, murmura Travis d'une voix quasi inaudible, mais suffisamment fort tout de même pour ceux qui seraient curieux de savoir qui était Sha'alar.

Personne ne posa la question.

— J'y vais.

Dill s'agrippa à l'échelle, souleva un pied qu'il ne posa sur le premier barreau qu'après avoir frotté sa semelle contre le pilier. Il fit la même chose avec l'autre.

— Le meilleur des deux mondes ! Comme ça, tu ne poseras pas des mains pleines de boue sur ce qui restera de mon corps quand Shalimar ou je ne sais plus qui m'aura tué.

Ils gravirent l'échelle et se faufilèrent dans le trou étroit tout en haut qui menait à une passerelle. Vu son gabarit, Travis dut retenir sa respiration.

— La prochaine fois, il faudra penser à prendre du beurre pour lubrifier Travis, plaisanta Dill.

Travis rit, s'efforçant de rentrer le ventre.

— Allez, les gars, tirez-moi.

— Pas avant que tu m'invites à dîner, chéri, répliqua Lydia de sa plus belle voix de femme fatale des années 1940, en secouant la cendre d'une cigarette imaginaire.

— Si seulement tu pouvais te faufiler avec autant de facilité que tu t'es jeté à corps perdu dans cette expédition, observa Dill.

Ils parvinrent à déloger Travis et poursuivirent leur chemin sur l'étroite passerelle qui menait au Pilier.

Travis dut avancer plié en deux pour ne pas se cogner la tête. Ils arrivèrent devant un autre trou menant à une échelle. Ils s'y glissèrent.

— J'arrive mieux à m'extirper hors des trous qu'à m'y glisser, lança Travis.

— Je ne rebondirai même pas sur cette remarque, dit Lydia de sa voix sexy.

— On est littéralement en train de violer ce pauvre pont, plaisanta Dill.

— Merde, les gars, arrêtez d'interpréter de travers tout ce que je dis !

Ils arrivèrent enfin au Pilier. Il y avait assez de place pour tout le monde. Dill jeta discrètement dans l'eau un emballage de capote qui traînait là.

— Chaque fois que je viens ici, j'essaie de comprendre à quoi sert cette échelle, dit-il.

Lydia fouilla dans son sac et en sortit son livre et les marqueurs.

— C'est vrai, ça ! Imagine : « Hé, Butch, descends donc voir si le pilier est toujours là ! — D'accord, chef. Hourra ! Il est toujours là ! »

— Non, mais t'es obligé de descendre ici pour nettoyer les parties métalliques, les peindre et t'assurer que les rivets, les soudures et autres sont en bon état, expliqua Travis en claquant le Pilier avec sa paume.

Il émit un bruit creux et métallique.

Lydia examina une large portion bien plate et en balaya la saleté.

— Comment ça se fait que chaque fois qu'on parle du monde réel, interrogea Lydia, tu réussis à invoquer le monde imaginaire, alors que quand nous on invoque le monde imaginaire, tu te débrouilles pour invoquer le monde réel ?

Travis haussa les épaules.

— Mon monde imaginaire est plus intéressant que le monde réel, et les machines et les outils sont plus intéressants que votre monde imaginaire.

Lydia prit le coin vierge en photo.

— Bien sûr. Réponse acceptée. File-moi un marqueur.

Lydia s'activa en se servant de la lumière de son téléphone. Dill et Travis allèrent de l'autre côté du Pilier avec la lampe torche et se relayèrent.

Le marqueur de Travis couinait.

— Faites vraiment super, super gaffe de ne pas tomber, les gars, dit-il. La sécurité avant tout !

— Il y a sûrement plus horrible comme mort que de tomber dans l'eau après s'être marré jusqu'au bout avec ses potes, déclara Dill.

— Ça serait quoi, votre façon idéale de mourir ? Si vous pouviez choisir ? demanda Travis.

— Putain, Travis, tu plombes l'ambiance ! répondit Lydia. Ceci dit, je sens que ta question va me permettre de faire du remplissage sur mon blog. Dill ? T'as l'air d'y avoir déjà pensé. Allez, lance-toi ! Pas dans la flotte, hein, tu m'as comprise.

Dill réfléchit un instant. Il contempla l'eau, ses tourbillons, les motifs qui se dessinaient à la surface avant de disparaître. Il écouta le chaos ordonné des sons émis par la rivière. La lune avait commencé son ascension, avec Vénus à ses côtés. Plus bas, à l'horizon, une tour de radio se dressait dans le ciel indigo, ses lumières rouges clignotant paresseusement. Une chaude brise nocturne charriait un parfum de chèvrefeuille et de tilleul en provenance des berges. Un train siffla au loin. Il ne tarderait pas à passer en grondant au-dessus d'eux dans un boucan à réveiller les morts. Dill était un diapason, fait pour résonner à la fréquence de cet endroit, en cet instant.

— Ici, répondit-il. Ça m'irait bien. Et toi, Lydia ?

— Entourée de serviteurs qui arracheraient leurs vêtements et pleureraient à chaudes larmes, implorant de me retrouver dans l'au-delà pour pouvoir continuer à me servir.

— J'ai du mal à savoir si tu plaisantes, observa Dill.

— Bon, très bien, dit-elle en prenant le temps de réfléchir. Je suis fascinée par la vie et la mort de Martha Gellhorn. Elle a fait des tas de trucs incroyables. Cette journaliste est l'une de mes héroïnes. Elle disait qu'elle voulait mourir quand elle serait trop vieille pour pouvoir penser convenablement et être intéressante. Alors elle a avalé une capsule de cyanure à l'âge de genre quatre-vingt-dix ans. Si je pouvais exploser en émettant une belle chaleur et une belle lumière, comme un pétard, ça m'irait bien. Je veux que les gens parlent de moi et se souviennent de qui j'étais une fois que je serai partie. Je veux inscrire mon nom dans l'histoire.

Le train approchait.

— J'attends qu'il passe, et je vous dis ! cria Travis par-dessus le vacarme.

Lorsque le train se fut éloigné, il se remit à parler doucement, en regardant l'eau en dessous.

— J'aimerais mourir dans la gloire. En vieux guerrier, sur un champ de bataille verdoyant, entouré de mes amis.

Il s'arrêta pour réfléchir.

— Je pourrais rejoindre les Marines si je voulais juste mourir au combat comme Matt. Mais ce n'est pas ce que je veux. Je ne veux pas mourir en Afghanistan ni dans un pays étranger. Je veux mourir en me battant pour mon pays. Pour une cause qui a un sens pour moi. Voilà pourquoi j'ai écrit ce texte.

Dill lui tendit la lampe torche.

— Montre-nous.

Travis éclaira ce qu'il avait écrit.

Repose en paix, preux chevalier, fier dans la victoire, fier dans la mort. Que ton nom éclaire à jamais ceux qui t'ont aimé. Que des fleurs blanches poussent à l'endroit où tu sommeilles pour toujours. Tu as vécu pleinement, et désormais, tu dînes à la table des Anciens, où tu prends part à leur festin éternel.

— J'ignorais totalement que ces livres voulaient dire autant pour toi, Travis, murmura Lydia. Maintenant, je m'en veux d'avoir fait toutes ces blagues sur *Le règne du sang*…

— Tu vas les lire, alors ?

— Non.

— Ce sont des bouquins formidables. Quand je les lis, j'oublie tout ce que je fais de travers et tout ce que je ne suis pas. Grâce à eux, je me sens courageux.

— Qu'est-ce qu'on se marre, nous, le vendredi soir ! dit Lydia.

— Hé, Lydia, peut-être que quand tu vivras ailleurs et que tu passeras nous rendre visite à Forrestville, on pourra tous venir ici et ajouter des trucs sur le Pilier, proposa Dill. Si c'est pas trop rasoir à ton goût.

— Carrément ! Je ne trouve pas ça rasoir du tout, dit Lydia.

Elle prit une photo de ce que Travis avait écrit.

— Bon, Dill, c'est quoi, ton texte ?

Ils se déplacèrent sur le côté du Pilier.

Dill éclaira ce qu'il avait écrit.

— J'ai dit que j'allais prendre des extraits de mes chansons, mais j'ai changé d'avis. J'ai noté certaines de mes choses préférées.

Clair de lune. Calme après un orage. Corbeaux. Bibles poussiéreuses. Maisons abandonnées. Lucioles. Rayons du soleil à travers la poussière. Feuilles mortes. Cimetières d'églises. Ciel gris d'automne. Digue en bordure de fleuve. Route gravillonnée. Carillons. Fumée de bois. Train qui siffle par une nuit d'hiver. Kudzu sur poteau téléphonique. Livre de cantiques en lambeaux. Croix blanches le long des grandes routes. Chant des cigales. Ombres. Moineaux. Rouille. Lumières de signalisation ferroviaire à travers le brouillard. Criquets. Feuilles qui dansent dans le vent. Grange qui tombe en ruine. Champ après la moisson. Nuages recouvrant la lune. Crépuscule tranquille. Éclair. Battements de cœur.

Lydia photographia ces mots.

— Moi aussi, j'adore ces choses, et je ne le savais absolument pas avant de le lire.

— Je ne suis pas sûr que nos textes soient toujours là dans trente-deux mille ans, mais au moins, ils nous survivront, pas vrai ?

Lydia leur montra les citations de Dolly Parton qu'elle avait inscrites sur le Pilier.

Découvre qui tu es, mais pas par hasard.

Nous ne pouvons pas changer le sens du vent, mais nous pouvons ajuster les voiles.

Si tu n'aimes pas la route sur laquelle tu marches, traces-en une autre.

— Les générations futures ont besoin des conseils de cette prophétesse, se justifia-t-elle.

Ils restèrent ensuite un bon moment allongés sur le dos, à contempler l'immensité étoilée à travers les rails, écoutant l'eau sombre en dessous d'eux. *Voilà*, pensa Dill. *Peut-être que tu ne connaîtras jamais rien de meilleur dans ta vie que cet instant, maintenant.*

— J'ai lu quelque part que parmi les étoiles que nous voyons en ce moment, beaucoup n'existent plus, dit-il. Elles sont déjà mortes, et il a fallu des millions d'années pour que leur lumière atteigne la Terre.

— Ce serait pas mal, comme façon de mourir, remarqua Lydia. Continuer à dégager de la lumière pendant des millions d'années après notre mort.

14

Lydia

À son retour, sa mère dormait déjà. Son père, en robe de chambre sur le canapé, regardait la télévision en mangeant du pop-corn dans un gros bol.

— Salut, princesse, la salua-t-il lorsqu'elle entra dans le salon après s'être lavé les mains dans la salle de bains du couloir. Tu t'es bien amusée ce soir ?

— Comme un vendredi soir à Forrestville. La grosse poilade.

Elle ôta ses chaussures de randonnée, s'assit à côté de son père et se pelotonna contre lui, posant sa tête contre son épaule.

Il posa sa tête sur la sienne.

— Tu sens comme une nuit d'été.

Elle tira une mèche de ses cheveux sous son nez pour la humer.

— Les bougies parfumées « nuit d'été » n'ont jamais cette odeur-là. Elles empestent toujours l'eau de Cologne de mec flippant.

Elle plongea la main dans le bol de pop-corn et en sortit une poignée.

— J'aime bien tes amis. Ce sont des gars bien. Tu as fait de bons choix.

— C'est vrai. Je me demande d'ailleurs pourquoi tu as l'air aussi surpris que j'aie bien choisi.

— Tu as de la chance de les avoir. Les bons amis au lycée, c'est une denrée rare.

— Ouais, surtout dans le coin.

— C'est pareil partout. Ça n'a pas été si terrible que ça, de grandir ici, quand même ?

Lydia souleva sa tête de l'épaule de son père et le regarda avec gravité.

— Impossible que tu me poses cette question en toute bonne foi.

— Comment ? Bien sûr que cet endroit est chouette ! C'est tranquille, on y est en sécurité. La région est belle. J'ai grandi ici, et ta mère, dans l'un des comtés voisins. Reprendre le cabinet de grand-père m'a permis de réduire le stress que notre famille aurait dû vivre si j'avais ouvert mon cabinet ailleurs, en partant de rien.

— Ça craint, ici. Les gens sont bêtes, racistes et homophobes. Je n'ai plus une seule copine au lycée depuis le départ de Heidi.

Son père prit la télécommande et coupa le son de la télévision.

— Attends un peu. Tu n'aurais jamais rencontré Dill et Travis si nous n'habitions pas ici. Je vais te poser une question : aimes-tu la personne que tu es ?

— Oui.

— Tu ne penses pas que le fait d'habiter ici a contribué à forger la personne que tu es devenue ? Tu penses que tu aurais eu la même envie de créer *Dollywould* si le monde t'avait été servi sur un plateau d'argent ?

— Je rêve ou tu es en train de me dire que m'élever dans ce trou merdique était une stratégie pour me pousser à devenir une battante ?

— Oui.

Lydia tendit la main et donna une claque sur l'avant-bras de son père, comme si elle écrasait un moustique.

Il grimaça et recula.

— Écoute. Tu penses qu'il existe un endroit, ville ou lycée, où une personne intelligente et pétrie de talent comme toi peut débarquer, faire sa petite tambouille sans que personne n'essaie de la dégommer parce qu'elle file des complexes d'infériorité aux autres ?

— Je ne sais pas.

Elle posa de nouveau la tête sur l'épaule de son père.

— J'ai vécu la même chose que toi quand j'étais au lycée.

— Oh, arrête ! Maman m'a raconté que tu étais délégué de classe à Forrestville High.

— Cela ne veut pas dire que j'avais plein d'amis proches ou que je me fondais dans la masse. Cela veut juste dire que j'étais gentil avec tout le monde et que j'en ai été récompensé. Il n'empêche que je me sentais seul.

— Alors pourquoi tu es revenu ici pour élever ta fille ? Regarde-moi dans les yeux et jure-moi que ce n'est pas parce que tu avais peur de vivre dans une grande ville.

— Ce n'était pas vraiment de la peur. Plutôt une force d'inertie qui vous pousse à vivre dans un endroit familier auquel vous vous sentez connecté. Ça n'existe pas, les endroits parfaits.

— Et moi qui pensais qu'on ne pouvait pas améliorer Forrestville !

Son père attrapa une poignée de pop-corn dans le tas qui fondait comme neige au soleil.

— Hé, je trouve qu'elle est bien, notre ville. Pourtant, quand j'étais au lycée, je n'avais même pas deux amis aussi proches et loyaux que Dill et Travis. Quand je regarde le visage de ces deux garçons, je sais qu'ils n'hésiteraient pas à s'interposer entre toi et une meute de lions.

— On dit une troupe de lions.

Elle prit une poignée de pop-corn.

— Oui, enfin, bref. Ils ne laisseraient jamais des lions te dévorer. Je pense qu'ils vont te manquer quand tu seras partie pour vivre des choses plus grandes, meilleures. Une part de toi regrettera cette vie.

— Je serai trop occupée pour regretter quoi que ce soit.

— Non, c'est faux. Écoute, ma chérie. Ce sont de vrais amis, que tu as là. Des amis sincères. Tu en as deux. Je ne suis pas sûr que les habitants des grandes villes, qui sont débordés en permanence à cause de leurs activités, puissent en dire autant.

Elle répondit d'une voix plus discrète, comme chaque fois qu'elle savait qu'elle devait concéder quelque chose mais préférait que l'univers ne l'entende pas.

— Je sais.

— Alors arrête de reprocher à tes parents de t'avoir élevée ici. Dans une grande ville, tu aurais pu être touchée par une balle perdue tirée depuis une voiture en marche, ou pire encore.

Elle souleva la tête et roula des yeux en s'assurant au préalable qu'il la regardait.

— Je regrette tellement de t'avoir fait découvrir *The Wire*. J'aurais dû me douter que tu réagirais de cette façon complètement débile.

— Quels sont les projets de Dill et de Travis après le lycée ?

Elle soupira.

— Eh bien, je crois que Dill va bosser à plein temps chez *Floyd*, et Travis à la scierie. Et ils vivront leur vie, iront bouffer des gaufres chez *Waffle House*, vieilliront et mourront.

— Hé, protesta son père plus sèchement que d'habitude. Arrête.

Lydia lui adressa un regard blessé et réprobateur. Elle fronça les sourcils.

— Oh, pardon ! La vache, t'es pas obligé de me parler méchamment !

— Non, ma chérie, je ne te parle pas méchamment. Tu te montres très hautaine, et tu n'as aucune empathie envers eux. Certaines personnes vivent une existence tranquille, et il n'y a aucun mal à cela. Il y a quelque chose de digne là-dedans, quoi que tu en penses.

— C'est parce que je m'intéresse à eux que j'aimerais qu'ils soient plus ambitieux. Je déteste imaginer Dill et Travis coincés ici, prisonniers de vies pathétiques. Ça me rend folle. Surtout, j'aimerais que Dill étudie et fasse quelque chose de son existence.

— Ils ne cherchent pas à te contrarier, tu sais. Ils n'ont pas la même vie que toi, c'est tout.

— J'en ai conscience !

— Vraiment ? Tu sais garder un secret ?

Elle lui répondit par un regard qui semblait dire : « Comment t'oses me poser cette question ? »

— Je t'en prie, n'en parle à personne, car je pourrais avoir des ennuis si l'on découvre que j'ai révélé des informations sur un de mes patients. Mais je pense qu'il faut que tu le saches. Il y a quelques années, j'ai remplacé les deux dents de devant de Travis. Ses parents m'ont raconté que c'était un accident à la scierie, que Travis était en train d'empiler du bois quand un chariot élévateur a heurté la pile et éjecté un bout de bois qui a atterri sur son visage. Sauf qu'il y a un truc bizarre. Ils ne m'ont appelé que le lendemain matin. La scierie ferme à dix-sept heures, comme mon cabinet. Alors pourquoi ne pas m'avoir appelé avant ? L'accident se serait produit à 16 h 59 ? J'en doute. Tu ne téléphonerais pas tout de suite au dentiste, toi ?

— Oh, mon Dieu ! murmura Lydia. Ça a dû se passer dans la nuit…

— À la maison. Et bien entendu, je n'ai aucune preuve de quoi que ce soit, et Travis a répété avec insistance que ça s'était passé à la scierie. Mais la première fois, il m'a raconté qu'il était en train d'attraper du bois sur une étagère en hauteur et que celui-ci lui était tombé dessus. Ensuite, il a dit que c'était à cause d'un chariot.

— Le père de Travis en est carrément capable…

— Oh oui, Clint Bohannon est en effet bien capable de faire un truc pareil. Au lycée, il était deux classes au-dessus de moi. C'était un type sacrément vicelard. Un *quarterback* star. Tu ignorais vraiment ce que Travis vivait chez lui ?

Lydia se sentit blessée et négligente – dans les deux cas, c'était fort désagréable.

— Non, il… il ne nous raconte pas ce qui se passe à la maison. Je savais que son père était un trouduc, mais pas à ce point-là. Comment ce type a-t-il pu avoir un fils comme Travis ? C'est la personne la plus gentille qui soit.

— Anne Marie, sa mère, était dans ma classe. Une pom-pom girl mignonne et gentille. Sympa avec tout le monde. On pensait tous qu'elle rendrait Clint un peu meilleur en l'épousant. De toute évidence, ça n'est pas arrivé.

Lydia encaissa toutes ces informations sans rien dire. Son père la serra contre lui.

— Et je n'ai pas à te rappeler les problèmes de Dill. Ce que je veux te dire, c'est que ta vie à toi a été très différente, et qu'il est important que tu te montres compréhensive.

— D'accord, répondit Lydia, bouleversée.

Comment ai-je pu ne pas savoir pour Travis ? Comment ai-je été aussi aveugle ? Je suis une amie horrible. J'aurais dû voir. J'aurais dû faire en sorte qu'il n'ait pas honte de m'en parler.

— Lydia, tu es destinée à vivre de grandes choses. Cela a un prix, et pas des moindres. Tout le monde veut approcher le succès, en avoir un bout. Le jour viendra peut-être où il te faudra savoir faire la distinction entre quelqu'un qui t'aime pour ce que tu es et quelqu'un qui veut être proche de ta lumière. Tu as deux amis en ce moment. Ils ne sont peut-être pas « glamour », mais ils t'aiment pour ce que tu es.

— Tu as raison, murmura-t-elle.

Son père se mit debout et, feignant l'étonnement, chercha son téléphone.

— Attends, attends ! Tu peux répéter, histoire que je filme ça ?

— T'es vraiment qu'un pauvre type ! Bon. Faut que j'aille bosser sur mon blog.

Lydia se leva.

— Ne te couche pas trop tard !

— Je t'aime, papa.

Elle l'embrassa sur la joue.

— Ah, au fait, des trucs sont arrivés pour toi aujourd'hui. C'est posé sur le plan de travail de la cuisine.

Lydia alla voir ce que c'était. Un paquet adressé par *Owl*, un magasin de vêtements en ligne spécial petits budgets qui avait le vent en poupe. Il contenait une robe et des chaussures compensées. Pas mal. Elle en parlerait sur son site. Un petit colis de la marque *Miu Miu*. Un collier en guise de cadeau de rentrée. Carrément un sujet pour son blog.

Il y avait aussi une enveloppe. Lydia l'ouvrit. Une lettre, sur le papier le plus luxueux que ses doigts aient jamais touché. On aurait dit que des scientifiques l'avaient conçu pour qu'il dégage un parfum de librairie parisienne ou londonienne spécialisée dans les ouvrages rares et d'exception. L'écriture, puissante, féminine, s'étalait largement sur la feuille :

J'adore votre blog. Bien sûr que j'accepte de vous recommander. Rédigez quelque chose et laissez un espace pour que je signe. Dahlia transmettra la lettre à mon assistante. Veillez à ce que votre grammaire et votre orthographe soient irréprochables. Et surtout, soyez généreuse envers vous-même, afin que je ne perde pas mon temps en la signant.

Amitiés,
Vivian Winter

L'excitation qu'elle ressentit dissipa un peu la mélancolie de la discussion qu'elle venait d'avoir avec son père au sujet de Dill et de Travis.

Je viens de recevoir un courrier de ta mère, elle a dit qu'elle m'écrirait une lettre de recommandation !!! MERCI ! écrivit Lydia à Dahlia par SMS.

Son téléphone vibra.

Je t'avais dit qu'elle le ferait, répondit son amie. Remercie-moi en parlant de moi dans *Dollywould.*

Vendu ! Portrait + interview ! Vraiment, merci !

C'est rien. Au fait, Chloe est partante. Trois fashionistas de ouf à NYC. Faudra beaucoup de placards dans notre futur appart.

Maintenant, faut que je sois acceptée à NYU.

Fastoche, grâce à ma mère et à ton talent.

Lydia se mit à composer son article tout en regardant les photos du message qu'elle et ses deux amis voulaient laisser au monde des milliers d'années après leur mort. Elle tâcha de réfléchir à ce qu'elle pourrait écrire pour leur rendre justice.

15

Dill

M. Burson, propriétaire de *Riverbank Books*, avait toujours évoqué à Dill un blaireau humanoïde au pas traînant. Il y avait toujours au bout de son nez de petites lunettes cerclées de métal et, hormis pendant les mois d'été les plus chauds, il arborait des gilets boutonnés sur son ventre rebondi et recouverts de poils de chat, qu'il portait généralement par-dessus des tee-shirts achetés à des concerts de musiciens de country tels que Merle Haggard ou Waylon Jennings. Dill avait toujours aimé M. Burson. Célibataire devant l'éternel et amateur de félins et de livres, l'homme était l'objet de bien des ragots et des jugements, et se montrait par conséquent particulièrement tolérant à l'égard de Dill.

Dill, Lydia et Travis arrivèrent une trentaine de minutes avant l'heure de fermeture (ou en tout cas l'heure qui s'en rapprochait, car M. Burson ouvrait ou fermait sa librairie quand bon lui semblait), faisant fuir trois ou quatre chats en entrant. Le libraire, assis sur un tabouret derrière le comptoir, leva les yeux de son roman, un ouvrage de science-fiction des années 1960 à la couverture racoleuse qu'il lisait en caressant un chat d'un air absent. Plusieurs guitares étaient accrochées derrière lui. Il se trouvait au milieu d'une forêt composée de piles de livres d'occasion. Dans l'air, le même parfum que d'habitude : l'odeur d'épices et de vanille de sa pipe à tabac mêlée à celle de vieux livres de poche. Le visage aux joues flasques de M. Burson s'illumina lorsqu'il aperçut Travis, l'un de ses plus fidèles clients.

— Jeune maître Bohannon ! s'exclama-t-il de sa voix sifflante en ajustant ses lunettes. Vers quelles contrées mystérieuses et fantastiques puis-je t'emmener aujourd'hui ?

Travis se pencha sur le comptoir en verre qui abritait un minuscule musée composé d'éditions anciennes de Faulkner, O'Connor, Welty et McCarthy.

— En fait, nous sommes venus chercher un cadeau pour l'anniversaire de la mère de Dill, mais puisque je suis là, puis-je déjà vous commander *Le souffle des morts* ?

Riverbank Books vendait presque exclusivement des livres d'occasion. M. Burson sillonnait le pays à bord de son vieux pick-up Toyota 1980 rouillé qui était recouvert d'autocollants avec des blagues vaseuses de *geeks* (D'HABITUDE JE ME DÉPLACE À BORD DU MILLENNIUM FALCON), des slogans pro-lecture (J'AIMERAIS AUTANT ÊTRE EN TRAIN DE LIRE) et des messages vaguement politiques (COEXISTER). Il dégotait des cartons entiers de livres chez des brocanteurs, lors de successions ou lorsque des bibliothèques faisaient le ménage dans leurs rayons. Mais il avait un petit stock de livres neufs, et prenait des commandes pour ses clients qui n'achetaient pas sur Amazon et préféraient soutenir leur libraire.

— Ah, oui, *Le souffle des morts*. Le nouvel opus de G.M. Pennington. Tu as de la chance que je ne vende pas mes livres au poids ! dit-il en gloussant.

Il sortit un livre de comptes et se le nota.

— Bon, Travis, d'après toi, que va-t-il arriver à la maison Northbrook lors de la bataille finale contre les forces obscures de la maison Allastair et des Damnés ? La reine des landes automnales interviendra-t-elle avec son armée de corbeaux ? L'enfant bâtard de Rand Allastair contrariera-t-il les plans de son père en entraînant ses Cavaliers de l'Est dans une offensive pour capturer le Trône d'Or ?

Les yeux de Travis brillaient. Il n'avait pas souvent l'occasion de parler du *Règne du sang* dans la vraie vie, avec des humains en chair et en os. Il ouvrit la bouche pour répondre.

Lydia les interrompit en exigeant un temps mort avec ses mains.

— Ô, nobles chevaliers de ce royaume ! Avant que vous ne partiez dans vos délires stupides, nous, humbles serfs, aurions besoin de votre aide pour trouver un livre à offrir à une femme à qui rien ne plaît.

— En fait, ce n'est pas que rien ne lui plaît. Il faut juste que ce soit chrétien. Vraiment chrétien, précisa Dill.

— En gros, la bible, c'est limite, parce que le Christ n'apparaît que dans la deuxième partie, reprit Lydia.

M. Burson fit claquer ses doigts et descendit de son tabouret en laissant échapper un grognement. Son chat sauta par terre. Le libraire quitta sa place en se dandinant, faisant signe aux autres de le suivre.

— Par ici, mes jeunes amis !

Ils passèrent devant des rayonnages chaotiques qui allaient du sol au plafond, et au pied desquels se trouvaient des piles et des piles de livres.

Ils arrivèrent dans la section Christianisme/Spiritualité. M. Burson, le souffle court, se mit péniblement sur un genou en émettant de petits grognements, les coutures de son pantalon craquant comme les voiles d'un navire. Il sortit un livre intitulé *La mécanique des Templiers* – un exemplaire neuf qu'il avait rangé au milieu des livres d'occasion, comme à son habitude.

Il ajusta ses lunettes et tendit l'ouvrage à Dill.

— C'est un roman d'aventures chrétien qui a eu pas mal de succès il y a quelques années. L'histoire d'un archéologue qui met au jour la tombe d'un Templier, et découvre sur son bouclier une prophétie où il est question de l'Antéchrist. Le héros, qui essaie de rassembler les bouts manquants de cette prophétie, se retrouve propulsé au cœur d'une intrigue internationale, un vrai jeu de dupes. Mais, poursuivit en murmurant M. Burson qui se servait de sa main comme d'un porte-voix, attention, *spoiler* : l'Antéchrist est en chacun de nous si nous n'acceptons pas Jésus.

Lydia fit mine de refermer sa bouche avec une fermeture Éclair puis de la verrouiller avec une clé imaginaire.

— Je ne suis pas sûr que le concept d'« aventure » soit bien chrétien, déclara Dill en feuilletant le livre. Le vrai croyant a foi en l'idée que tout finira par s'arranger, qu'il sera sauvé et ira au paradis, ce qui enlève un peu sa saveur à l'aventure.... Mais je prends le risque !

Ils restèrent un moment à fureter dans le magasin. Travis et M. Burson échangèrent leurs théories au sujet du *Souffle des morts*. Dill regarda Lydia se déplacer parmi les rayonnages, caressant doucement la tranche des livres en passant, touchant chaque ouvrage comme si elle lisait les titres avec ses doigts.

Elle trouva un exemplaire de *Just Kids* de Patti Smith, son livre préféré.

— Je vais l'acheter alors que je l'ai déjà, et faire comme si je ne l'avais pas déjà lu. Ça sera une façon de soutenir la librairie. C'est à peu près le seul truc vaguement sophisti...

Elle laissa sa phrase en suspens. Travis et M. Burson venaient de se lancer dans un faux duel à l'épée. Elle soupira.

— Bref, j'essaie de soutenir cette librairie.

Ils achetèrent leurs livres et sortirent dans le crépuscule de la fin août. Septembre était tout proche, pourtant l'été s'attardait dans toute sa puissance.

— Et si on allait regarder des trains, proposa Dill.

Travis haussa les épaules.

— Ça me va.

— Lydia ?

— Il faut que je remplisse des dossiers de demande de bourse et que je prépare mon interview avec Laydee.

— Tu vas interviewer Laydee, la chanteuse ? demanda Dill.

— Ouais.

— Waouh ! Énorme ! Elle a plus ou moins notre âge et on entend ses chansons partout à la radio.

— Ouais. Bon. Les trains...

Lydia regarda l'heure sur son téléphone.

— Je peux venir, mais pas longtemps. Si on ne voit pas de train tout de suite, je m'arrache.

— Tope là !

— C'est quand la dernière fois qu'on s'est topé dans la main sans que ce soit totalement ringard ?

À Forrestville, il existait plusieurs endroits de choix pour observer les trains, mais Bertram Park était le préféré de Dill. Il se trouvait juste un peu après le Pilier. La voie ferrée coupait le parc en deux, ce qui n'était pas forcément idéal. Heureusement, étant peu entretenu, il n'attirait pas vraiment les enfants. Il disposait d'un terrain de base-ball à l'abandon et d'une aire de jeux dont les installations étaient rouillées. Des animaux à bascule montés sur ressorts ressemblant vaguement à des copies bas de gamme de personnages Disney délavés jaillissaient du sable.

Ils s'assirent à une table de pique-nique qui se trouvait suffisamment près de la voie ferrée pour qu'ils puissent se rapprocher lorsqu'ils entendraient le train.

Lydia consulta son téléphone.

— Regarder les trains passer. Chez Dill, ça remplace YouTube. Rassure-moi : tu sais que c'est vraiment bizarre de faire ça ?

— Venant de la fille qui porte des vêtements d'il y a cinquante ans...

— Touché !

— Et qu'en pense le type au collier de dragon ? demanda Dill.

— Je ne trouve pas ça bizarre, répondit Travis. Les trains et les grosses machines, c'est cool.

— Pourquoi ça te plaît autant ? demanda Lydia.

Dill réfléchit.

— J'essaie de trouver comment formuler les choses sans que ça paraisse trop étrange.

— Surprends-moi ! se moqua Lydia.

— OK. Bon, quand je regarde les trains, ça me fait penser à tous les mouvements qu'il y a dans le monde. Je me dis que chaque train a des dizaines de wagons, et chaque wagon des centaines de parties, et toutes ces parties et ces wagons travaillent jour après jour. Et ensuite, il y a tous ces autres mouvements. Les gens naissent et meurent. Les saisons changent. Les fleuves se jettent dans la mer. La Terre tourne autour du Soleil et la Lune, autour de la Terre. Tout se déplace, tourne en vrombissant vers quelque chose. Et moi, il m'est donné de faire partie de cet ensemble pendant un petit instant, comme j'ai la possibilité de regarder passer les trains pendant un petit instant – et puis c'est terminé.

De la même façon que j'ai la possibilité de faire partie de ta vie avant que tu t'en ailles et que moi, je reste ici à regarder les trains qui passent en me laissant aussi derrière eux.

Il rougit et contempla le sol, se préparant à une réplique sarcastique de Lydia.

— Bref. Pardon. Chelou.

Il jeta un coup d'œil vers elle. Elle regardait les rails.

— Non, répondit Lydia sans la moindre pointe d'ironie dans la voix. Pas chelou. Enfin, comme d'habitude, t'es toujours chelou, dans l'ensemble, hein, t'enflamme pas… Mais ce que tu viens de dire n'est pas bizarre.

Un train siffla au loin – à point nommé.

Il se levèrent de la table de pique-nique et marchèrent vers la voie ferrée, assez près pour sentir le vent qu'il générait. À mesure que le train approchait et que le sifflement s'étirait, Dill éprouvait un sentiment familier : une poussée euphorisante d'excitation mêlée à de l'adrénaline. Une montée orgasmique tandis que la clameur et l'énergie allaient crescendo, menaçant de déborder ses sens. Et puis le train était là, devant lui. Il ferma les yeux et écouta ses différentes parties. Les roues qui grinçaient sur les rails. Le tchug-tchug-tchug de l'un des wagons. Il absorba la violence de cet immense serpent d'acier qui glissait devant lui. Ce martèlement, cette pulsation tumultueuse réveillèrent quelque chose en lui.

Il a treize ans, et se trouve à l'avant de l'église de son père avec les autres membres du groupe de louange. Il a sa guitare électrique trop grande, et joue aussi fort et aussi vite qu'il le peut tandis que la batterie et la basse secouent les murs minces et le plafond bas en aggloméré de la minuscule chapelle. Il y a des couacs à la pelle mais personne ne les remarque parce que les gens baignent dans le Saint-Esprit, et que les murs vibrent aussi de la glossolalie exaltée et chaotique de ceux qui parlent en langues. Les chaussures et les bottes, boueuses car le parking n'est pas goudronné, font trembler le sol. Plusieurs fidèles, parmi lesquels la mère de Dill, frappent sur des tambourins.

Son père se tient devant l'assemblée et brandit un bocal à moitié rempli de strychnine. Les yeux révulsés, il en boit une grosse lampée. Il secoue la tête, s'essuie la bouche et crie : « Alléluia ! » Il tend le bocal à la mère de Dill, qui le sirote comme si c'était de la limonade, le passe à son voisin avant de reprendre son tambourin.

Le pasteur ôte sa chemise blanche, ne gardant que son maillot de corps. Il est debout, bras écartés. Des fidèles implorants s'approchent de lui et posent leurs mains sur ses bras marquetés de veines et sur ses épaules aux os saillants. Ils cherchent à guérir de maux réels ou imaginaires.

Un cri s'élève dans l'assemblée, et deux fidèles se rendent dans l'allée centrale en sautant d'un pied sur l'autre, en une sorte de danse. Ils tiennent dans chaque main une boîte en bois contenant un serpent. Ils s'arrêtent et les posent sur le sol. Tout en frappant dans ses mains, le père de Dill se rend en dansant jusqu'à elles. Les deux hommes soulèvent les couvercles grillagés et, à l'aide de bâtons munis d'un crochet, en sortent deux crotales et deux vipères cuivrées. Ils commencent à les distribuer dans l'assemblée comme s'il s'agissait de simples cravates. Frère McKinnon tient l'un des crotales à quelques centimètres de son visage. Il lui postillonne dessus en priant, comme pour mettre le serpent au défi de le mordre et de tester sa foi.

Dill, le cœur battant, transpirant dans l'humidité suffocante créée par cette masse de corps animés agglutinés au même endroit, accélère la cadence. Son père, une vipère cuivrée enroulée autour du cou, se dirige vers lui. Une fois devant lui, il soulève la vipère. Dill entend son cœur tambouriner jusque dans ses oreilles. Il arrête de jouer. Le bassiste et le batteur continuent sans lui, avec encore plus de fureur. Dill a toujours redouté les serpents. Jamais il ne les a pris dans ses mains, et il prie pour que Dieu purifie son âme et lui donne assez de foi, si l'heure est venue. *Voici les miracles qui accompagneront ceux qui auront cru. Voici les miracles qui accompagneront ceux qui auront cru. Ils saisiront des serpents. Voici les miracles qui accompagneront ceux qui auront cru. Ils saisiront des serpents.* Il n'arrive plus à respirer.

Son père lui tend l'épaisse vipère sinueuse et Dill approche ses mains. Il imagine ce qu'il sentira quand il tiendra le reptile. Froid. Sec. Lisse. Pulsant d'une vitalité malveillante. Il croise le regard de son père. Celui-ci lui adresse un petit sourire triste et se retourne, brandissant le serpent au-dessus de sa tête en un geste de triomphe, avant de le remettre à une fidèle âgée. Dill respire à nouveau. Il essaie de se remettre à jouer au même rythme que ses deux camarades, mais il tremble trop. Il est rassuré mais déçu que son manque de foi transparaisse à travers sa peau.

Une semaine plus tard, son père est arrêté par la police.

16

Travis

— Hé, Travis, tu penses que ta mère pourrait m'aider à préparer un gâteau pour l'anniversaire de la mienne demain ? demanda Dill tandis qu'ils quittaient Beltram Park. Je n'ai pas tous les ustensiles qu'il faut pour faire de la pâtisserie.

— Ouais, pas de souci. Surtout pour quelqu'un de l'église.

— Je peux passer après le boulot.

— Nan. Parfois, mon père réagit bizarrement quand des gens viennent à la maison.

Dill lui remit un paquet tout déglingué de préparation pour gâteau nature de marque inconnue qu'il avait récupéré au travail.

— Merci. Et désolé de te prévenir aussi tard.

La mère de Travis accepta avec plaisir. Comme il ne voulait pas la laisser tout faire, il proposa de l'aider, et l'atelier de pâtisserie prit des allures de petite soirée mère-fils. Le moment était très bien choisi, puisque son père jouait aux cartes chez un ami.

— Non mais vraiment, quelle porcherie ! déclara Travis avec un abominable accent britannique, imitant le présentateur de l'émission de cuisine préférée de sa mère qui passait sur une chaîne ne diffusant que des programmes culinaires.

Sa mère gloussa.

— Oh, Travis ! Tu es tellement drôle !

Le rire de sa mère était l'un des sons qu'il affectionnait le plus. Il ne l'entendait pas assez. Plus depuis la mort de Matt. Il continua à faire le pitre. Il se passa de la farine sur le visage et enfila l'un des tabliers à fleurs de sa mère. Il essayait de jongler avec des cuillères en bois quand ils entendirent la porte d'entrée s'ouvrir. Son père entra en titubant.

Ils se turent immédiatement, espérant qu'il irait se coucher directement ou qu'en tout cas, il allumerait la télévision et s'endormirait devant. Tout sauf le voir entrer dans la cuisine et gâcher leur soirée. Étant donné que son père considérait cette pièce comme le domaine exclusif de sa femme, il n'était pas impossible qu'il les laisse tranquille.

Pas de chance. Il entra dans la cuisine, chancelant, empestant le bourbon. À l'instant où il aperçut Travis en tablier avec de la farine sur le visage, il ricana.

— Ben dis donc, c'est qu'il est mignon ! s'exclama-t-il d'une voix traînante et pâteuse, en gesticulant mollement. Regardez mes deux fifilles qui s'éclatent !

Il se déplaça en adoptant une démarche maniérée.

Travis, mal à l'aise, sourit, en espérant que son père essayait simplement de les amuser. Le problème de son père était qu'une fois ivre, il ne savait jamais vraiment quand une blague n'était plus drôle (ou commençait à l'être, d'ailleurs).

La mère de Travis balaya à l'aide de sa main une petite traînée de farine qu'elle jeta dans la poubelle.

— C'était bien, ta partie de cartes, mon chéri ?

— Oh, mon Dieu, oui ! Mais pas autant que préparer un petit gâteau dans mon petit tablier !

Il avança en titubant jusqu'à Travis et tira fort sur les liens du tablier, qu'il défit. Le garçon se tourna, évitant de croiser son regard. Il ôta le tablier et le plia doucement.

— Clint, dit doucement la mère de Travis.

Il l'ignora et se planta devant le visage de son fils.

— J'ai discuté avec Kenny Parham ce soir. Il m'a parlé de la fête de rentrée. Puisque j'imagine que tu ne vas pas participer au match, j'espère au moins que tu auras une cavalière pour le bal ?

Il ne plaisantait plus du tout.

Travis gardait les yeux rivés sur le sol.

— Je ne sais pas.

— Tu ne sais pas. Qu'est-ce que tu ne sais pas ? Si tu vas au bal ou si tu aimes les filles ? Tu vas emmener ton mec, Dillard Early, le Prince Serpent, au bal ?

— Non, père. J'aime bien les filles. Mais pas les bals.

— T'es pédé ?

Le souffle de son père lui irritait les yeux.

— Non, père.

Travis eut une envie soudaine de lui montrer la photo d'Amelia sur son téléphone. Mais il savait que son père le lui ferait regretter. Il se permettrait une remarque à propos du visage ou du corps de la jeune fille. Et Travis savait que cela le pousserait à bout.

— Toi, tu prends ton pied en te foutant de la farine sur le nez, en mettant un tablier et en préparant des gâteaux avec ta maman, mais pas en dansant ?

— Non, père.

Casse-toi, pitié ! Casse-toi !

Son père se rapprocha encore plus et s'adressa à lui d'un ton menaçant.

— Si t'es pédé, je t'apprendrai à ne pas l'être, bon Dieu ! T'as intérêt à te comporter en homme.

Il poussa légèrement Travis. Pas spécialement fort, mais son geste prit le garçon au dépourvu, et il trébucha un peu en arrière. Il regarda presque son père dans les yeux, mais se ravisa et fixa le sol. *Bats en retraite, il finira par se désintéresser et partira. Fais-toi tout petit. C'est ce qu'il veut : que tu sois petit.*

— Clint, mon chéri, dit doucement la mère de Travis, comme si elle s'adressait à un animal dangereux ou à un enfant récalcitrant (voire à un mélange des deux). Travis est chrétien. Ne t'inquiète pas. Bon, tu as faim ?

Le père de Travis rota et se dirigea d'un pas nonchalant jusqu'au bol dans lequel se trouvait la préparation.

— Non, ça va.

Il plongea trois doigts dans le mélange et, sans quitter Travis des yeux, il les suça avant de les y plonger de nouveau pour se resservir.

— Oh, Clint. Tu aurais pu éviter. Ce gâteau n'était pas pour nous.

Le père de Travis marcha jusqu'à elle.

— Je m'en fous ! répondit-il en insistant sur chaque mot et en lui enfonçant son index dans la poitrine pour ponctuer ses propos.

Elle détourna le regard. Il ne bougea pas, la dominant de sa hauteur pendant une seconde. La peur de Travis commençait à se muer en rage. Il ressentait ce qu'il avait ressenti avec Alex Jimenez. *Casse-toi, pitié ! Et ne touche plus ma mère.*

— J'ai hâte de goûter ce gâteau, dit son père avec un sourire narquois.

Il montra Travis du doigt.

— T'as intérêt à pas être une tarlouze.

D'un pas raide, il alla dans le salon où il s'effondra sur le canapé et alluma la télévision.

Travis pouvait enfin respirer. *Merci, Jésus. Merci !* Sa mère aussi était soulagée. Leurs regards se croisèrent. Le garçon commença à parler. Sa mère plaça un doigt sur les lèvres de son fils, comme pour lui dire : « Non. Prudence. »

— Je vais cuisiner celui-ci pour ton père. Et j'en ferai un autre pour Crystal. J'ai une préparation pour ce genre de gâteau dans le placard. En fait, elle est même meilleure que celle que Dillard t'a donnée.

— Tu veux de l'aide ?

Elle lui adressa un demi-sourire empreint de tristesse.

— Non, mon chou. Je vais me débrouiller, murmura-t-elle.

— Papa n'était pas aussi méchant, avant, chuchota Travis.

— Je sais.

Elle prit un torchon humide et essuya doucement la farine qu'il avait sur le visage. Dans le salon, le père de Travis gloussait devant l'écran.

Mme Bohannon déversa le contenu du saladier dans un moule à gâteau, se pencha et sortit un autre moule de sous la cuisinière. Elle posa le saladier dans l'évier et se mit à le nettoyer. Elle tremblait.

Travis s'approcha d'elle et passa ses bras autour de son cou. Il l'enlaça. Elle posa une main sur son fils.

— Je t'aime, maman, murmura-t-il.

Plus furtivement que d'habitude, il passa en douce devant son père, qui était absorbé par la rediffusion d'une sitcom. À l'abri dans sa chambre, il ouvrit son vieil ordinateur portable, qui revint à la vie en gémissant. En attendant qu'il s'allume, il fit défiler des scénarios hypothétiques dans sa tête – des scénarios dans lesquels il tenait tête à son père. Dans lesquels il ne s'esquivait pas, ne battait pas en retraite devant lui. Dans lesquels il ne lui laissait pas lui donner l'impression d'être minuscule et de ne pas valoir un clou. *Pourquoi n'es-tu pas plus courageux ? Au moins pour ta mère ? Tu n'as rien à voir avec Raynar Northbrook. Il tiendrait tête à une brute. Mais bon, même si tu lui tenais tête, tu foutrais tout en l'air et tu te sentirais encore plus mal, comme avec Alex.*

Il avait envie d'envoyer un SMS à Amelia. Tout en n'en ayant pas envie. Il ne voulait pas avoir l'air faible devant elle. Mais il ne voulait pas rester seul en ce moment. Il ne pensait pas que Lydia comprendrait car sa famille était vraiment géniale. Et il ne pensait pas non plus que Dill comprendrait parce que sa famille à lui était vraiment atroce.

Travis tourna en rond, et puis il finit par se lancer.

Salut.

Salut, toi, tu veux dire ! lui répondit-elle presque immédiatement. Comment tu vas ?

Bof. Ça a chauffé avec mon père.

OMG. Tu vas bien ?

Ouais. Je crois que je voulais juste qu'on me remonte un peu le moral.

Si j'étais là, je te serrerais fort dans mes bras et je te rappellerais que *Le souffle des morts* ne va pas tarder à sortir !

Ça marche, ton truc !

Son téléphone vibra encore. La photo d'un éléphanteau qui jouait avec un ballon de plage s'afficha.

Oui !

Un mème rigolo sur le thème du *Règne du sang*. Puis un autre. Et encore un autre. Travis éclata presque de rire, mais se retint.

Merci !

Quand on se rencontrera en vrai, je te serrerai contre moi, je te ferai plein de câlins, et je te dirai que ce n'est pas de ta faute si ton père est un connard.

Tandis que les mots d'encouragements désincarnés d'Amelia affluaient sans discontinuer, l'odeur réconfortante de beurre et de sucre du gâteau qui cuisait dans le four parfuma toute la maison.

17

Dill

Il alluma les bougies à l'instant où il l'entendit se garer devant la maison. Il n'y en avait que cinq.

— Dillard, tu es là ? l'appela-t-elle en pénétrant dans la maison plongée dans le noir.

— Ici, maman.

Elle entra dans la cuisine. Dill était derrière le gâteau, le visage illuminé par les flammes.

— Joyeux anniversaire !

Elle secoua la tête et posa ses affaires.

— Dillard Wayne Early, qu'est-ce que tu as fait ?

Le garçon souriait de toutes ses dents.

— Je t'ai préparé ce gâteau. Plus ou moins. En fait, j'ai trouvé la préparation, et la mère de Travis l'a fait. C'est bien mieux que si c'était moi qui m'y étais collé, je t'assure.

Elle sourit.

— Je n'ai même pas…

— Bon, qu'est-ce que t'attends ? Souffle ! Et ensuite on le mange !

Sa mère s'assit et souffla ses bougies. Ils restèrent assis dans le noir quelques instants, le temps que Dill trouve l'interrupteur.

— T'as fait un vœu ?

— Oui ! J'ai demandé…

— Non, non, il ne faut pas que tu me le dises. Sinon, le vœu ne se réalise pas. En plus, je peux sûrement deviner.

— De toute façon, les vœux ne comptent pas. Contrairement aux prières.

Dill se leva et prit un couteau, deux fourchettes et deux assiettes. Il enleva les bougies et coupa deux grosses parts du gâteau jaune au glaçage à la vanille.

— Ils ont fait un truc spécial pour toi, à ton travail ?

— Les filles de l'équipe de nettoyage se sont cotisées et m'ont offert une carte cadeau de vingt dollars chez *Walgreens*. Je crois que je vais m'acheter un petit truc et encaisser le reste. On a besoin de timbres pour écrire à ton père.

— Tu devrais le dépenser pour toi.

— Je n'ai envie de rien.

— Achète-toi tes bonbons préférés, ou une crème que tu aimes bien.

Elle réfléchit quelques instants.

— On pourrait aller manger une glace ?

— J'aimerais vraiment que tu le dépenses pour toi. C'est ton cadeau.

— On verra.

Ils s'assirent et mangèrent en silence. Dill termina le premier. Le gâteau était délicieux. Et alors qu'ils étaient assis là, une idée lui vint. Pourquoi ne pas aborder la question maintenant ?

— En parlant d'argent… Et s'il existait un moyen pour moi de gagner encore plus de sous que chez *Floyd*, même en tant que manager ? Tu en penserais quoi ?

Elle laissa échapper un rire sans joie tout en finissant sa bouchée.

— Ça serait génial. Enfin, du moment que tu ne proposes pas de vendre de la drogue.

— Non, mais cela voudrait dire que pendant quelques années, je ne gagnerais pas ce que je toucherais en bossant à plein temps chez *Floyd*.

Sa mère prit une autre bouchée de son gâteau.

— Je ne te suis pas.

En réalité, ses yeux disaient : « J'espère que je ne te suis pas. »

— Voilà où je veux en venir… Et si j'allais à la fac ? Des gens…

Elle secoua la tête et leva une main.

— Non.

— Mais maman. Écoute-moi. Tu ne m'as pas laissé terminer.

— Non. Inutile. Je sais ce que tu vas dire, et ce que je vais te répondre.

— Maman, j'ai parlé à Lydia, et elle m'a dit que les gens qui avaient un diplôme universitaire gagnaient vraiment beaucoup plus que ceux qui n'en avaient pas, et…

— Ah, Lydia ! Bien sûr. C'est facile, pour elle, de parler !

— Mais elle a raison. Si nous sacrifions encore quelques années pour que j'aie la possibilité d'étudier à la fac, je pourrai avoir un meilleur boulot et t'aider plus. Ce serait comme…

Dill se creusa les méninges pour trouver une analogie biblique dans laquelle une perte à court terme était synonyme de gain à long terme.

— … comme quand nous sacrifions une opportunité de commettre des péchés pour pouvoir vivre au paradis avec Jésus.

— Le péché, ce n'est jamais une opportunité. Suivre Jésus n'est pas un sacrifice. C'est lui qui a fait tous les sacrifices.

— J'essayais juste de trouver une comparaison.

— Trouves-en une meilleure.

— Pense à tout ce que je vais apprendre à la fac !

— On te dira que tu es trop bien pour Dieu. Que nous descendons du singe. Quel programme !

— L'université m'offrirait davantage de perspectives dans la vie.

— Tu n'as pas besoin de perspectives. Tu as besoin de Jésus. Les perspectives, c'est bien quand on en a, mais nous, on n'en a pas. On n'a pas l'argent.

— Je peux me faire financer.

— Ah, génial ! Plus de dettes. Exactement ce qu'il nous faut. Je veux bien d'autres trous dans ma tête tant qu'on y est.

— Tu parles toujours de « notre dette ». Je n'y suis pour rien, moi. C'est vous. Pourquoi ça me retomberait dessus ?

— Parce que nous sommes une famille. Et que les familles traversent les épreuves ensemble, voilà pourquoi. Les membres d'une famille ne s'enfuient pas en laissant les autres se débrouiller tout seuls. J'ai arrêté le lycée pour épouser ton père et t'avoir. Je t'ai baigné et nourri. Six jours par semaine, je nettoie des chambres de motel au bord de l'autoroute, et six nuits par semaine, je travaille à la station-service pour t'offrir la meilleure vie possible. Et je sais que cela ne représente pas grand-chose. Mais nous pouvons compter l'un sur l'autre, et nous avons Jésus.

— Je veux plus.

— Ce sont la cupidité et l'orgueil qui s'expriment.

— J'en ai marre de cette ville. Tu sais comment c'est, ici ? De porter ce nom ? De porter ce fardeau ? Les regards en coin et les murmures ? Le poids de ce sang ?

Ses yeux lançaient des éclairs de colère. Sa mère enfonça violemment sa fourchette dans les derniers morceaux de son gâteau.

— Si je sais comment c'est, ici ? Bien sûr que je le sais. Tu crois que les gens ne murmurent rien à mon sujet ? Les commérages, c'est surtout moi qu'ils concernent. Ils se demandent à quel moment j'ai déconné. Comment je n'ai pas su. Pourquoi je n'ai pas été à la hauteur. Ce que j'aurais pu faire de plus. Dieu nous envoie des épreuves. C'est ici que nous les traversons. Tu crois que je vais laisser des ragots nous chasser de chez nous, et à cause de ça, rater l'épreuve que Dieu nous soumet ? Détrompe-toi !

Dill fut saisi de culpabilité. Il sentit qu'une fois de plus, il échouait alors que sa foi était mise à l'épreuve. Comme si cette fois encore, il avait peur de saisir un serpent. Il n'avait pas eu l'intention de parler de l'université. Certainement pas lors de l'anniversaire de sa mère. En fait, il ne s'était même pas aperçu que le sujet le tracassait.

— Maman, je…

Elle ne leva pas la tête.

— C'est la dernière fois que j'entends parler de ça. Je ne t'ai pas empêché de passer ton temps à cavaler partout avec Lydia et Travis. Mais maintenant ? Je veux que tu me fasses honneur.

Dill laissa retomber sa tête.

— D'accord. Très bien. Désolé.

Il voulait lui dire à quel point Lydia lui manquerait quand elle ne serait plus là, que c'était en partie pour cette raison qu'il avait envie d'aller à la fac. Pour que sa vie ne se termine pas juste au moment où celle de son amie commençait. Mais sa mère se serait sûrement montrée encore moins sensible à cet argument.

Long silence. Ils écoutèrent le raffut que faisait leur frigo déglingué et le bruit des aiguilles de l'horloge sur le mur.

— Est-ce que j'ai gâché ton anniversaire ?

— Je m'en suis toujours un peu moquée, des anniversaires, dit sa mère en se levant pour poser les assiettes dans l'évier. T'as un an de plus, c'est tout.

Mais elle n'a pas dit non.

Le livre. Il le sauverait peut-être.

— Ah, j'ai failli oublier ! Ne bouge pas. J'ai un truc pour toi.

Dill bondit et se précipita dans sa chambre. Il n'avait pas pris la peine d'emballer *La mécanique des Templiers*. Ils n'avaient pas de papier cadeau, et de toute façon, il était nul pour faire les paquets.

Il revint dans la cuisine, le livre derrière le dos.

— Dillard, fallait pas, protesta sa mère.

Bien sûr, contrairement à la plupart des gens, elle ne disait pas cela au sens de « fallait pas, mais en fait si ». Elle voulait vraiment dire qu'il n'aurait pas dû.

Il lui tendit le cadeau.

— M. Burson, de la libraire *Riverbanks Books*, a pensé que ça pourrait te plaire. Joyeux anniversaire.

Elle leva les yeux vers lui.

— Est-ce que c'est…

— Chrétien ? Bien sûr.

Sa mère feuilleta l'ouvrage. C'était vrai. Elle se pencha vers lui et déposa un baiser sur son front.

— Merci, Dillard. Tu es un gentil garçon. Entre ça et le coup de fil que j'ai reçu de ton père tout à l'heure, le ciel m'a gâtée.

— Je vais nettoyer, maman. Va lire ton livre, prendre un bain ou ce que tu veux. Ça ferait du bien à ton dos.

Dill se mit devant l'évier et s'attaqua à la vaisselle. La culpabilité qu'il avait éprouvée parce qu'il avait parlé de l'université se dissipa, tout comme la joie d'avoir trouvé à sa mère un cadeau qu'elle n'avait pas d'emblée détesté. Une sorte de douleur sourde mêlée à de la colère les remplacèrent. De la colère envers Lydia, surtout. C'était injuste de diriger sa rage contre elle, même intérieurement. C'était injuste de la tenir responsable de ce jeu qui n'existait que dans sa tête à lui, et dans lequel ses succès à elle équivalaient à ses échecs à lui. Et pourtant, il laissa libre cours à ce sentiment. Il n'allait pas en vouloir à sa mère le jour de son anniversaire, tout de même.

18

Lydia

Commençons par le commencement. Tout d'abord, je me dois de remercier tous ceux qui ont lu mon interview de Laydee, l'ont partagée et ont laissé des commentaires sympas. C'est déjà devenu l'article le plus consulté de mon blog. J'étais tellement, tellement nerveuse, mais elle était tellement, tellement géniale et adorable ! Alors achetez tous sa musique, s'il vous plaît, merci !

Je vous ai mis une photo de moi sur laquelle j'ai l'air très heureuse en repensant à tout ça. Je porte un top Missoni *sur une robe dénichée chez* Attic, *dans East Nashville. Mon sac vient de chez* Goodwill, *les compensées de* Owl, *et mon collier est signé* Miu Miu.

C'est la fin septembre. Et alors, me direz-vous ? Eh bien, si l'on considère l'automne comme le samedi de l'année – et on devrait vraiment, parce que l'automne est le moment le plus génial de l'année, comme samedi est le moment le plus génial de la semaine –, septembre est en quelque sorte le vendredi des mois. Un mois génial, donc. Ce qui signifie que je suis officiellement en quête de bons films d'automne.

En d'autres termes, j'ai envie de me faire une orgie d'automne. N'hésitez pas à laisser vos suggestions en commentaire. J'adore porter des couleurs de saison. J'adore quand il commence à faire assez froid pour pouvoir superposer les couches de vêtements de façon intéressante. Je suis accro aux vestes – quelle surprise, hein, cher lecteur ! Grosso modo, en automne, je me métamorphose en femme de cinquante ans. Je me rends chez Cracker Barrel *pour m'acheter ma bougie Yankee « moisson automnale » (la seule chose avec le mot « Yankee*[1] *» qui franchisse le seuil de la plupart des foyers du sud des États-Unis). Ce n'est que l'une des expressions de mon appétit insatiable pour les intérieurs douillets. Le* pumpkin spice *en est une autre. En plein mois d'octobre, je serais capable de manger des œufs brouillés saupoudrés de ce mélange d'épices censé rappeler la tarte à la citrouille. Ou un steak assaisonné de* pumpkin spice. *Je serais capable de manger [insérer ici un aliment de votre choix qui serait atroce avec du* pumpkin spice*].*

J'adore les journées d'automne sombres, lugubres, quand un parfum de sorcellerie flotte dans l'air et qu'il pleut du matin au soir. Ces journées où, emmitouflé dans une couverture bien chaude d'exquise mélancolie, idéales pour écouter du Leonard Cohen.

On doit bien reconnaître cela au Tennessee : c'est un État qui prend l'automne au sérieux. Couronnes de fleurs séchées, cannes de maïs, balles de foin, feux de bois et épouvantails sont de sortie. Les feuilles sont incroyables. J'ai du mal à croire que ce soit mon dernier automne dans le Tennessee avant longtemps. Ça va me manquer. J'espère que l'automne de la région où j'irai m'installer sera cool

1. Pendant la guerre de Sécession, le mot « Yankee » était employé de façon péjorative par les confédérés (les habitants du Sud) pour désigner l'Union (le Nord).

– s'il arrive à peine à la cheville de celui du Tennessee, ce sera déjà pas mal.

Je traverse une période où chaque once de mon énergie mentale est accaparée par certains sujets (en lien avec la fac, par exemple), au point que je n'ai pas l'impression d'avoir quoi que ce soit de particulièrement important ou profond à dire. C'est le moment idéal pour répondre à vos questions car… EH BIEN, C'EST DU CONTENU GRATUIT ET FACILE POUR MON BLOG. Bref, c'est parti pour la foire aux questions.

Q : Pourquoi écris-tu toujours « Forestville », avec un seul « r » ?

R : Parce que cette ville doit son nom à Nathan Bedford Forrest, le fondateur du Ku Klux Klan. Par conséquent, le nom de ma ville déchire autant que « Hitlerville ». Oh, et bonus ! Forrestville se trouve dans le White County, littéralement le comté « blanc ». Bref, ça craint grave. Et comme je le dis toujours : les forêts[1] valent cent fois mieux que les racistes. Donc j'écris « Forestville » parce SI ON VEUT QUE LE MONDE CHANGE, IL FAUT AGIR ! Bref, le « r » manquant de mon Forestville à moi, c'est celui du mot « raciste ».

Q : En quelle classe es-tu et où vas-tu étudier ? Que veux-tu étudier ?

R : Terminale, et cela reste à définir. Voici ma liste, qui commence par mon premier choix. Ensuite, pas d'ordre particulier : NYU, Oberlin, Smith, Brown, Sarah Lawrence, Princeton, Harvard, Yale, Columbia, Cornell, Vanderbilt, Vassar, Wellesley. Je souhaite étudier le journalisme.

1. Car en anglais, le mot « forêt », *forest* ne prend qu'un « r ».

Q : Qui sont tes icônes en matière de style ? Tes modèles ?

R : Réelles et imaginaires (donnez-vous-en à cœur joie sur Google) : DOLLY PARTON (évidemment), Margot Tenenbaum, Zadie Smith, Debbie Harry, Natasha Khan, Angela Chase, Veronica Mars, Jenny Lewis, Patti Smith, Dee Dee Penny, Katie Jane Garside, Meg White, Donna Tartt, Florence Welch, PJ Harvey, Beyoncé, Stevie Nicks, Joan Didion, Frida Kahlo, Martha Gellhorn, Anaïs Nin, Flannery O'Connor.

Q : Quelles sont tes maisons de haute couture préférées ?

R : Rodarte, Rick Owens, Vivienne Westwood, Prada, Billy Reid (je reste une fille du Sud).

Q : T'es lesbienne ?

R : La réponse dépend beaucoup de la personne qui pose cette question. S'il s'agit de l'une des femmes mentionnées ci-dessus, la réponse est clairement oui. Nick Cave, période The Birthday Party *? Non. Willem de Kooning, jeune ? Non. David Bowie, période* Labyrinthe *? Non. Luke Wilson, période* Bottle Rocket *? Non. Luke Wilson, période* La famille Tenenbaum *? Encore non.*

Si celui ou celle qui pose cette question est un troll de plus qui croit littéralement, à notre époque, au jour qu'il est, que dire d'une personne qu'elle est homosexuelle est une insulte – d'une manière passive-agressive en plus –, alors la réponse est celle qui perturbera le plus cet individu, celle qui menacera son intégrité et fera vriller son cerveau microscopique : bref, la réponse est oui, je suis une lesbienne endiablée. Pour toutes les autres personnes qui posent cette question, je réponds au cas par cas.

Bon, je m'arrête ici pour l'instant. J'en écrirai plus tout à l'heure. Entre-temps, cadeau : des photos de la virée que j'ai faite samedi dernier dans une brocante qui se trouve à une rue de chez moi. Tiens, les brocantes : l'autre gros point fort du Sud.

Tandis qu'elle mettait son post en ligne, elle regarda Travis de l'autre côté de la table. Il envoyait des textos avec énergie et semblait loin, très loin. Pas insouciant à proprement parler. Mais, pour la première fois, Lydia trouvait qu'il s'en rapprochait. Travis lut un message et se mit à glousser en silence. Il posa son front sur la table et fut agité d'éclats de rire muets.

Son rire était tellement contagieux et jubilatoire que Lydia ne put s'empêcher d'être contaminée.

— OK, mec. Qu'est-ce que c'est ? À qui tu écris ?

Il s'essuya les yeux.

— Personne. Rien.

Elle l'observa d'un air gentiment dubitatif.

— Je n'ai jamais vu quelqu'un mentir aussi mal.

19

Dill

Dill termina de charger les courses de Mme Relliford dans sa voiture.

Elle lui tendit un dollar d'une main tremblante.

— Voilà pour vous, jeune homme. Merci beaucoup pour votre aide. Que Dieu bénisse votre journée.

Dill accepta le billet, qu'il glissa dans la poche de sa chemise.

— Oui, m'dame, merci. Que Dieu bénisse votre journée également.

Il prit tout son temps pour ramener le chariot dans le magasin, savourant le bref moment passé à l'extérieur avant de retrouver le froid climatisé et la vague odeur de viande et de légumes avariés du supermarché.

Quand venait la fin septembre, Dill adorait ces débuts de soirée où il aidait les clients à ranger leurs courses. Il y avait encore pas mal de soleil, mais il ne cognait pas avec la même vigueur qu'en été. On avait l'impression qu'il était comme estompé. Dill capta dans l'air une légère odeur d'herbe coupée qui s'élevait de quelque part. *Comment peut-on aimer un endroit tout en le haïssant ?*

Tandis qu'il approchait du magasin en se débattant avec le chariot (pourquoi ils avaient toujours au moins une roue qui déconnait ?), il aperçut une petite fille sur le poney mécanique en plastique tout abîmé.

Dill lui sourit.

Elle gloussa.

— Je suis sur le poney !

— Eh oui ! Tu te débrouilles bien, petite cow-girl !

Le tour était terminé, et la gamine passa ses jambes par-dessus sa monture pour descendre. Dans sa précipitation, sa sandale se prit dans une mèche de la crinière du poney, et la gamine tomba tête la première sur le bitume, s'écorchant le menton. Elle regarda Dill pendant une seconde. Ses immenses yeux bleus se remplirent de larmes.

Oh-oh !

Elle se mit à hurler. Comme une sirène annonçant une tornade.

Dill accourut, s'agenouilla à côté d'elle et lui frotta le dos.

— Oh non, ma jolie ! Hé, hé, ne pleure pas. Tout va bien. Tout va bien. *Ch-ch-ch.* Où est ta maman ?

La petite était inconsolable.

Dill la souleva doucement, murmurant à son oreille.

— Allez, allez… On va essayer de retrouver ta maman, OK ? On va la retrouver.

Alors, à l'autre bout du parking, il entendit des cris hystériques.

— Hé-ho, qu'est-ce que vous faites ? Reposez-la par terre !

Dill leva les yeux et vit une femme au regard furieux se précipiter vers lui. Il déposa par terre la petite fille qui hurlait toujours.

— M'dame, est-ce votre…

— Qu'est-ce que vous lui avez fait ? Pourquoi elle pleure comme ça ? brailla la mère.

Elle s'agenouilla et secoua sa fille par les épaules.

— Daisy, Daisy, ma chérie, que s'est-il passé ?

Un attroupement avait commencé à se former autour d'eux.

— Allez chercher le manager ! cria quelqu'un.

— Allison, est-ce que tout va bien ? demanda quelqu'un d'autre.

Dill avait le visage en feu.

— M'dame, je ne faisais que passer. Votre fille était sur le poney et elle est t…

La femme se mit debout et regarda Dill droit dans les yeux. La rage qui émanait d'elle avait quelque chose de fou.

— Ne vous approchez pas de ma fille. Ne vous approchez pas. Je sais qui vous êtes. Vous êtes le fils de Dillard Early. Ne touchez pas mon enfant. C'est compris ?

— Allison, je crois que Daisy…, intervint quelqu'un.

— Je m'en fous ! Je m'en fous ! Il ne doit ni toucher ma fille ni s'approcher d'elle !

M. McGowan, le manager du magasin, se fraya un chemin à travers la foule.

— Bon, bon, tout va bien, ici ? Madame ?

D'une voix toujours fragile, comme sur le fil du rasoir, la femme expliqua :

— J'ai laissé Daisy sur le poney pendant que je rangeais les courses. Quand je me suis retournée, il…

Elle pointa son doigt vers Dill, une moue de mépris déformant sa bouche.

— … il était là, et Daisy pleurait.

Daisy hurlait encore, comme pour illustrer le propos de sa mère.

— Elle est tombée, répéta Dill. J'essayais de…

M. McGowan leva une main pour l'interrompre.

— Dill, pourquoi ne rentrerais-tu pas ? Madame, je suis navré de ce qui s'est passé. Je suis certain que les intentions de Dill étaient bonnes.

Ça suffit. Ça suffit tout ça. La voix de Dill s'éleva, tout comme la température de son corps.

— Attendez. Je n'ai rien fait de mal. À mon avis, elle se sent juste coupable parce qu'elle s'est cassée, et que son enfant s'est fait mal pendant ce temps-là.

— Comment osez-vous ? Vous ne pouvez pas me parler comme ça. Vous n'avez pas le droit. Je suis une bonne mère.

— Dill ? dit sèchement M. McGowan. Je m'en occupe. Rentre, s'il te plaît.

Dill et la femme échangèrent des regards réciproquement réprobateurs. Le garçon tourna les talons et rejoignit le magasin. Il se rendit directement dans la pièce sombre où les employés prenaient leur pause. Le vieux téléviseur rediffusait un épisode d'une sitcom. Dill s'affala sur la table et se passa la main dans les cheveux.

Au bout de quelques minutes, M. McGowan entra. Dill commença à parler, mais son patron le coupa.

— Bon sang, Dill ! Qu'est-ce qui t'est passé par la tête ? Tu ne peux pas parler comme ça aux clients.

Floyd, *une boîte qui soutient ses employés.*

— Monsieur McGowan, je n'ai rien fait de mal. J'aidais juste cette petite fille. J'aurais dû la laisser pleurer ?

— Eh bien, tu aurais pu venir me chercher…

— Vous savez bien pourquoi cette femme a réagi comme ça.

— Oui, dit-il doucement. Je le sais. Chip, le mari d'Allison, est pasteur à l'Église du Christ. Autant te dire qu'il ne portait sans doute déjà pas beaucoup ton père dans son cœur avant toute cette affaire. Quand on raconte qu'il faut tripoter des serpents pour se rapprocher de Dieu, on se met des gens à dos.

— Ouais.

Dill se tut. Il se contenta de regarder fixement le sol.

— Je ferais mieux de retourner bosser.

— Il te reste quoi… quinze minutes, avant la fin de ta journée ? Tu peux rentrer chez toi. Je ne te décompterai pas le quart d'heure manquant.

M. McGowan semblait désolé.

— D'accord.

Dill se leva en évitant de croiser le regard de son chef, enleva son tablier vert et se dirigea lentement vers la bibliothèque, où il devait retrouver Lydia et Travis. Il se sentait complètement abattu.

À son arrivée, Dill aperçut ses deux amis installés à la table la plus éloignée de l'œil en permanence aux aguets de Mme White, la bibliothécaire, qui dégainait les « chut » au quart de tour.

Lydia essayait d'attraper le téléphone de Travis. Celui-ci gloussait tout en maintenant son portable aussi loin d'elle que possible. Elle se leva et se pencha pardessus la table pour essayer encore une fois, manquant presque de s'étaler quand Travis se pencha en arrière sur sa chaise pour mettre le téléphone hors d'atteinte.

Mme White lança un regard assassin dans leur direction et leur décocha son fameux : « Chut ! »

— Dill, aide-moi ! implora Lydia en murmurant plutôt fort.

Le garçon, qui les avait rejoints, posa son sac sur la table.

— Non, Dill, aide-moi, plutôt ! chuchota Travis. On est amis depuis plus longtemps.

— Ouais, mais moi, j'aide Dill à ne pas se saper comme un crétin. Allez, Dill ! Je soupçonne Travis d'envoyer des textos à une copine imaginaire. Il faut qu'on sache !

Dill s'efforçait d'avoir l'air content et de se prêter au jeu, mais sans grand succès. Voir Lydia et Travis chahuter ensemble comme s'ils n'avaient pas l'ombre d'un souci, c'était trop pour lui.

— Non, désolé, je vais profiter d'être ici pour aller sur Internet.

Dill tendit sa carte de bibliothèque à Mme White et s'installa derrière un ordinateur. Il n'avait pas tant besoin d'aller sur Internet que de fuir les gens heureux.

Il tenta de se convaincre que ce n'était pas une excuse pour entamer la bonne humeur de Lydia. Il se dit que le moment était mal choisi pour lire son blog. Alors ce fut précisément ce qu'il fit.

Plus il lisait ses articles, plus il lui en voulait.

J'ai tellement hâte d'aller à la fac. J'ai tellement hâte de laisser tout ça derrière moi. Je n'ai pas d'amis. Je passe donc le temps où je suis seule à écrire des posts de blog cool, à faire du shopping dans des friperies et à prendre de jolies photos. Pas un seul ami, je vous dis. Personne dont je puisse parler sans en avoir honte.

Le temps qu'il se déconnecte et retourne à la table où ses amis étaient assis, Lydia avait retrouvé sa place derrière son ordinateur et Travis envoyait des textos.

— Dill ! J'ai réussi à choper son portable ! Il envoie des SMS à une fille qui s'appelle Amelia. Mec, Travis a une copine !

Travis rougit et eut un sourire crispé.

— Non, c'est faux. C'est juste une amie du forum consacré au *Règne du sang*.

Lydia se tourna vers Dill.

— Pour Travis, c'est plus *Le règne du sang*, mais *Le règne du cœur*. Qu'est-ce que je suis drôle, non ?

Travis commença à protester. Dill essaya de rire, mais le dôme noir de rage qui gonflait dans sa poitrine et ses poumons l'en empêchèrent.

— Ouais.

Lydia s'arrêta un instant, bouche bée, les mains ouvertes devant elle.

— Allez, mec ! Pour une fois qu'on a l'occasion de taquiner Travis au sujet d'une nana, tu la laisses s'envoler comme une colombe.

C'est alors que le dôme noir de rage éclata, et que de la lave chaude s'écoula en lui.

— Je peux te poser une question ?

— Vas-y.

— Simple curiosité. Comment ça se fait que tu n'as jamais parlé ni de Travis ni de moi sur ton blog ? T'as honte de nous, ou quoi ?

En un clin d'œil, la bonne humeur de Lydia s'évanouit. Elle considéra Dill avec une expression acide.

— Pardon, je suis censée te rendre des comptes sur tout ce que j'écris ou pas dans mon blog ?

Dill essaya d'adopter un ton désinvolte – sans grand succès.

— Non, simplement, je trouve ça triste d'avoir honte de ses amis. C'est tout.

Travis, qui feignait manifestement d'être absorbé par ses textos, s'agitait, mal à l'aise, sur sa chaise.

— Dill, s'il te plaît, laisse-moi en dehors de tout ça. Je m'en fous, perso.

Dill fusilla Travis du regard.

— Vas-y, mec. Prends parti pour elle alors qu'il y a à peine trente secondes, elle se foutait de ta gueule.

— C'est pas très sympa, ce que tu dis. Je…

Lydia interrompit Travis.

— C'est quoi ton but, là, Dill ? Pourquoi t'as choisi de me poser cette question maintenant ? Après des années d'amitié.

— Ah, parce qu'on est amis ? Désolé, en lisant ton blog, ce n'est pas ce que j'ai compris.

— Tu parles.

Elle ne murmurait plus.

— Bon, vous trois, les interpella Mme White. Je vous ai avertis une première fois. Si vous voulez continuer votre discussion, faites-le dehors.

Lydia roula des yeux, referma d'un coup sec son ordinateur portable, arracha la prise branchée au mur et se mit à ranger furieusement ses affaires dans son sac.

— Merci, Dill.

— Je t'en prie.

Ils partirent, tête baissée, faisant tout pour ne croiser le regard de personne. Une fois sur le parking, ils formèrent un cercle derrière la voiture de Lydia.

— Tu n'as toujours pas répondu à ma question. Comment ça se fait que tu ne nous as jamais mentionnés dans ton blog ?

— J'ai déjà répondu à ta question en t'en posant une autre. Mais je vais reformuler : qu'est-ce qui t'amène à penser que tu y aurais ta place ?

— Je ne pense pas y avoir ma place, je pense juste avoir le droit d'être traité comme un véritable ami dont tu n'as pas honte.

Lydia ouvrit le coffre et y rangea son sac. Elle resta plantée devant, la main sur la hanche, en faisant signe à Dill de balancer le sien à l'intérieur.

— Monte, comme ça je pourrai continuer à te fabriquer un nouveau trou de balle.

— Je suis garé juste là. Vous pouvez arrêter de vous battre, s'il vous plaît ? implora Travis. Ça n'en vaut pas la peine.

Dill et Lydia le fusillèrent du regard.

La voix de Travis exprima une colère que Dill n'avait jamais entendue.

— Vous êtes en train de gâcher la bonne journée que je viens de passer. J'ai déjà des gens autour de moi qui s'en chargent, je n'ai pas besoin que vous vous y mettiez. Arrêtez, OK ?

Lydia opposa son mètre cinquante-huit à ses deux mètres.

— Écoute, Travis. On va résoudre tout ça. D'ici là, fous le camp, OK ?

Travis leva les mains au ciel.

— OK. Comme tu veux.

Il s'éloigna.

Dill et Lydia montèrent dans la voiture. Ils restèrent assis sans bouger pendant un bon moment. Sans rien dire.

— Je sais que tu t'en tapes, de la mode, finit par dire Lydia. Tu veux vraiment que je mette des photos de toi sur le blog ?

— Non.

Lydia tira sur ses cheveux des deux mains.

— Rahhh ! Mais qu'est-ce que tu veux, à la fin ?

— Que tu te rendes compte que pour toi, vivre dans une petite ville et ne pas avoir beaucoup d'amis, c'est comme un accessoire de mode. Tu peux le mettre et l'enlever quand ça te chante. Mais moi, c'est juste ma réalité merdique.

Lydia haussa le ton.

— Un accessoire de mode ? Je rêve. On y va.

Elle démarra la voiture et sortit du parking de la bibliothèque.

— Ouais. J'ai lu ton blog. Tu adores te faire passer pour la fille un peu marginale que personne ne comprend et qui n'a pas d'amis dans une ville du Sud où il n'y a rien à faire. C'est très romantique. Sauf qu'en vrai, t'as une porte de sortie. En fait, tout roule pour toi. En revanche tes amis, tes amis qui, soit dit en passant, existent mais dont tu ne parles jamais, sont coincés ici, eux.

— OK. Waouh. Vaudrait mieux juste changer de sujet. Mais je vais continuer quand même. Tu n'es pas coincé. Tu choisis de rester. J'ai essayé de te convaincre de partir. J'ai apporté une réponse à tous tes arguments. Tu penses tout de même que tu dois rester. À toi de voir. C'est ta vie. Et moi, je me passerais bien de la foutue jalousie que tu ressens parce que tu détestes tes propres choix.

Dill haussa à son tour le ton.

— Mes choix ? Je n'ai pas choisi que mon père aille en prison en laissant derrière lui une montagne de dettes pour sa famille. Tu adores parler de choix, pas vrai ? C'est plutôt facile, quand on vous sert opportunité sur opportunité sur un plateau.

— Déjà, ne fais pas comme si tu savais tout de moi ou que tout dans ma vie était rose. Arrête ton numéro de garçon né du mauvais côté de la ville, qui est incompris par une petite fille riche et insouciante.

— Je m'en fous que ta famille soit plus friquée que la mienne. Je voudrais que tu comprennes que ce qui me blesse, c'est que tu fasses comme si je n'existais pas, et qu'en plus, tu ne caches pas ta hâte d'être débarrassée de moi. Ça me donne l'impression d'être un moins que rien. Y a déjà beaucoup de gens qui me donnent cette impression. Pas besoin que tu en rajoutes.

— C'est quoi ton problème ? Pourquoi tu interprètes tout ce que je fais de manière négative ? Comme si je cherchais à te nuire volontairement ? Comme si j'écrivais mon blog ou que j'allais à la fac pour te blesser ?

— Ce n'est pas ce que je fais.

— Si.

— Non.

— Peut-être qu'au lieu de ruminer sur tout ce que je ne fais pas pour toi, tu devrais penser à ce que je fais pour toi. Sans moi, tu serais resté assis le cul sur ta chaise des nuits entières à jouer de la guitare.

Dill mima un geste d'adoration.

— Oh ! merci, ma sauveuse. Merci ! Rester assis le cul sur ma chaise à jouer de la guitare vaut mieux pour moi que de traîner avec quelqu'un qui a honte de moi et qui va vite m'oublier.

Lydia se gara devant chez Dill.

— Oh, bah, pas de problème, tu vas pouvoir faire ça plus souvent ! répliqua Lydia d'un ton glacial.

Soudain, Dill eut l'impression d'avoir essayé d'avaler un énorme glaçon, et que celui-ci était resté coincé dans sa gorge. Il savait reconnaître le parfum d'une chose qu'on est sur le point de perdre – il savait ce que c'était, de voir des pans entiers de votre vie s'éroder sous vos pieds et être emportés au loin. La panique s'empara de lui. Comme s'il fallait qu'il prenne une photographie mentale de Lydia et de tout ce qui l'entourait, au cas où il ne la reverrait jamais.

Sa façon d'être collée au volant, à regarder droit devant elle, un bras appuyé sur le rebord de la vitre, la tête appuyée sur sa main gauche. Son autre main – le vernis bleu écaillé, de la couleur d'une voiture vintage – posée sur le volant. La ligne de son cou à l'endroit où elle rejoignait les épaules. Le morceau d'adhésif noir recouvrant le voyant « Vérifier moteur » perpétuellement allumé, qui commençait à se décoller. Les cinq ou six désodorisants pour voiture usagés qui pendaient au rétroviseur. Les bijoux qui ornaient ses poignets et ses doigts.

Mon Dieu, je vous en prie. Déliez ma langue. Donnez-moi le pouvoir des mots. Je vous en prie, ne me laissez pas commettre un péché d'orgueil. Laissez-moi dire exactement ce qu'il faut pour ne pas perdre encore une autre part de moi…

— Très bien ! répliqua Dill.

Ce n'est pas ce que j'avais en tête, mon Dieu. J'imagine que vous êtes allé vous coucher et que c'est l'un de vos anges secondaires qui est de service.

Et puis il se souvint du panneau devant l'église. Si Dieu souhaitait lui adresser un message, il avait une dernière chance de le faire. Il regarda au bout de la rue. SI TU AS L'IMPRESSION QUE DIEU EST LOIN DE TOI, DEVINE QUI A BOUGÉ.

Elle est bonne, celle-là, mon Dieu. Un message sur l'éloignement. Ça aide, en ce moment. Il descendit. Lydia ne lui accorda même pas un regard à la dérobée. Pas un au revoir. À peine avait-il refermé sa porte qu'elle démarra en trombe, dans un crissement de pneus.

Ses feux arrière s'évanouirent dans le noir avant de disparaître.

20

Travis

Assis à sa table, Raynar Northbrook tenait entre ses mains fébriles la dernière missive de lady Amelia des Terres du Sud. Il lut attentivement le récit de sa vie, qu'elle avait rédigé de sa plume fleurie. Son cœur bondissait de joie chaque fois qu'il recevait de ses nouvelles.

Tu fais quoi aujourd'hui ? écrivit Travis.

Je vais rendre visite à mes grands-parents avec Pickles. Tu vois tes amis aujourd'hui ? demanda Amelia.

Je ne sais pas. Lydia fait la tournée des universités à New York. Je n'ai pas de nouvelles de Dill. Ils sont bizarres, en ce moment.

Argh.

Ouais. J'adore mes amis et je ne veux pas dire des saloperies à leur sujet, mais parfois, j'ai l'impression qu'ils ne me comprennent pas.

Moi, je te comprends.

Je sais. C'est pour ça que tu me plais.

T'as déjà du bol d'avoir deux bons amis au lycée. Moi, j'en n'ai pas vraiment.

Oh, oui, je sais, j'aimerais juste...

Le téléphone de Travis sonna au moment où il rédigeait sa réponse à Amelia.

Quand on parle du loup...

— Salut, Dill, quoi de neuf ?

— Salut Travis. Tu bosses aujourd'hui ?

— Non, la scierie est fermée le dimanche, pourquoi ?

— J'aurais besoin de toi. La voiture de ma mère ne démarre pas, et il faut qu'on la fasse réparer avant lundi pour qu'elle puisse aller travailler. Mais je n'y connais rien aux bagnoles et on n'a pas les moyens de se payer les services d'un mécanicien. Tu crois que tu pourrais me filer un coup de main ?

— Ouais, pas de souci. Je prends juste un petit déj rapide, je me passe la tête sous l'eau, et je débarque.

— Hé, Travis... Je suis désolé pour l'autre jour. J'ai déconné.

Travis rit.

— T'inquiète, mon pote. J'arrive.

La plupart des gens ne se réjouiraient pas spécialement qu'un copain les appelle un dimanche matin paisible afin de leur demander un coup de main pour réparer une voiture. Mais Travis adorait aider les autres, passer du temps avec ses amis, être loin de son père et ôter la partie malade d'une voiture, la tenir entre ses mains, puis la remplacer par une autre toute neuve et rutilante qui redonnait vie au véhicule. Dill lui offrait la possibilité de faire ces quatre choses en même temps. De plus, Travis avait bien envie de discuter avec Dill. Il était temps de lui parler d'Amelia. Comme il n'était pas aussi moqueur que Lydia, il était plus à l'aise à l'idée de se confier à lui.

Travis se rendit dans la cuisine. Sa mère lui avait préparé des petits pains briochés tout chauds accompagnés de sauce, de bacon et d'œufs. Il l'embrassa et lui expliqua son programme avant d'envoyer un texto à Amelia pour lui dire au revoir. Il avala son petit déjeuner, prit sa boîte à outils – il soupçonnait Dill de n'avoir chez lui qu'un tournevis et une pince à bec –, et fila chez son ami. Cerise sur le gâteau, il ne vit même pas son père, qui était parti chasser à l'arc.

Travis gara son pick-up rouge Ford derrière la Chevrolet Cavalier de la mère de Dill. Celui-ci avait ouvert le capot et était en train d'observer le moteur.

— Tu cherches l'interrupteur ? lui demanda Travis, tout sourire, en sortant de son véhicule.

Dill lui rendit son sourire, se mit sur le côté et se passa la main dans les cheveux.

— J'espère vraiment que tu pourras m'aider à la réparer.

— Laisse-moi voir ce qui se passe.

Travis prit les clés, monta dans la voiture et mit le contact.

— Les phares marchent, donc ce n'est pas un problème de batterie, marmonna-t-il.

Il tourna la clé. Rien. Pas de clic, rien.

Il réfléchit un instant, envisageant différents scénarios dans sa tête. Si c'était l'alternateur, la batterie serait morte et les phares ne s'allumeraient pas. Si c'était un problème de circuit de carburant, le moteur tournerait, peinerait, sans jamais vraiment se mettre en marche.

Il sortit de la voiture et referma le capot.

— Je pense que tu as un problème de démarreur.

— T'es sûr ? demanda Dill.

Travis rajusta sa casquette de base-ball.

— Non, mais j'ai pas de meilleure piste.
— C'est difficile à remplacer ?
— Non.
— C'est cher ?
— Je dirais dans les cinquante, soixante dollars pour ce genre de voiture.

L'expression sur le visage de Dill laissait entendre que même cela, c'était cher, mais qu'il faudrait faire avec.

Ils montèrent dans le pick-up de Travis et foncèrent jusqu'au magasin de pièces détachées. Travis avait une autre raison d'être content d'aider son ami. Il avait quelque chose sur le cœur.

— Bon, je sais qu'elle est partie à New York presque toute la semaine faire la tournée des universités avec sa mère, mais tu as discuté avec Lydia depuis vendredi dernier ?

Dill inspira profondément, puis expira par le nez.

— Non.
— Pas un mot ?
— Pas un mot.
— Tu ne crois pas que tu devrais lui parler ?
— Pour lui dire quoi ?

Travis tripota les boutons du chauffage et se pencha pour voir s'il y avait des voitures avant de tourner à gauche.

— J'en sais rien, moi. Que tu es désolé ?
— Je ne suis pas désolé.
— Tu devrais l'être.

Dill eut un rire amer.

— Pourquoi ?
— T'as un peu pété un plomb avec elle.
— Ah oui, et ? J'avais passé une sale journée.

— Même après une sale journée, je ne me défoule pas sur toi ou Lydia.

— Tu ne trouves pas que Lydia a changé cette année ? Depuis qu'elle a capté qu'elle allait se casser d'ici ? Qu'elle est genre, plus snob ?

— Non, pas vraiment. C'est peut-être ton imagination ?

— Je te jure que non, mec. Je t'assure, elle est différente.

— T'es dur avec elle. Quand même, c'est bien qu'elle s'en aille pour aller dans une ville plus grande, où la mode est partout, non ? Sois content pour elle !

Dill fronça les sourcils.

— À ce sujet, ça t'arrive de lire son blog ?

— Ouais, parfois. Mais pas religieusement.

— Ça ne te dérange pas que malgré toutes les photos qu'elle prend de nous et tous les trucs qu'on fait ensemble, elle n'ait jamais parlé ni de toi ni de moi dedans ? Elle a même mis sur son blog des photos de la fille qui tient le magasin de Nashville. Elles ont été copines un quart d'heure. T'as pas l'impression qu'elle a honte de nous ?

Travis haussa les épaules.

— Mais cette fille était vraiment jolie, et portait des fringues sympas. Toi et moi, on n'est pas vraiment des mecs à la mode. Qu'est-ce qu'on foutrait sur son blog ?

— Peut-être… Mais ça m'embête. Ça me donne l'impression qu'elle nous regarde de haut.

Ils se garèrent devant le magasin de pièces détachées et entrèrent. Un homme d'un certain âge et un autre plus jeune, tous les deux en veste verte et casquette de base-ball, bavardaient derrière le comptoir.

— Je peux vous aider ? demanda le jeune.

— Il me faut un démarreur pour une Chevrolet Cavalier 1992. Moteur quatre cylindres, répondit Travis.

— Je vais voir ce que me dit mon ordinateur.

Il regarda l'écran en plissant les yeux.

— Apparemment, on en a un en stock. Laissez-moi une seconde, le temps de mettre la main dessus.

L'homme écrivit quelque chose sur un bout de papier et se dirigea à l'arrière du magasin.

Le vieil homme hocha la tête en direction de Dill.

— Dites-moi, jeune homme, si c'est pas indiscret, vous ne seriez pas le petit-fils de Dillard Early, par hasard ?

L'appréhension traversa le visage de Dill.

— Oui, m'sieur, en effet, répondit-il tout bas.

Il semblait espérer que le vieil homme n'en dirait pas plus. Travis n'avait jamais raconté à Dill qu'on lui avait parlé du Roi Serpent. Ce qui convenait certainement à Dill.

— Mon Dieu ! s'exclama l'homme. Je travaillais avec ton grand-père ! À l'ancienne station-service *Gulf* sur North Church Street. Maintenant, c'est une *Conoco*.

— Oui, m'sieur.

Dill regardait ses pieds.

— Bon sang, c'était un sacré mécano ! s'exclama l'homme avec un gloussement de nostalgie. Il pouvait tout réparer. Il sentait ce qui clochait dans une voiture. Doué de ses mains. Et il chantait bien. Il chantonnait toujours des vieux airs en travaillant. Mon Dieu, quel chanteur ! Tu as hérité de ce don ?

— Duquel ?

— À toi de me le dire !

— Je ne chante pas trop mal.

— Je suis sûr que tu saurais réparer des voitures, si tu t'y mettais. C'est dans le sang, ces trucs-là !

— Oui, m'sieur. Comme beaucoup de choses.

— Tu lui ressembles.

— Il paraît. Moi je n'ai vu que les photos. Il est mort avant ma naissance.

— Oui, dit-il doucement en hochant la tête, les yeux perdus au loin.

Puis son regard se posa droit sur Dill.

— Fiston ? Ton grand-père était un homme bon. C'est important que tu le saches.

Travis reconnaissait l'expression dans les yeux du vieillard. Il l'avait vue dans ceux de Lamar quand celui-ci avait raconté l'histoire du Roi Serpent. C'était l'expression de quelqu'un qui avait vécu assez longtemps pour comprendre que le chagrin était un feu qui vous consumait. L'expression d'un vieil homme qui craignait une mauvaise mort.

Le jeune ressortit avec une boîte en carton toute sale qu'il posa sur le comptoir.

— Ça fera soixante-dix dollars soixante-quinze, les taxes et les quatorze dollars de consigne inclus.

Dill lui tendit une liasse de billets. En partant, Travis jeta un dernier coup d'œil derrière lui. Il vit le vieil homme se diriger vers son collègue en pointant son doigt vers l'extérieur. Le jeune homme allait entendre l'histoire du Roi Serpent. Travis l'aurait parié.

— Alors, ça ne t'embête pas que Lydia s'en aille ? demanda Dill.

— Si. Elle va me manquer. Mais on a toujours su que ce jour viendrait. Elle parle de quitter cet endroit depuis toujours. T'imagines l'angoisse pour elle si elle devait rester ?

— Ça t'arrive de penser à partir ?

— Pour aller où ? C'est ici, ma maison.

— À la fac ?

— Nan. Je déteste les cours. De toute façon, je n'aime lire que ce que je choisis. Pas ce qu'un professeur veut que je lise.

— On continuera à se voir quand Lydia sera partie ? demanda Dill.

Travis rit.

— Ouais. Enfin, je ne peux pas te promettre qu'on fera des trucs aussi créatifs qu'avec elle. Et possible que ta voix ne l'emporte pas face à la mienne quand on votera pour savoir si je prends ou pas mon bâton. Surtout parce que je crois bien que c'est moi qui vais nous trimballer à droite à gauche en voiture.

— Le bâton l'a toujours plus dérangée que moi.

— Quoi ? Alors depuis le début, mon bâton l'emporte à deux voix contre une ?

— Je n'ai pas dit ça.

Travis sauta sur cette occasion pour passer aux aveux.

— Bon, tu te souviens que Lydia essayait de me piquer mon téléphone à la bibliothèque ?

— Ouais.

— J'échange des textos avec une fille, Amelia Cooper, que j'ai rencontrée sur un forum de fans du *Règne du sang*. Elle vit en Alabama. Ça se passe carrément bien entre nous.

Dill dévisagea Travis pendant quelques secondes, puis sourit et lui donna un petit coup de poing dans le bras.

— Quel tombeur !

Travis gloussa et ajusta sa casquette.

— Bref, je l'aime vraiment bien. Je pense qu'un jour, on pourrait être un peu plus que des amis. Je l'espère. On est sûrs de se voir en mai, au Tennessee Renaissance Festival. Peut-être même avant. Elle trouve que mon bâton de pouvoir est cool.

— Elle trouve que ton bâton de pouvoir est cool, vraiment ? demanda Dill avec une intonation suggestive.

Il lui fallut quelques instants, mais Travis finit par comprendre l'allusion. Il gloussa encore et donna un petit coup de poing dans le bras de Dill.

— Non, mec, pas dans ce sens-là. Ce n'est pas ce que je voulais dire. Bon sang…

Il sourit en douce.

— Tu seras peut-être content d'apprendre que des amis peuvent devenir plus que des amis.

Dill en resta bouche bée.

— Oh là, du calme !

Travis regarda Dill, l'air de dire : « Allez, mec ! »

Son ami secoua la tête et détourna le regard.

— Tu te plantes complètement.

Travis le regarda avec la même expression.

— Dis-le-moi en face.

— Non. T'es en train de conduire.

Travis se mit à rire et donna un autre coup dans le bras de Dill.

— Je le savais ! Comment ça se fait que tu n'as jamais…

— Parce que.

— Pourquoi ?

— Je ne veux pas tout gâcher. Et c'est ce qui se passerait.

— Pas nécessairement.

En fait, si, il y a de grandes chances pour que tu aies raison, Dill.

Dill lança un regard à Travis qui disait : « Arrête, tu sais que j'ai raison ! »

— J'ai peut-être déjà tout gâché. En plus, elle s'en va. Elle ne voudrait pas. Ça compliquerait tous ses plans.

— Tu ne peux pas savoir avant d'avoir essayé. Le problème avec les filles, c'est que…

Dill gloussa et frappa de nouveau Travis dans le bras.

— Le problème avec les filles, hein ? Eh ben dis donc, t'es devenu un expert !

— Je connais un ou deux trucs.

— Tu parles. Tu en connais peut-être un. Mais pas deux.

Ils se garèrent devant chez Dill. C'était une journée idéale pour travailler à l'extérieur – nuageuse, d'un froid assez piquant pour qu'on ait besoin d'une chemise à manches longues mais pas d'une veste. L'air embaumait l'herbe roussie et le linge qui sèche.

D'après Travis, il fallait s'attaquer au démarreur par en dessous. Ils soulevèrent la voiture à l'aide d'un cric et la calèrent avec des supports. Muni d'une clé à molettes, Travis s'installa en dessous en se contorsionnant.

— Tu peux m'aider à mettre le bout de la clé sur ce boulon, là-haut ?

— Bien sûr !

Dill l'aida à atteindre le boulon.

— Où est-ce que t'as appris à réparer des voitures ?

— Mon père.

Travis émit un grognement et parvint à desserrer le boulon. Il ajusta sa clé pour le dévisser.

— C'était sympa ? De réparer des voitures avec ton père ?

— Pas vraiment.

Travis espérait que son ami ne lui demanderait pas pourquoi. Dill ne posa aucune question.

Travis débrancha la connexion électrique du démarreur. Sa clé cliqueta jusqu'à ce qu'elle trouve l'autre boulon. Il peina à le desserrer, tenant le vieux démarreur d'une main tout en ajustant son outil sur le boulon. Celui-ci tomba, et Travis récupéra la pièce défectueuse. Il se contorsionna pour sortir de sous la voiture.

— Est-ce que tu penses que tu apprendras à tes enfants à réparer des voitures un jour ? demanda Dill.

Avec ses mains, Travis balaya la saleté qui s'était déposée sur son pantalon.

— Je ne me suis jamais trop demandé si j'aurais des enfants un jour. Mais si ça arrive, je leur apprendrai toutes sortes de trucs. Et ils auront le droit de lire ce qu'ils veulent.

Travis sortit le nouveau démarreur de la boîte et le souleva. Il se rallongea par terre et se faufila sous la voiture.

Il mit le démarreur en place. Il voyait le visage de Dill au-dessus de lui, à travers le compartiment moteur. Il croisa son regard. Et tout à coup, Travis ressentit un besoin irrépressible de se soulager d'un poids de plus ce jour-là, tant qu'il était lancé.

— Je peux te poser une question un peu bizarre ?

— Bien sûr. Du moment que ce n'est pas sur *Le règne du sang*. Garde ça pour Amelia.

Travis remit l'un des boulons en place et le serra à la main.

— Ton père t'a déjà frappé ? Avant d'être coffré ?

Dill hésita.

— Ouais, enfin, je veux dire, je me suis pris des fessées. Oui.

Travis termina de visser le boulot à l'aide de la clé.

— Non, t'as pas compris. Je t'ai demandé s'il t'avait déjà frappé. Genre vraiment cogné ?

Ils se regardèrent de nouveau.

— Non, pas comme ça.

Dill ne demanda pas où il voulait en venir. Travis lui en fut reconnaissant. Poser ces questions à son ami lui donnait l'impression d'être plus léger. Moins seul, en quelque sorte.

— Quand j'aurai des enfants, je ne les toucherai jamais. Enfin, à part pour les serrer contre moi. Mais jamais pour leur faire du mal.

Travis vissa l'autre boulon, brancha le câble électrique et se dépêcha de sortir de sous la voiture.

— Bon, déclara-t-il. L'heure de vérité ! Fais ta prière.

Il s'assit derrière le volant et tourna la clé. Le moteur s'anima immédiatement. Il n'avait pas l'air en bon état, mais cela n'avait jamais été le cas. Au moins, il marchait. La mère de Dill pourrait aller d'un point A à un point B pendant quelque temps encore.

Dill poussa un petit cri de joie et tapa dans la main de son ami.

— Mec, tu déchires ! T'as réussi !

Travis donna une petite claque dans le bras de Dill.

— *On* a réussi, tu veux dire. Maintenant, allons récupérer les quatorze dollars de consigne.

— Je te le revaudrai, dit son ami quand ils montèrent dans la voiture.

— Tu sais comment tu peux me remercier ? Réconcilie-toi avec Lydia. Je déteste quand vous vous faites la tronche.

21

Dill

Cela ne dérangeait pas Dill de devoir parcourir à pied les quelques kilomètres jusque chez Lydia. Il venait de pleuvoir, et les rues étaient recouvertes de feuilles humides ; leur parfum de terre et de tabac flottait dans l'air, se mélangeant à l'odeur épicée de feu de bois. Un fin voile de nuages couvrait le ciel et la lune gibbeuse croissante. Dill s'emmitoufla un peu plus dans sa veste en jean (celle que Lydia lui avait choisie) et la boutonna. Tout en marchant, il prépara son discours. *Je suis désolé. Je me suis trompé. Tout ce que je veux, c'est ton bonheur.* Même le message sur le panneau de l'église s'était, pour une fois, avéré utile : DIEU N'OUBLIE PAS LE PÉCHEUR. IL OUBLIE LE PÉCHÉ.

Ça ne me ferait pas de mal, qu'on m'oublie un peu. Le cœur battant, il frappa à la porte de Lydia. Son père lui ouvrit.

— Salut, Dill. Comment vas-tu ?

— Bien, merci. Lydia est là ?

— Oui. Entre, entre ! Lydia ? cria-t-il en direction du premier étage. Tu as de la visite, ma chérie.

Lydia apparut au sommet de l'escalier, en pantalon de yoga et sweat à capuche, les cheveux retenus par une queue de cheval désordonnée. En voyant Dill, elle croisa les bras devant elle et le fusilla des yeux pendant quelques instants. Le garçon lui adressa un regard de chien battu. Elle lui fit signe de monter et retourna d'un pas lourd dans sa chambre.

— Hé, avant de partir, rappelle-moi de te montrer ma nouvelle Strat, d'accord ? lui lança M. Blankenship alors que Dill commençait à gravir les marches.

— D'accord, répondit-il en poursuivant son ascension.

Lydia était assise à son bureau et composait un document sur son nouvel ordinateur portable. Sans doute une dissertation pour un dossier d'inscription à la fac. Elle ne se retourna pas quand Dill entra dans la pièce.

Le garçon observa le désordre qui régnait dans la chambre. La quantité d'informations visuelles le surprenait toujours beaucoup. Des disques. Des livres. Des magazines. Des affiches. Des photos. Des animaux en peluche. Des vieux objets bizarres, comme ce terrifiant mannequin dentaire des années 1930 que son père lui avait offert. Des vêtements et des chaussures, partout – autant de témoignages de ses obsessions changeantes. Il y avait une nouveauté cependant : des piles de brouillons de dissertations annotées pour les facs. Des dossiers d'inscription à l'université et des demandes de bourse à moitié remplis. Les péripéties d'une vie qui avançait à une allure impressionnante, avec une détermination qui l'était tout autant.

Lorsque Dill voyait cette pièce, il éprouvait toujours une espèce de jalousie mélancolique pour l'abondance dans laquelle Lydia évoluait, et qui contrastait tant avec sa chambre à lui, totalement dépouillée. Les piles de documents n'arrangeaient rien. Son lit grinça lorsqu'il s'assit dessus.

Lydia continua à lui tourner le dos. Elle sélectionna une ligne et l'effaça. Elle semblait bien avoir l'intention de rendre cela pénible.

— Alors. Parle.

Dill hésita. Le discours d'excuses qu'il avait soigneusement préparé, élaboré en chemin, s'était évaporé.

— Je suis… Je suis désolé. Pour ce que j'ai dit.

Lydia continua à taper son texte.

— Et tu m'as manqué.

Elle tapait encore.

— Et je veux qu'on reste amis.

Et toujours.

— Et je commence à me sentir con, alors je m'en vais.

Dill se leva du lit, qui grinça de nouveau.

Lydia tourna sa chaise et s'assit en tailleur dessus.

— OK. J'accepte tes excuses. Mais sérieux. Je n'en peux plus de la tragédie permanente. J'ai trop de choses à penser en ce moment. Alors ça doit cesser, Dill. Je ne déconne pas.

Il se rassit sur le lit.

— Je ne peux pas te promettre que je serai tout sourires chaque fois que quelque chose me rappellera ton départ. Je ne pourrai pas tenir cette promesse.

Lydia se leva, se dirigea vers son étagère à bougies (oui, elle en avait toute une étagère) et en alluma deux au « parfum d'automne ».

— J'en allume une qui sent les feuilles d'automne combinées à des notes de pomme et de cannelle, et une autre parfum feu de bois, qui apporte des notes de cèdre, de bouleau et de vanille. Je devrais devenir sommelier de bougies. Ça existe, comme boulot ?

— T'as écouté ce que je t'ai dit ?

— Oui. Et je n'attends pas de toi que tu sois ravi. J'attends juste que l'insatisfaction que tu ressens face à cette situation ne se transforme pas en colère contre moi.

— OK.

— À ta place, c'est comme ça que j'agirais avec toi.

— OK.

— Je te promets que rien de ce que j'entreprends concernant la fac n'a pour but de te blesser. Et je te promets aussi que j'ai de très bonnes raisons de protéger ta vie privée en ne parlant pas de toi sur mon blog. Alors en échange, promets-moi de tout faire pour ne pas projeter sur moi tes problèmes sous prétexte que j'ose essayer d'avoir une vie meilleure.

— Très bien.

— Dis-le.

— Promis.

Le visage de Lydia finit par se détendre.

— Écoute, moi non plus, ça ne me plaît pas, qu'on soit séparés. Ce qui m'attend a des chances d'être plus marrant que ce qui t'attend toi. Mais tu vas me manquer. Tu m'as manqué cette semaine.

— Ce qui t'attend *sera* plus marrant, c'est sûr.

Elle s'assit à côté de Dill sur le lit.

— Allez, viens ! dit-elle. Câlin.

Dill la serra longuement dans ses bras. Ses cheveux sentaient la fleur d'oranger et le magnolia. Son cœur avait souffert longtemps, en un fredonnement discret, basse fréquence, mais il ne se rendit compte de sa douleur qu'au moment où celle-ci se dissipa au contact de Lydia. Et puis, ce frisson quand il la tenait contre lui, sur son lit – incontrôlable. *Si seulement.*

— Bon. Tu en es où, dans tes inscriptions ? demanda Dill.

Elle se laissa tomber sur le matelas et regarda le plafond.

— La date limite de dépôt des candidatures anticipées est dans deux semaines environ. C'est le gros truc du moment. Là, je retravaille ma dissert d'admission.

— Bonne chance, murmura Dill.

Elle se redressa. Ils se regardèrent quelques instants.

— Il n'est pas trop tard, dit-elle.

Ce fut au tour de Dill de s'affaler sur le lit. Il se couvrit le visage avec l'un des coussins de Lydia.

— Je ne peux pas, répondit-il à travers le coussin. J'en ai même parlé à ma mère.

— Et ?

— Tu crois quoi ? Elle m'a dit : « Bien sûr, Dill, va à la fac, éclate-toi, apprends la théorie de l'évolution, claque ton argent en droits d'inscription, et va en cours, pendant ce temps-là, moi, je tiendrai le fort et tout ira bien. » Non. Elle a grave flippé, évidemment.

— Tu savais qu'elle réagirait comme ça. Pourquoi ça t'influencerait ?

— Euh, parce que c'est ma mère.

— Et que la Bible te dit que tu es censé la respecter.

Dill roula des yeux.

— Arrête. S'il te plaît.

— Toi, arrête ! Tu crois vraiment que le fait que ta mère ne veuille pas que tu ailles à la fac soit dans ton intérêt à toi, plutôt que dans le sien ?

Dill se redressa.

— Je ne sais plus ce que je crois. Sur rien. Il y a réellement une part de moi qui pense que tout ce qui est dans son intérêt est bon pour moi aussi.

— Et pourquoi ça ?

— Parce que c'est ma mère.

— Géniale ta réponse. Bouge pas.

Lydia plaça un téléphone imaginaire contre son oreille.

— Bonjour, vous travaillez pour le prix des meilleurs débatteurs ? Oui, sortez-moi votre plus beau trophée.

— Mort de rire. Écoute, ça n'arrivera pas.

Lydia leva les mains vers le ciel.

— Comme tu veux.

— Alors promets-moi d'arrêter de me harceler à propos de la fac.

— Non, impossible.

— Pourquoi ce serait à moi de faire toutes les promesses ?

— Parce que je te demande d'arrêter d'être lourd, alors que toi tu me demandes de te promettre d'arrêter d'être géniale, ce que, en mon âme et conscience, je ne peux pas faire.

— Pitié, arrête de me donner l'impression d'être une merde parce que je suis obligé de faire certains choix.

Lydia se leva du lit, se dirigea vers son bureau et ouvrit un tiroir.

— Toujours pas. Mais je vais te permettre de changer de sujet.

Lydia sortit son vieux Mac du tiroir et enroula le câble d'alimentation.

Elle se retourna vers Dill et posa l'ensemble sur ses genoux.

— Voilà. Joyeux Noël en avance, joyeux anniversaire en retard, joyeux Halloween, joyeux tout ce que tu veux.

Dill en resta bouche bée.

— Attends une seconde. Tu me le donnes ? T'es sérieuse ?

— Ouais. Je n'ai pas besoin de deux ordinateurs et j'en ai eu un neuf pour la fac. Celui-ci a quatre ans. C'est sur lui que j'ai commencé *Dollywould*, alors il a une valeur sentimentale à mes yeux. Du coup, essaie de ne pas le casser. Il marche toujours plutôt bien. Juste un peu lent parfois.

Dill serra une nouvelle fois Lydia dans ses bras, écrasant un peu ses lunettes au passage.

— Merci. Merci, merci, merci !

— OK, tout doux. Inutile de me remercier en cassant mes lunettes. Oh, et le meilleur dans tout ça, c'est que comme je ne suis pas un gros mec dégueulasse, le clavier est garanti cent pour cent sans sperme.

Dill souriait, tout joyeux. Pas juste à cause de l'ordinateur. Parce que Lydia et lui s'étaient réconciliés. Ce cadeau en était la preuve.

— Tiens, dit Lydia en prenant le portable et en l'ouvrant. Je vais te montrer comment te filmer. Ensuite, tu pourras commencer à enregistrer tes chansons.

— Je ne me suis jamais enregistré. On n'a plus d'ordinateur depuis que la police a saisi le nôtre.

— Ah bon ? Eh bien, il est temps de commencer. Ce sera ton premier devoir.

Lydia lui montra comment faire une vidéo et s'enregistrer en utilisant la caméra et le micro de l'ordinateur.

— Compris ?

— Compris.

— Génial.

Elle se leva et s'assit à son bureau.

— Maintenant, du balai, j'ai plein de boulot, lui dit-elle en le chassant d'un petit mouvement de la main.

— Merci, Lydia.

— Je t'en prie.

Elle parcourut son document sans lever les yeux vers lui.

— Au fait, je vais être obligée d'annuler notre soirée ciné du vendredi soir. Je suis trop occupée avec ces histoires de fac et de blog.

Le visage de Dill se décomposa. Lydia lui adressa un regard d'avertissement et leva le doigt. « Tu as promis », articula-t-elle silencieusement.

Dill hocha la tête, se retourna et partit.

Quand il arriva au pied de l'escalier, Lydia dit en criant depuis l'étage :

— Au fait, papa, j'ai donné mon vieil ordinateur à Dill. Il n'est pas en train de le voler.

— D'accord, mon cœur. Hé, Dill, viens là.

Le garçon entra dans son bureau. La pièce regorgeait de vieux objets. Des livres à la reliure de cuir. Un grand collage de Dolan Geiman composé de matériaux de récupération était accroché sur un mur. Sur un autre, il y avait des guitares. Dill vit un ampli Fender vintage.

Le Dr Blankenship se leva de son bureau et prit l'un des instruments : une magnifique Fender Stratocaster des années 1960 aux teintes « tobacco sunburst ». Il la tendit à Dill, qui la manipula comme s'il s'agissait d'une pièce de musée. Elle avait dû coûter une petite fortune.

— Elle est belle, monsieur Blankenship.

— Prends-la. On se fait quelques accords ?

Dill posa son nouvel ordinateur sur le bureau et passa la sangle de la guitare par-dessus sa tête. Il joua quelques notes pour s'échauffer les doigts. Le Dr Blankenship sortit un câble et brancha l'ampli qui mit quelques secondes à chauffer.

Dill gratta un accord.

— Où l'avez-vous trouvée ?

Le Dr Blankenship brancha la guitare.

— Une vente aux enchères à Nashville. Balance le son !

Dill joua, tout d'abord avec hésitation.

— Allez, allez, on s'en fout des voisins !

Alors Dill joua plus fort, plus vite pendant que M. Blankenship souriait en levant les pouces. C'était chouette. Il joua encore et encore. Et puis, il y eut une pointe de nostalgie. La dernière fois qu'il avait joué de la guitare électrique devant quelqu'un, c'était son père, avant qu'il décide de ne pas lui confier le serpent. Avant que son père soit arrêté. Il s'arrêta net et détacha la guitare.

Le Dr Blankenship la récupéra et la raccrocha au mur.

— Alors, tu en penses quoi ?

Avant que Dill puisse répondre, ils entendirent Lydia crier depuis l'étage :

— Papa, il se passe quoi, en bas ? Pourquoi tu joues dix fois mieux que d'habitude ? J'ai peur. Dill, t'as fait quoi à mon papa ?

— J'adore ma fille. Elle est futée, murmura-t-il. Bon, tu allais dire…

— Oui. C'est un bel instrument. Je pense que vous avez fait une bonne affaire. Je n'avais pas joué de la guitare électrique depuis un bail.

— Tu en as une ?

— Avant, oui. À cause de… tout ce qui s'est passé avec mon père, on a dû vendre pas mal de trucs. La guitare et l'ampli faisaient partie du lot. Ce n'est pas grave. De toute façon, je n'ai plus aucun endroit où jouer.

— Tu vas souvent voir ton père ?

— Plusieurs fois par an. La prochaine fois, ce sera à Noël. Enfin, si notre tas de boue roule encore d'ici là.

— Si tu veux que je te dépose à Nashville aux alentours de Noël, ce serait avec plaisir. J'achète mes cadeaux au *Trader Joe's* de Nashville. Je peux fermer le cabinet pour la journée.

— Vous êtes sûr ? Ça serait vraiment cool, mais je ne veux pas vous déranger.

— Tu ne me déranges absolument pas. Et pour être tout à fait honnête… (Il se mit à parler tout bas et jeta un coup d'œil à droite, puis à gauche.) Ce serait sympa de traîner avec un autre mec de temps en temps. Il y a beaucoup d'œstrogènes dans cette maison.

— J'ai entendu ! s'écria Lydia. Sexiste et répugnant, arrête !

— Ouais, je vois où vous voulez en venir.

Dill récupéra son ordinateur.

— Vous me direz quand ça vous arrange.

— Ça marche. Hé, Lydia t'a proposé de te reconduire chez toi ?

— Non.

— Tu veux que je te ramène ?

Dill sourit.

— Non, merci. C'est une belle nuit.

Tandis que le garçon rentrait chez lui à pied, un vent frais soufflait, séchant les feuilles qui tournoyaient et dansaient devant lui dans les ombres au clair de lune. Le son qu'elles produisaient en grattant le sol étaient pour lui une chanson.

22

Lydia

Ils s'assirent à une table, seuls, à l'écart des autres, comme toujours. La cantine, qui empestait les bâtonnets de poisson, bourdonnait autour d'eux. Dill avait devant lui son repas subventionné peu appétissant. Travis, une énorme boîte contenant les macaronis au fromage cuisinés par sa mère. Lydia mangeait ses mini-carottes, ses chips de pita, du houmous et du yaourt grec. Travis lisait l'un des tomes de la saga du *Règne du sang*. Dill, des écouteurs sur les oreilles, travaillait avec beaucoup de concentration sur son nouvel ordinateur portable.

Lydia lisait le *Journal* d'Anaïs Nin.

Dill enleva l'un de ses écouteurs.

— Hé, Lydia, tu crois que tu pourrais mettre des vidéos sur YouTube pour moi ce soir ? J'ai essayé, mais le lycée bloque le site.

— Bien sûr. Qu'est-ce que c'est ?

— Des vidéos de moi en train de jouer mes morceaux. Il y en a cinq.

— Cinq ? Je t'ai donné cet ordinateur il y a quoi, deux jours ?

— J'en avais pas mal dans les tuyaux.

Hunter Henry, Matt Barnes et DeJuan Washington, trois joueurs de football américain, passèrent devant leur table.

— Hé, Dildo, la police sait que t'as un ordinateur maintenant ? demanda Hunter accompagné par les ricanements de sa clique.

— Je crois que l'école bloque le porno pédophile, ajouta Matthew.

Toujours plus de ricanements.

Dill remit son écouteur et les ignora. Travis se crispa mais poursuivit sa lecture, les ignorant également. Les deux garçons étaient rodés.

Lydia posa son livre sur la table avec un sourire.

— Oui, on l'a dit à la police, et on en a profité pour vous inscrire au Registre national des micropénis. Ne vous étonnez pas d'avoir des problèmes à l'aéroport.

— Je vais te montrer ma bite, dit Hunter.

— N'oublie pas que je porte des lunettes.

Lydia reprit sa lecture.

— Comment j'aurais pu oublier, vu qu'elles te donnent vraiment une sale tronche, cracha Matt.

— Tu as très bien pu oublier car tu n'as pas de mémoire sémantique, et c'est pour cette raison que Tullahoma High vous a humiliés, les mecs : ils vous ont resservi le même scénario que l'année dernière, en vous battant au quatrième quart temps, balança Lydia sans lever les yeux de son livre.

— T'y connais quoi au foot, connasse ? demanda Hunter.

— Eh bien, je sais qu'on est censé marquer plus de points que l'autre équipe, et que c'est difficile à faire, surtout quand on assure la victoire à ses adversaires en ratant toutes ses réceptions en zone de but comme toi contre Manchester l'année dernière.

Hunter devint écarlate.

— Laisse tomber, mec, intervint DeJuan. Elle vaut pas le coup. Elle essaie de te pousser à faire une connerie.

— Pas besoin de pousser très fort, ironisa Lydia.

Hunter lui arracha le livre des mains et le balança par terre. Après quoi, ses acolytes et lui s'éloignèrent d'un pas lourd.

Dill enleva ses écouteurs, ramassa le livre de Lydia et le lui tendit.

— Je ne savais pas que tu étais fan de football.

Lydia feuilleta son livre pour marquer sa page.

— Ce n'est pas le cas. Je me contente de noter quand notre équipe perd, de consigner les humiliations et les faiblesses des uns et des autres. Ensuite, je classe toutes ces informations dans un dossier mental consacré aux joueurs qui nous emmerdent. C'est vraiment plus marrant que de regarder les matchs. Bon, allez, faut que je file en cours. Donne-moi ton ordinateur. Je vais le ramener à la maison et charger tes vidéos.

Chloe et moi, on regarde les annonces immobilières pour rigoler. C'est quoi, ton budget ? On a trouvé un endroit trop chou pour 3 000/mois, écrivit Dahlia.

Je peux payer 1 000 par mois sans souci, répondit Lydia.

Lol, tu rêves. 3 000 par tête.

Eh bien, pensa Lydia, *je crois que je vais être le Dill de mon nouveau groupe d'amis. Financièrement parlant, au moins.* Un dentiste de Forrestville et un agent immobilier ne pesaient pas lourd face à la rédac chef de *Chic* et à une actrice. Lydia allait devoir réfléchir à comment rendre son côté « fille pauvre » charmant et attrayant. Comme l'avait fait Dolly, tout compte fait.

Aïe. Peut-être hors budget pour moi. En plus, je n'ai pas encore été acceptée à NYU, alors...

Tu vas l'être.

Comme on dit par chez nous, faut pas vendre la peau de l'ours...

Lydia se sentait angoissée sans raison spécifique. Pas uniquement à cause de ces histoires de loyer, même si elles contribuaient à son malaise. Elle avait mal à la tête à force de remplir des dossiers d'inscription et des demandes de bourse, de retravailler sa dissertation d'admission, et de bûcher sur un long article de blog dans lequel elle faisait la critique des vêtements présentés à la Fashion Week de Paris. Une pause s'imposait.

Elle sortit l'ordinateur de Dill, alla sur YouTube et lui créa un compte. Mot de passe : Lydiadéessebienveillante.666. Elle trouva le dossier contenant les vidéos de Dill et en ouvrit une.

C'était époustouflant. *Waouh. C'est Dill, ça ?* Il avait tellement d'assurance et de force. Il était envoûtant. Lorsqu'il chantait, il devenait quelqu'un d'autre. Elle se rendit compte qu'elle n'avait jamais vu Dill jouer ou chanter une seule de ses chansons. Et celle-ci était magnifique. Lydia commença à mettre la vidéo en ligne et en ouvrit une autre. Même chose. C'était envoûtant.

Obsédant. Planant. Puis une autre. Jusqu'à la dernière. Son angoisse se dissipa complètement.

Si Dill avait bien hérité de quelque chose de son père, c'était de ce charisme sombre. Du genre qui donne envie aux gens de vous suivre et de se confesser. Qui leur donne l'impression d'être sauvés. Qui leur donne envie de détenir des serpents venimeux et de boire du poison pour se rapprocher de leur Dieu. Dill chantait comme si une rivière de feu coulait en lui, comme si la musique était la seule belle chose qu'il possédait. Ses chansons étaient déchirantes. En le regardant, Lydia se sentait un peu… Elle inspira profondément et secoua la tête. *OK, on arrête tout de suite ce genre de pensées.*

Lors de sa tournée des universités avec sa mère, pendant tout le temps où elle et Dill ne se parlaient plus, Lydia n'avait pas arrêté de penser à lui. Elle l'imaginait coincé à Forrestville, malheureux, pas épanoui. *Ce que je vois là change la donne. Je peux me servir de ces vidéos. J'ai de la matière, là.* Elle commença à élaborer un plan.

— Lydia ?

Elle sursauta et se tourna sur sa chaise. Sa mère se trouvait dans l'embrasure de la porte.

— Désolée de t'avoir fait peur. Tu écoutais quoi ? C'est beau.

— Oh… Un gars sur lequel je suis tombée par hasard.

— C'est joli, dit-elle avant de s'en aller.

Lydia, à sa plus grande horreur, s'écria pour la rattraper :

— Hé, maman. Je… travaille sur un article pour mon blog. Est-ce que ça t'est déjà arrivé d'avoir un ami dont tu pensais qu'il resterait un ami, et puis de développer des sentiments à son égard ?

Sa mère revint vers elle, posa son panier à linge, s'appuya contre l'encadrement de la porte et croisa les bras avec un sourire espiègle.

— Oui, j'ai déjà vécu ça.

— Raconte !

— Un soir, on était dans un resto à burgers près de la fac, et on mangeait des cônes de crème glacée assis sur une des tables de pique-nique à l'extérieur, quand les rayons de la lune ont éclairé son visage exactement comme il faut. Et voilà, tout à coup, il était la plus belle chose du monde. Et je ne l'ai plus jamais vu autrement.

— C'était qui ?

— Denton Blankenship.

— Ah, oui. J'imagine que sinon, ça aurait été un peu gênant.

— Comme tu dis !

Sa mère repris le panier à linge et repartit.

Une fois que sa mère se trouva trop loin pour entendre, Lydia repassa les vidéos de Dill.

— Non, je ne participerai pas au concours de talents de Forrestville. Tu as pété un plomb ou quoi ?

— Écoute-moi, dit Lydia.

— C'est débile, les concours de talents.

— Oui, c'est vrai. Mais écoute.

— Le cours va bientôt commencer.

Dill, qui était installé sur le pare-chocs, se mit debout. Il souffla dans ses mains et les frotta pour les réchauffer.

— En plus, ça caille, ici.

— Attends ! Laisse-moi parler. Quel serait le sentiment le plus kiffant au monde ? Quel serait le plus gros doigt d'honneur dans la face des gens qui ont tout fait pour te pourrir la vie ? Être debout devant eux et chanter ! Ce serait mortel, parce que t'es doué. Et imagine si tu gagnes ? Cinquante dollars, c'est l'équivalent d'un million de dollars en monnaie de Dill.

— Pourquoi je me lancerais là-dedans ?

Il se rassit.

— En plus des raisons que je viens d'énumérer ? Parce qu'on devrait tous faire des choses qui nous font flipper. Plus on en fait, plus ça devient facile.

Et si je parviens à te convaincre pour le concours, peut-être que j'arriverai à te persuader pour d'autres trucs qui t'angoissent, comme quitter cette ville et aller à la fac. Il suffit peut-être que tu sortes de ta zone de confort une fois, juste une seule.

— Je n'ai pas envie qu'on se moque de moi.

Carte atout.

— Même si on se moque de toi, j'ai la certitude absolue que tu n'es pas ridicule. Et j'ai des preuves.

Lydia ouvrit son ordinateur. Elle afficha l'une des vidéos de Dill. Elle avait neuf mille deux cent quarante-sept vues et quarante-neuf commentaires. Tous positifs.

« Frissons. »

« Cette chanson est extraordinaire. »

« OMG, j'adore ! Merci ! »

Etc., etc.

Dill semblait abasourdi.

— Comment… Tu ne viens pas de poster ça ? Genre hier soir ?

Lydia referma l'ordinateur et lui tapota la tête d'un air satisfait.

— Je l'ai tweetée hier soir. Je n'ai pas dit que tu étais mon ami. Si j'avais fait ça, on m'aurait accusée de népotisme. Du coup, je n'ai pas utilisé ton nom. Je t'ai appelé Dearly. Tu piges ? D.Early.

— Les gens ont vraiment aimé…

— Fais-le pour moi, dit Lydia. Pour toutes les fois où je t'ai défendu.

La sonnerie retentit. Ils étaient en retard.

— Je n'ai jamais joué autre chose que mes chansons d'église, devant un public. Encore moins à l'occasion de l'édition de Noël du concours de talents du lycée, devant six cents personnes, dont la plupart me détestent.

— Tu as déjà joué plein de fois devant des créatures venimeuses. Tu seras comme à la maison.

23

Dill

Devoir répéter pour le concours de talents l'obligea à se concentrer. Cela lui donna une occasion de penser à autre chose qu'au départ de Lydia. Ou à la visite qu'il devait bientôt rendre à son père. Malgré tout, entre le moment où il avait promis à Lydia de participer et le jour du spectacle, il eut largement le temps de se dégonfler. Chaque fois qu'il flanchait, cependant, son amie s'empressait de sortir son téléphone ou son ordinateur pour lui montrer le nombre croissant de vues, de commentaires et de *likes* dont Dearly bénéficiait. Elle lui acheta de nouvelles cordes pour sa guitare. « Un cadeau de Noël en avance », lui dit-elle.

Et puis, les derniers jours avant la compétition, la peur de Dill se mua en impatience. Il n'arrêtait pas de penser aux cinquante dollars, qu'il voulait à tout prix remporter. Il les dépenserait avec Lydia. L'emmènerait dîner. Lui achèterait quelque chose. Tout sauf jeter cet argent dans le trou noir de la dette de la famille Early.

Le jour arriva lentement, mais arriva.

Ce matin-là, Dill se sentit barbouillé. Il ne put rien avaler au petit déjeuner. Lydia et lui n'échangèrent pas un mot de tout le trajet jusqu'à l'école. En cours, il fut incapable de se concentrer. Le spectacle avait lieu après le déjeuner. En entrant dans l'auditorium, l'étui de sa guitare en main, flanqué de Lydia et Travis, Dill tremblait, tel un gladiateur s'apprêtant à combattre pour sauver sa peau.

— Hé ! dit Lydia. Respire. Tu vas tout déchirer. Souviens-toi, tu as des fans et tu as des amis. Personne ici ne peut te faire de mal ni t'enlever quoi que ce soit.

— Comment j'ai pu te laisser m'embarquer là-dedans ?

— Parce que je suis géniale, et que toi aussi, et que tu t'apprêtes à faire quelque chose de courageux.

— T'as eu raison de t'inscrire, ajouta Travis. J'ai encore regardé tes vidéos l'autre soir, et elles sont vraiment incroyables.

Dill ne dit rien mais hocha la tête et se cramponna à son accoudoir. Chaque nerf de son corps frémissait tandis qu'il écoutait, assis, la présentation des trois juges (uniquement des professeurs, aucun élève, bien heureusement), des play-backs interminables et des chorégraphies, des sketches comiques ringards, des imitations de canards et de dindes ou encore des karaokés atroces. Jusqu'à ce que, enfin, son tour arrive.

— Bien, déclara au micro le proviseur Lawrence, papier en main. Le prochain candidat est… (Il plissa les yeux pour lire la liste.) Dillard Early.

Marmonnements dans la foule. Il y eut des gloussements étouffés. Des murmures. Des piétinements. On sortit subrepticement des téléphones portables pour filmer le spectacle.

Dill prit une profonde inspiration tremblante.

— C'est parti.

Il se leva. Il avait les jambes en coton.

Lydia attrapa son bras et le tira vers elle. Elle posa ses lèvres sur son oreille.

— Dill, garde les yeux fixés sur nous. Ne regarde pas ailleurs. On est avec toi.

Jamais Lydia ne lui avait chuchoté quoi que ce soit de façon aussi intime. Son souffle sur sa joue lui fit l'effet d'une caresse. Un courant électrique d'un autre genre lui parcourut le corps. L'espace d'un instant, il oublia sa peur.

Celle-ci revint au galop, cependant, tandis qu'il avançait vers la scène, tête baissée. Il cogna son étui à guitare contre l'un des fauteuils. Boooooiiiing. La foule gloussa.

— Désolé, marmonna-t-il, sans s'adresser à quelqu'un en particulier.

Je vous en prie, mon Dieu. Aidez-moi. Ne me laissez pas tomber. Il gravit prudemment les marches jusqu'à la scène et se rendit jusqu'au centre, où se dressait le micro – il eut l'impression de parcourir des centaines de mètres.

Dill sortit sa vieille guitare acoustique balafrée de son étui. Il la passa autour de son cou et parcourut les quelques pas qui le séparaient du proviseur. Toujours tête baissée. Les lumières sur la scène l'aveuglaient.

Le proviseur lui fit signe qu'il pouvait commencer et s'écarta. Dill ajusta le micro chant pour qu'il soit à sa taille, puis celui pour la guitare. Effet larsen. Rires.

— Ouille ! lâcha quelqu'un tout haut.

La tête de Dill résonnait. Du noir et du rouge commencèrent à s'infiltrer dans les coins de son champ de vision. Il retint son souffle et sentit son cœur palpiter.

Est-ce qu'ils l'entendent ? Est-ce que le micro capte ce son ? Je vous en prie, mon Dieu. Restez à mes côtés. Il ferma les yeux. Les battements de son cœur tambourinaient dans ses oreilles.

Quelqu'un fit semblant de tousser. « Dildo ! » Ricanements. Quelqu'un d'autre fit semblant de tousser. « Dildo ! » Autres ricanements. Des « chuts ! » agacés de professeurs disséminés dans l'auditoire, ainsi que de Lydia et Travis. La gorge de Dill se serra.

Le proviseur poussa un peu Dill sur le côté et prit le micro.

— Bon, si je constate d'autres débordements, le concours sera annulé, et vous m'écrirez dix pages sur les bonnes manières. C'est compris ? Monsieur Early, à vous.

Dill reprit sa place.

— Voici une chanson que j'ai écrite.

Sa voix résonna dans l'auditorium. Il ne la reconnut pas. Elle était trop forte. Il attendit l'éclat de rire. Que quelqu'un crie : « Dildo ! » Mais il n'y eut que le silence, ce qui était presque pire.

Il ne savait plus jouer de la guitare. Ne savait plus à quel endroit il devait placer ses doigts sur les cordes. Ne se souvenait plus des paroles de ses chansons.

Dill leva les yeux. Ceux-ci rencontrèrent immédiatement ceux de Lydia, qui étaient emplis de… de quoi ? Quelque chose de nouveau qu'il n'avait jamais vu auparavant chez elle. Il ne sut le définir, mais ce qu'il lut dans son regard lui donna de la force. Balaya le noir et le rouge à la périphérie de son champ de vision. Transforma la foule méprisante en contrebas en une masse informe et anonyme. Son cœur se mit à battre à un rythme différent.

Pendant un bref instant, Dill se retrouve de nouveau debout devant le groupe de louange. Il a sa guitare, et lui et les autres musiciens jouent, encore et encore. Les fidèles font circuler des serpents mortels. Son père s'approche de lui avec une vipère cuivrée. Dill cesse de jouer. Son père sourit et lui présente doucement l'animal. Le garçon tend le bras et accepte son offrande. Le reptile est frais, sec et lisse. Il pulse dans ses mains. Sa foi est forte. Elle enserre les mâchoires du serpent. Ce dernier ne peut pas lui faire de mal. Dill le regarde droit dans les yeux.

Dill prit une inspiration et se mit à jouer et à chanter. Il chanta comme si le Saint-Esprit était descendu sur lui avec son feu purificateur. Il entendit sa voix et la guitare résonner à travers l'auditorium. Il n'ouvrit qu'une fois les yeux de tout le concert – pour s'assurer que Lydia le regardait encore. C'était le cas, et l'expression indéfinissable qu'il avait perçue tout à l'heure était encore plus marquée. À ses pieds, la pièce semblait se liquéfier.

Il termina sa chanson. Ses dernières notes se désagrégèrent et furent absorbées par le silence. Il reçut quelques vagues applaudissements polis, mais Lydia et Travis se levèrent pour l'acclamer. *Peut-être pas la réaction qu'obtiendrait le gagnant, mais au moins, je ne me prends pas des insultes dans la tronche. Et c'est fini.* Il rangea sa guitare dans son étui et quitta la scène, entendant à peine le proviseur dire dans le micro :

— Bien, c'était une très belle chanson de Dillard. Merci, Dillard. Le candidat suivant…

Le garçon s'effondra dans son siège. Travis, rayonnant, bondissait presque sur son fauteuil.

— C'était tellement cool ! On aurait dit un chanteur professionnel ! murmura-t-il en serrant la main de Dill vigoureusement.

Lydia s'agrippa à son bras et le tira vers elle. Sans doute plus près que nécessaire.

— C'était dément ! murmura-t-elle en frôlant son oreille avec ses lèvres. J'étais sûre que tu serais à la hauteur. Souviens-toi de ce que tu ressens en ce moment.

Dill savourait son soulagement – c'était comme nager dans un lac chaud au clair de lune. Les yeux fermés, il écouta cinq joueurs de l'équipe de football américain chanter en play-back une chanson de rap. Leur prestation fut accueillie par une salve d'applaudissements qui fit paraître un peu ridicules ceux qu'il avait reçus. *Merci, mon Dieu. Vous ne m'avez pas toujours donné les choses que je voulais ou dont j'avais besoin, mais vous m'avez donné ça, et je vous en suis reconnaissant.*

Le concours se termina, et le proviseur remonta sur scène, trois enveloppes en main.

— Bien, bien, j'ai le verdict du jury. En troisième place, pour sa version karaoké d'une chanson de Taylor Swift : Lauren Ramsey. Bravo, Lauren. Vous remportez un bon de réduction de vingt-cinq pour cent pour une séance de bronzage en cabine chez *Tanning Glo.*

Lauren, une pom-pom girl, accepta son prix, rayonnante de joie, sous un tonnerre d'applaudissements et de sifflements.

— Bien. En deuxième position, pour sa fantastique imitation de canard et de dinde, Austin Parham.

Austin, il faudra me dire si vous êtes disponibles à la prochaine saison de chasse. Austin repart avec un bon d'achat *Applebee* de dix dollars.

Le joueur de base-ball alla récupérer sa récompense. Il reçut lui aussi un accueil enthousiaste.

Ça craint de perdre face à un type qui imite des cris de canard et de dinde. Allez, vite, qu'on en finisse.

— Et maintenant, le grand gagnant, qui remportera cinquante dollars en espèces. Je me permets de vous rappeler que les membres du jury ont pris en compte plusieurs facteurs dans leur décision, notamment l'originalité et la créativité. Je vous rappelle également que vous êtes tenus de vous montrer respectueux, même si la personne qui gagne n'est pas celle de votre choix. Donc, le grand gagnant est… roulements de tambours, s'il vous plaît…

Dill sentit son estomac se retourner. À cet instant, il cessa d'être pleinement conscient de ce qui se passait. Il savait qu'il entendait son nom. Il savait qu'il restait cloué à son siège, paralysé, alors que Lydia et Travis s'élevaient, émettaient des cris de joie et le soulevaient de sa chaise en le poussant vers la scène. Il avait vaguement conscience des applaudissements tiédasses et de la vague de marmonnements qui accompagnaient l'annonce. Il remontait sur scène, acceptait l'enveloppe et une poignée de main du proviseur Lawrence. Et puis il était de nouveau assis près de Lydia et de Travis, l'enveloppe serrée entre ses doigts.

Le concours terminé, les élèves se répandirent dans le hall. Travis était encore tout excité.

— Mec, dit-il en marchant fièrement aux côtés de Dill. Si tu sortais des albums, je les achèterais tous sans hésiter !

Dill sourit.
— T'aimes même pas la musique.
— La tienne, c'est autre chose.
— Hé, Dill !
Alexis Robbins approchait. C'était une jolie fille, populaire. Elle ne lui adressait jamais la parole, pas plus qu'à ses amis, mais n'était jamais méchante avec eux non plus. Ils évoluaient juste dans des mondes différents.
— Bravo pour le concours, dit-elle. Je ne savais pas que tu étais musicien.
Dill rougit.
— Oh, merci. Ouais. Je fais de la musique. Merci.
— Je voulais juste te féliciter. Salut !
Lydia enfonça ses doigts dans les côtes de Dill.
— T'as vu ça ? Les filles kiffent les musiciens.
Dill rit et se dégagea en se tortillant.
— Je suis sérieuse, Dill. C'était sexy. Le talent, c'est sexy. Le courage aussi.
Et lui qui ne pensait pas pouvoir se sentir plus triomphant. À l'instant où Lydia prononça ces mots, il sentit des espaces inconnus en lui se remplir de cette douce chaleur.
Il n'eut pas le temps de savourer.
— Dill !
Joe le hippie marchait vers eux d'un pas soutenu. Âgé d'une cinquantaine d'années, il était conseiller d'orientation. Son vrai nom était Joseph Bryant, mais dans son dos, tout le monde l'appelait Joe le hippie. Il avait une grosse moustache, des cheveux gris en bataille et des lunettes rondes cerclées de métal. Il avait un faible pour les cravates marrantes et portait des Converse avec ses treillis et ses chemises.

— C'était incroyable ! Je n'ai jamais vu un étudiant livrer une telle prestation ! Les fantômes de Neil Young et de Bob Dylan étaient avec toi ! Bon, ils sont toujours vivants, mais tu me comprends ! Beau travail ! Je crois que tu as un avenir dans la musique.

— Merci, monsieur Bryant.

— Si tu fais des concerts, dis-le-moi. Je viendrai te voir.

— Ça marche. Merci !

Personne d'autre ne vint féliciter Dill. Lui et ses amis sortirent sur le parking.

— Je propose qu'on aille manger un bout. Pour être précise, je propose d'acheter à Dill de quoi déjeuner tard/dîner tôt, vu qu'il n'a rien avalé aujourd'hui, dit Lydia.

— J'en suis ! Et je participe ! lança Travis.

Alors qu'elle conduisait, Lydia affichait un sourire radieux, comme si on venait de lui confier un grand secret. Elle semblait aussi guillerette que Dill. Celui-ci ne pouvait s'empêcher de remuer les jambes. Il n'arrêtait pas de regarder dans son enveloppe, de contempler le beau billet de cinquante dollars qu'elle contenait. Il avait l'impression d'être fait dans un matériau noble et indestructible. Telle la lumière. L'air. Il se demanda combien de temps il pourrait surfer sur la vague de ce sentiment avant que celle-ci ne se fracasse sur le sol.

Moins d'une semaine, en fait.

— J'ai changé d'avis, déclara Dill. Je vais appeler le Dr Blankenship pour lui dire que je n'y vais pas.

Sa mère était dans son uniforme de femme de ménage, prête à se rendre au travail. Ils étaient dans leur salon.

— Non. Tu vas y aller. C'est bientôt Noël et ton père attend ta visite. Tu n'es pas allé le voir depuis la fin de l'été.

— Je déteste cet endroit.

— C'est ton père. Tu vas y aller.

— Chaque fois que je lui rends visite, il est de plus en plus bizarre. Je déteste le voir comme ça. Je n'irai pas.

Les yeux de sa mère se rapprochèrent. Elle alla vers lui.

— Tu détestes le voir comme ça ? Peut-être que tu mérites de te sentir mal à l'aise, vu que c'est toi qui l'as mis là-dedans.

Sa mère avait déjà proféré ce genre d'insinuations. Mais elle n'avait jamais formulé aussi clairement les choses. Dill bafouilla.

— Comment ça, je l'ai mis là-dedans ? Hein ? Qu'est-ce que t'es en train de dire ?

— Que l'avocat de ton père a réussi à faire dire à tous les policiers et à tous les agents du Tennessee Bureau of Investigation que les documents pornos montraient des filles très jeunes. Tous ont reconnu que ton père avait un fils adolescent. Qu'ils ne savaient pas si tu avais accès à l'ordinateur. Qu'il était possible que ce soit toi. Qu'ils ne pouvaient savoir exactement qui avait téléchargé ces images. Et toi, tu témoignes contre ton père !

Dill se mit à arpenter la pièce.

— L'État du Tennessee m'a demandé de témoigner. Tu voulais que je fasse quoi ? Que je refuse ? Le juge m'aurait jeté en prison.

Sa mère pointa le doigt sur son visage.

— Tu aurais pu dire dans ton témoignage que c'était toi. Le procureur n'allait pas poursuivre un mineur. Ton père serait un homme libre à l'heure qu'il est.

Dill était atterré. Son cœur lui faisait mal, comme s'il essayait de battre autour d'un tournevis.

— Alors quoi, j'aurais dû mentir ? J'ai prêté serment. J'ai juré sur la Bible de dire la vérité. Tout ce que j'ai dit, c'est que ce n'était pas à moi. Je n'ai pas accusé papa. Je n'ai pas témoigné contre lui. J'ai parlé pour moi.

— Je ne t'ai pas demandé de mentir, répondit tout bas sa mère en détournant les yeux.

Dill saisit son bras et l'obligea à se tourner vers lui pour le regarder.

— Qu'est-ce que tu sous-entends ? murmura-t-il. Hein ? Tu crois que si j'avais raconté que ces saloperies perverses m'appartenaient, j'aurais dit la vérité ? Tu penses…

Elle le gifla.

— Ne jure pas dans cette maison.

Son visage le brûlait à l'endroit où sa main avait frappé. *Ne la laisse pas te voir pleurer. Ne la laisse pas te voir pleurer.*

— C'est ce que tu penses depuis tout ce temps ? Que j'ai téléchargé cette merde, que j'ai menti et laissé papa payer pour moi ? C'est ce que tu penses de moi ?

Ne pleure pas.

Les yeux de sa mère, féroces et accusateurs, étaient semblables à des flammes.

— Je pense que nous sommes tous des pécheurs. Nous n'aurions pas besoin de Jésus si ce n'était pas le cas. Mais les serpents n'ont jamais menti. Si l'âme de ton père n'était pas pure, il ne serait pas en prison en ce moment – il serait mort. Les serpents l'auraient emporté. Ou le venin. Mais toi, tu n'as jamais réussi cette épreuve. Tu n'as jamais pris le serpent. Alors tu me demandes de dire qui, de toi ou ton père, a été piégé par Lucifer ? Dieu m'a donné la réponse. Je n'ai pas à le deviner.

Dill manquait d'oxygène. La nausée s'empara de lui.

— Et tu fais quoi de Kaylie Williams, alors ? cria-t-il. Tu fais quoi de son témoignage ? Quand elle a raconté que papa l'avait prise à part un soir après l'église pour lui parler de sexe ? Elle mentait, elle aussi ? Elle avait onze ans ! Sa famille a déménagé à cause de ça. Son frère était mon ami.

— Parler de sexe à l'une de vos brebis avant qu'elle se retrouve dans l'embarras n'est pas un crime, et c'est pour cette raison qu'aucune charge n'a été retenue contre ton père à la suite de ce témoignage. Toi et moi nous savons bien que Kaylie était une gamine précoce. Il lui fallait des conseils avant de tomber enceinte au lycée comme…

— Comme qui ?

Sa mère tourna les talons, prête à partir.

— C'est en partie à cause de toi que ton père est en prison. Sans ton témoignage, il serait encore ici. Et je n'aurais jamais eu d'accident en rentrant d'une visite à la prison, et je n'aurais pas mal au dos et au cou en permanence. Quand je pense que monsieur a le culot de me parler d'aller étudier à la fac et de me laisser avec le bordel qu'il a créé ! Je ne veux plus avoir à en discuter. Tu vas rendre visite à ton père. Tu vas lui apporter un peu de réconfort après ce que tu lui as fait. Tu as une dette envers lui, et envers moi. Toi aussi, tu as des dettes.

— Cette histoire a détruit ma vie. Le simple fait d'avoir dû nier que ces images m'appartenaient a détruit ma vie. Ça m'a donné l'air coupable. Je vis avec ça. Personne n'oubliera jamais.

Sa mère lui lança un regard assassin. Sinistre. Elle ne cilla pas.

— Toi, tu oublies sans cesse que cette vie n'est rien. Celle qui nous attend est tout ce qui compte. J'aimerais que tu gardes ça à l'esprit.

Sur ce, elle partit.

Dill s'effondra sur le canapé. Il passa une main dans ses cheveux. Il avait envie de vomir. Les larmes qu'il avait retenues jusque-là cédèrent et se déversèrent sur ses joues tel un torrent. Il hurla. Cela le soulagea un peu. Il recommença. Donna un coup de poing dans le canapé. Encore. Encore. Et encore. Il s'empara de la lampe qui se trouvait sur la table, leva le bras comme pour la jeter contre le mur afin qu'elle se brise en mille morceaux. La seule chose qui le retint était qu'elle lui permettait de s'éclairer lorsqu'il écrivait des chansons pendant les longues nuits d'hiver. Il la reposa sur la table, s'allongea par terre au milieu de la pièce en position fœtale et pleura, l'odeur désagréable de moisi de leur moquette s'insinuant dans les narines.

Dieu soit loué, le Dr Blankenship s'avéra tout aussi peu ponctuel que sa fille, ce qui donna à Dill une bonne vingtaine de minutes pour se ressaisir et se laver le visage, et permit à ses yeux de ne plus être aussi rouges et gonflés. Il n'avait pas l'air en grande forme, mais sa tête disait plus « pas beaucoup dormi la nuit dernière » que « j'ai eu une violente dispute avec ma mère qui m'a accusé d'être un pervers sexuel et d'avoir envoyé mon propre père en prison ».

M. Blankenship arriva dans la Prius qui avait remplacé Al Gore. Dill monta. La stéréo crachait des chansons de Noël.

— Merci, docteur Blankenship. Si cela vous dérange, on annule.

— Je t'en prie, appelle-moi Denny. Je te l'ai répété plein de fois, et tu ne le fais jamais. Et non, ça ne me dérange absolument pas.

— N'ayez pas peur de me le dire. Même si cela ne vous dérange qu'un tout petit peu.

Le Dr Blankenship ne saisit pas la perche que Dill lui tendait.

— Vraiment, cela ne me pose aucun problème.

Les branches dénudées des arbres qui entouraient la prison étaient squelettiques dans le ciel de décembre couleur acier. Dépouillées, sans vie, elles faisaient écho à ce que Dill ressentait.

Le Dr Blankenship déposa le garçon avec pour consigne de l'appeler lorsqu'il aurait terminé.

Entrée dans la prison. Passage de la sécurité. Espace visiteurs. Attente.

Dill s'efforça de sourire lorsque son père approcha.

— Salut, papa. Joyeux Noël.

— Joyeux Noël à toi.

Le père de Dill avait encore plus d'encre sur le corps. Des tatouages de serpents. Leurs corps s'enroulaient autour de ses avant-bras et leurs têtes étaient dessinées dans chacune de ses paumes. Ils recouvraient et contournaient plusieurs morsures. Le signe de la foi n'était pas que les reptiles ne vous mordaient jamais, mais que vous ne succombiez pas à leur venin.

— Tu as de nouveaux tatouages.

Au moins, nous ne manquons jamais de sujets de conversation.

Le père de Dill ouvrit et referma rapidement ses deux mains, un doigt à la fois, ce qui faisait onduler et se contorsionner les serpents.

— L'Ecclésiaste nous enseigne qu'il n'y a rien de nouveau sous le soleil.

— Oui, mais... Tiens, maman a préféré rembourser certaines de tes dettes plutôt que de t'acheter des cadeaux de Noël. Elle s'est dit que tu trouverais ce dont tu as besoin au magasin de la prison.

Mais pas mes cinquante dollars. Mes cinquante dollars sont en sécurité.

— Tu travailles dur pour aider ta mère à régler nos dettes ?

— Oui.

Je vais bien, merci de me demander. J'adore ces visites.

— Bien.

Chaque fois qu'il venait ici, son père lui paraissait un peu plus être devenu un étranger. Mais, qui sait, cet éloignement avait peut-être un côté positif. Peut-être que son père avait changé, était différent de sa mère. Peut-être que grâce à la prison, il portait un autre regard sur les choses. Dill eut soudain une inspiration.

— En parlant de payer... J'ai eu une idée. Et si j'allais à la fac pour décrocher un meilleur emploi et aider à éponger plus vite tes dettes ?

Son père le considéra avec un scepticisme froid.

— La fac ? C'est là que tu as l'intention d'apprendre à devenir un vrai disciple ?

— Non, père, je veux juste apprendre ce qu'il faut pour décrocher un bon boulot.

Il rapprocha son visage de celui de Dill.

— À l'université, on t'enseignera que Dieu est mort. Mais Dieu n'est pas mort. Il est vivant et se manifeste à ceux dont la foi montre des signes de vie.

— Je ne croirai jamais que Dieu est mort.

Le père de Dill eut un rire sec.

— Ta foi était faible. Ta foi t'a abandonné à l'instant où l'on t'a donné l'occasion de prendre le serpent mortel. Comme Pierre qui, alors qu'il essayait de marcher sur les vagues de la mer de Galilée, s'est enfoncé dans l'eau. Tu manques d'instruction et il te faut apprendre, mais tu ne trouveras pas l'enseignement dont tu as besoin à l'université.

— J'ai la foi.

— Quel signe le prouve ?

— J'ai participé au concours de talents du lycée. Cela demande de la foi.

Son père s'appuya contre sa chaise, une lueur indescriptible de plaisir sur le visage.

— C'est vrai ? Tu as prêché les évangiles à travers ce que tu chantais ?

— Non.

La lueur de plaisir s'éteignit.

— Tu as chanté sur quoi ?

— Sur le fait d'aimer quelqu'un.

— Ah… Aimer quelqu'un, répéta son père d'un ton moqueur. As-tu risqué la mort au nom de Jésus lors de ce concours ?

— Non.

— Qu'as-tu risqué ?

— Le ridicule. L'humiliation.

— Ce risque, le vrai chrétien le prend tous les jours. Nous sommes des passionnés du Christ. Seul ton orgueil a été menacé. Certains des détenus qui assistent à mes offices ont davantage de foi que mon propre fils. Des voleurs. Des assassins. Des violeurs. Tu as mon nom. Pas ma foi.

Dill sentit la fureur monter en lui.

— Si ma foi est faible, c'est peut-être à cause de toi. Tu es bien placé pour parler de foi. Elle était où, quand il a fallu résister à la tentation ?

Son père se pencha et lâcha ses mots en un sifflement :

— Ta foi était faible avant même que l'œuvre de Satan ne détruise notre ministère des signes.

— L'œuvre de Satan ? Pourquoi tu n'as pas dit ça aux jurés ? Pourquoi tu ne leur as pas raconté que Satan était descendu par la cheminée et avait téléchargé des fichiers pédophiles sur ton ordinateur ? Pourquoi tu leur as dit que c'était de ma faute ?

Son père lui adressa un regard noir d'avertissement.

— On ne plaisante pas avec Satan. Satan n'a pas d'enveloppe charnelle. Il s'infiltre dans la chair faible.

Dill pointa vers lui un doigt accusateur et, d'une voix hésitante, lui dit :

— Ta chair faible. La tienne. Pas la mienne. Toi et moi, nous le savons. Et Dieu aussi.

Son père expira doucement, comme pour laisser le temps à la vague de colère qui s'était emparée de lui de se calmer. Il parla d'un ton mesuré.

— Ne vois-tu pas que c'est la main de Dieu qui m'a guidé ici pour prêcher parmi les détenus ?

— Non, je ne vois pas ça. Je vois un homme qui a laissé ma mère penser que son mari avait été coffré à cause de moi. Je vois un homme qui a essayé de se sauver en détruisant la réputation de son propre fils. Je vois un homme qui a l'air de bien s'en sortir ici pendant que sa femme et son fils se crèvent le cul pour rembourser ses dettes.

Les yeux de son père s'assombrirent.

— Surveille ton langage. Ce sont *nos* dettes. Tu n'as pas mangé à notre table ? Tu n'as pas vécu sous notre toit ?

— *Tes* dettes. Et maintenant, je paie pour tes péchés en regardant le monde avancer sans moi. À cause de toi, je ne peux pas aller étudier comme le font mes amis.

Le visage figé en un masque de mépris, son père pointa le doigt vers lui. Il s'exprima avec un calme dangereux. Sa voix, bileuse, tremblait.

— Tu n'es pas mon Sauveur. N'essaie pas de te faire passer pour le Christ. Le Christ m'a libéré. Alors que par ta faute, je suis un prisonnier.

Dill sursauta quand son père frappa du poing sur la table – un craquement violent qui ébranla la pièce silencieuse. L'homme se leva.

— Au revoir, Junior. Dis à ta mère que je l'aime.

Il fit signe aux gardiens qui, ayant entendu du bruit, étaient aux aguets.

— J'ai terminé.

Il partit sans même lui accorder un regard.

Dill croyait – à tort, donc – qu'après l'échange qu'il avait eu avec sa mère plus rien ne pouvait l'atteindre. Il resta assis dans le parking, la tête entre les mains, se sentant aussi gris que le ciel. Le Dr Blankenship vint le récupérer en voiture.

— Hé, Dill ! s'exclama-t-il avec un sourire joyeux. Ça te tente, des truffes au chocolat ?

Le garçon s'efforça de lui rendre son sourire.

— Non, merci.

Ils roulèrent un bon moment en silence.

— Je suis désolé de ne pas être très bavard, docteur Blankenship. Surtout, ne le prenez pas mal...

— Je comprends. Ne t'inquiète pas.

Les kilomètres défilèrent au son d'une compilation de Noël.

Dill cherchait à se ressaisir. Il pensait avoir épuisé sa réserve de larmes du jour. Il s'était aussi trompé à ce propos. Il sentait quelque chose monter en lui, quelque chose qu'il ne pouvait contenir.

— Donc, euh...

Dill perdait le contrôle. Il ravala ses pleurs jusqu'à ce que sa gorge lui fasse aussi mal que s'il avait avalé un verre d'eau glacée.

— Les choses ne vont pas très bien entre mon père et moi.

Il craqua alors complètement. Il se sentit nu, honteux. Adam dans le jardin d'Éden. Mais il ne parvenait plus à garder tout cela pour lui.

Le front plissé, le Dr Blankenship lui jeta un regard.

— Hé, lui dit-il d'une voix douce. Hé !

Il s'arrêta sur le bord de la route. Dill avait la tête appuyée contre sa vitre. Son corps était agité de violents sanglots.

— Hé.

Le Dr Blankenship posa une main sur l'épaule du garçon.

— Là, là...

Et comme ça, de but en blanc, Dill s'effondra contre son épaule. Il pleura, et le père de Lydia le serra contre lui. Il sentait le cachemire chaud, la sauge et l'assouplissant. Dill se ressaisit aussi vite qu'il le put, ce qui lui demanda plusieurs minutes.

Il prit une inspiration tremblante. Il était sens dessus dessous.

— Je suis désolé. Vraiment. Je vous retarde. Vous n'imaginiez sans doute pas ça quand vous avez proposé de m'emmener.

Le Dr Blankenship farfouilla autour de lui et trouva un paquet de Kleenex.

— En fait, c'est exactement ce à quoi je m'attendais, et c'est pour ça que je t'ai proposé de t'emmener. Est-ce que tu veux qu'on en parle ?

Dill s'essuya les yeux avec ses mains et accepta les mouchoirs.

— Pas trop.

— D'accord.

Il finit par se confier :

— Mes parents pensent tous les deux que c'est à cause de moi si mon père est en prison parce que j'ai refusé de mentir pour lui. Et parce qu'il est en prison, nous avons toutes ces dettes, et à cause de toutes ces dettes, je suis coincé. De toute façon, mon père estime que ma foi est trop faible pour que j'arrive à quoi que ce soit. Je me sens piégé. J'ai l'impression que Dieu me punit.

Le Dr Blankenship soupira.

— Une chose à la fois. Tout d'abord, tu n'es absolument pas responsable de la situation dans laquelle ton père se trouve. J'ai suivi son procès. Je comprends pourquoi tu as dû témoigner. Les jurés t'ont cru toi, et pas lui. Point final. Ce n'est pas ta faute. C'est la sienne. Et s'il essaie de te mettre ça sur le dos, qu'il aille se faire foutre.

Dill se prit la tête entre les mains.

Le Dr Blankenship frottait son pouce sur le volant. Il avait l'air mal à l'aise.

— Excuse-moi. Je ne cherche pas à accabler ton père.

— Ce n'est rien.

— Ça me rend fou qu'on puisse balancer ce genre de trucs à des gamins qui ont toute leur vie devant eux. Qu'on les fasse douter d'eux-mêmes. Tu as assez de foi pour faire tout ce dont tu as envie. Tu crois que Dieu veut autre chose que ton bonheur ? Impossible. Et ne laisse personne te convaincre du contraire. Ton père n'a pas le droit de piétiner ton âme sous prétexte qu'il est ton père.

Dill renifla et s'essuya le nez. Nouvelle respiration saccadée.

— Je vous en prie, ne parlez pas à Lydia de… tout ça.

Le Dr Blankenship lui tapota sur l'épaule.

— Je connais ma fille, et jamais elle ne se moquerait de toi pour une chose pareille. Elle te prendrait dans ses bras, comme moi en ce moment.

— Oui.

Dill resta silencieux quelques instants.

— C'est encore un autre sujet. Lydia va me manquer. Genre beaucoup. J'imagine que ça s'ajoute à la liste des trucs qui craignent.

Sa gorge se serra.

Les yeux du Dr Blankenship s'emplirent de larmes.

— Ah, bravo, Dill, regarde dans quel état je suis. Pareil pour moi, fiston, dit-il d'une voix chevrotante. Elle va me manquer aussi. Ça craint pour nous deux.

Dill lui tendit un mouchoir.

— Ne vous inquiétez pas... Je ne parlerai pas à Lydia de... ça.

Le Dr Blankenship se tamponna les yeux.

— C'est marrant, jamais elle ne se moquerait de nous si nous pleurions chacun de notre côté. Mais nous deux, au bord de la route, en train de pleurer en chœur ? À cause d'elle, en plus ? On en entendrait parler pendant des années !

— Toute cette histoire ne doit jamais sortir de cette voiture, concéda Dill.

— Bon sang, non !

Ils restèrent assis un moment, essayant de se ressaisir.

— Je déclare officiellement cette réunion du fan-club de Lydia suspendue. Allez, on s'en va. Vaudrait mieux récupérer le sachet de truffes sur la banquette arrière. Je crois qu'on en a besoin, vu notre état de fragilité émotionnelle.

— Vous ne risquez pas de vous faire virer si vous m'encouragez à manger des sucreries ?

— Cela nous fait un secret de plus.

Ils roulèrent dans le crépuscule hivernal. De temps à autre, une maison sur le bord de la route s'éclairait de lumières de Noël bariolées. Dill se retira dans ses pensées. C'était comme s'envelopper dans une couverture en laine froide et humide. *Tu as vu ton père ? Tu as vu ce qu'il devient ? Il vaudrait mieux que tu te livres plus souvent à un inventaire moral et physique pour évaluer ta santé mentale. La folie semble cartonner chez les hommes de la famille Early. Il ne faut pas baisser la garde. Il ne faut jamais baisser la garde. On n'est jamais à l'abri de soi-même. Ton propre sang t'empoisonnera.*

Dill aperçut furtivement un panneau sur lequel on voyait un père et son fils. Il parla avant que son cerveau tourmenté puisse arrêter sa bouche.

— Si seulement vous étiez mon père…

Le Dr Blankenship resta muet pendant quelques instants avant de jeter un coup d'œil à Dill.

— Je serais très fier d'avoir un fils comme toi.

24

Travis

— Quand est-ce que vous allez me dire où on va, les gars ?

— On va à Nashville. Le reste est une surprise, dit Lydia, en échangeant un regard et un sourire complices avec Dill.

— Mais mon anniversaire est passé depuis des semaines. Et Noël aussi.

— Aucune importance, remarqua Lydia.

— Y a quoi, à Nashville ?

— Une surprise de non-Noël et de non-anniversaire.

— Donne-moi un indice !

— Dill, aide-moi. Tu peux trouver une phrase énigmatique pour qu'il se la boucle ?

— Oh ! là, là ! Tu ne t'adresses pas à la bonne personne pour ça. Euh… Hé, Travis, si tu continues à poser des questions… tu briseras une espèce de sortilège important. Et tu passeras le reste de ta vie à te chier dessus.

— Pas mal ça. Travis, tu es né dans une famille de magiciens, et tu as été adopté par une famille normale. Mais un sorcier très puissant t'a jeté un sort, et si tu poses plus de, euh, disons, trois questions le jour de ton anniversaire, tu auras une diarrhée abominable.

— Je te rappelle que ce n'est pas mon anniversaire.

— Ce sort est valable tout le mois de ton anniversaire. Et on est à une demi-heure de la prochaine aire d'autoroute.

Ils approchaient de Nashville. Le GPS de Lydia braillait des instructions pour se rendre à l'aéroport.

— L'aéroport…, commença Travis sur un ton interrogateur.

Lydia leva un doigt pour l'en dissuader.

— Diarrhée !

— … est un endroit très chouette où les avions peuvent décoller et atterrir, poursuivit Travis.

Ils prirent la sortie suivante et roulèrent en direction du terminal.

— On est pile à l'heure, dit Lydia en consultant son téléphone.

— À l'heure ou à l'heure pour une Lydia ? demanda Dill.

— Non, vraiment à l'heure.

Lydia se gara dans un parking où des gens attendaient des voyageurs.

Ils patientèrent plusieurs minutes. Travis commença à dire quelque chose.

— Mec, fais-moi confiance, vu la surprise qui t'attend, tu n'as pas envie d'avoir la courante, intervint Lydia pour couper court à son intervention.

Son téléphone sonna.

— Lydia Blankenship.

Bizarre. Normalement, elle ne se présentait pas de la sorte lorsqu'elle décrochait son téléphone.

— D'accord... D'accord. Donc, vous avez récupéré vos sacs. OK, génial. On est dans une Toyota Prius bleu clair. Bardée d'autocollants. Super ! Ça marche, à tout de suite. Au revoir.

Lydia raccrocha.

— C'est parti.

Elle démarra et roula jusqu'au terminal. Ils attendirent. Travis regardait droit devant lui.

— Travis, vise un peu ce type, là-bas, en manteau, avec le pull bordeaux, lança Dill.

— Où ça ?

Dill pointa son doigt.

— Là-bas, le type avec...

— La casquette de pêcheur, dit Lydia, en pointant à son tour le doigt. Grosse barbe blanche, lunettes, costaud. Avec une boîte de brioches à la cannelle dans les mains.

— À qui il ressemble ? lui demanda Dill.

Travis rit.

— Oh, waouh, il ressemble comme deux gouttes d'eau à G.M. Pennington.

Il scruta l'homme une seconde de plus. Son cœur s'accéléra.

— J'y crois pas ! murmura-t-il.

Lydia et Dill souriaient de toutes leurs dents.

— Mais *c'est* G.M. Pennington ! Et il se dirige vers nous ! s'exclama Travis, aux anges.

Il sautait sur son siège. Il chercha avec frénésie son téléphone pour envoyer un SMS à Amelia, mais se rendit compte qu'il l'avait oublié chez lui. *Elle ne me croira jamais. Ça va l'achever.*

— Calme-toi, dit Lydia. Un peu de dignité, voyons. Tu vas rencontrer ton héros.

Elle sortit et se dirigea vers l'homme en tendant la main.

— Monsieur Pennington, Lydia Blankenship. Ravie de vous rencontrer. Par ici, je vous prie.

Il émit un grognement jovial et souleva sa casquette.

— Mademoiselle. Je vous suis.

Elle le guida jusqu'à sa voiture.

— Désolée, nous n'avons pas de véhicule plus chic que ça.

Il agita la main pour lui signifier qu'elle n'avait aucune raison de s'excuser.

— Je préfère de loin me déplacer dans ce genre de voiture vertueuse d'un point de vue écologique qu'à bord d'une limousine. Les limousines sont pour les oligarques sociopathes.

— Je pense que nous allons bien nous entendre. Dill, installe-toi à l'arrière, lui demanda Lydia. Les auteurs à succès ont la priorité, c'est la règle.

Dill sortit et serra la main de l'écrivain.

— Je m'appelle Dillard Early. Ravi de vous rencontrer.

— Tout le plaisir est pour moi, répondit-il en s'asseyant. Et je vous en prie, mes amis, appelez-moi Gary. Mon véritable nom est Gary Mark Kozlowski, mais qui aurait envie de lire un roman de *fantasy* écrit par un tueur en série polonais ?

Il gloussa.

— On m'a dit que l'un d'entre vous connaissait déjà mon vrai nom. Vous devez être Travis ?

Travis, paralysé par l'émotion, le regardait, bouche bée, comme s'il avait vu un ange. Ce qui, pour être honnête, était l'impression qu'il avait.

— Moi, monsieur. Gary, couina-t-il.

— Monsieur Gary ? Très honoré, monsieur Travis. C'est un plaisir de faire votre connaissance.

Il tendit la main et Travis, qui tremblait, la prit dans la sienne.

— Gary, combien de temps dure votre escale ? demanda Lydia.

— Trois heures.

— Que souhaitez-vous faire ou voir ?

Il se caressa la barbe.

— Rien de tel pour se faire une idée d'une ville que de goûter ses glaces. Les meilleures discussions ont toujours lieu autour d'une bonne glace. Alors je vous suis, mes amis. Emmenez-moi déguster les meilleures de la région !

— C'est parti ! répondit Lydia. Je connais un endroit bien.

Ils se mirent en route sans traîner.

— Comment…, articula Travis avant de s'arrêter.

— Détends-toi, Travis. Tu peux poser tes questions, maintenant. Le sortilège n'a plus cours.

Lydia jeta un regard à Gary.

— Mieux vaut pour vous que cette phrase demeure énigmatique, lui dit-elle.

— Comment ? demanda Travis.

— Je commence, dit Lydia. Je voulais organiser ça avant mon départ pour la fac, alors j'ai appelé mon amie Dahlia, dont la mère est rédac chef du magazine *Chic*. Elle m'a mise en relation avec l'agent littéraire de sa mère. Lequel connaissait l'agent de M. Pennington. J'ai obtenu son planning et j'ai appris qu'il faisait une escale à Nashville en rentrant chez lui, à Santa Fe, après un rendez-vous avec son éditeur au sujet de la parution prochaine du *Souffle des morts*.

— Mais ce n'est pas tout, intervint Gary. Lydia a clairement bien potassé son sujet. Elle a découvert une obscure interview datant d'avant votre naissance à tous, dans laquelle je raconte à quel point mes fans venus de régions rurales occupent une place spéciale dans mon cœur, à quel point je tiens à ces gamins qui rêvent d'un monde moins étriqué que celui dans lequel ils évoluent. Et Mlle Lydia a communiqué à mon agent le nombre d'habitants de…

Il claqua des doigts.

— Forrestville, répondit Lydia.

— Ah, oui, Forrestville. Mon agent aurait eu de sérieux ennuis s'il ne m'avait pas proposé de passer du temps avec un lecteur d'une petite ville ayant fait le déplacement jusqu'ici pour me voir. Alors on m'a mis sur un vol de nuit afin que je puisse vraiment passer du temps avec vous.

— Les mots me manquent pour vous dire à tous les deux ce que cela signifie pour moi, dit Travis.

Il avait envie de pleurer. La soirée ne faisait que commencer, mais c'était déjà la meilleure de sa vie.

— Un plaisir, dit Lydia. Je me devais de faire les choses en grand.

Ils arrivèrent devant *Five Points Creamery* et se mirent dans la file d'attente.

— Monsieur… Gary, s'il vous plaît, laissez-moi vous inviter, dit Travis.

Gary éclata de rire.

— Mon garçon, vous savez parfaitement que j'ai vendu beaucoup de livres. Je suis multimillionnaire. Merci bien, mais c'est moi qui vais tous vous inviter ce soir. Pour me rembourser, achetez *Le souffle des morts* à sa sortie !

— Oh, c'est prévu. Croyez-moi.

Gary s'approcha du jeune homme derrière le comptoir et sortit un gros portefeuille finement ouvragé de sa poche.

— C'est moi qui paie pour mes jeunes amis. Et quoi qu'ils commandent… (Il se pencha vers l'employé et lui adressa un clin d'œil complice.) Triplez la dose ! Tournée générale !

Il traça un cercle imaginaire avec son doigt.

Ils s'installèrent ensuite à une table avec leurs glaces.

— Bon, Travis, quelle est votre maison ? demanda Gary. Il enfonça une cuillérée de glace dans sa bouche et émit un grognement de plaisir.

— Oh, Northbrook. Northbrook, bien sûr, répondit-il sans hésiter une seconde.

Gary pointa sa cuillère vers Travis.

— J'en étais sûr ! Je l'ai senti. Mais j'étais quand même prêt à vous convaincre de ne pas suivre d'autres idées plus farfelues. La maison Tanaris ? La maison Wolfric ? Difficile de savoir ce qui se passe dans la tête des gens.

Le visage de Travis rayonnait de joie.

— Très bien, poursuivit Gary. Trouvons la maison qui correspond à vos amis, d'accord ?

— Grave ! Dill est musicien. Alors…

— La confrérie des ménestrels, s'exclamèrent Gary et Travis en chœur.

Ils sourirent tous les deux.

— Bien, Lydia… Elle est super intelligente et adore lire et écrire… Maison Letra ? proposa Travis.

— Oui, oui, dit Gary en se frottant le menton. Ou bien… L'ordre des érudits ?

Travis réfléchit. Il n'était pas convaincu. Il ne voulait pas contredire son idole, mais se rendit compte qu'il n'avait peut-être pas vraiment le choix.

— Le seul hic, c'est le vœu de chasteté pour toute la vie.

— Ce détail m'avait échappé, murmura Gary.

— Nan, intervint Lydia. Mon vœu de chasteté s'arrête après le lycée. Je choisis l'autre possibilité. Bon, je ne voudrais pas interrompre vos délires *fantasy*, mais Gary, comment êtes-vous devenu écrivain ?

Il termina sa bouchée de glace.

— J'ai grandi dans une ferme au Texas. Blé. Maïs. Nous avions un peu de bétail. Nous travaillions du matin au soir. J'adorais les livres de C.S. Lewis, de J.R.R. Tolkien et de Robert E. Howard. Tout en bûchant, j'inventais des mondes dans ma tête. Des personnages. Des peuples. Des langues. Des courses. Des batailles. C'était ma façon de m'évader. Très vite, j'ai eu trop de choses dans la tête et il a fallu que j'en couche une partie sur papier.

— Je fais pareil ! s'exclama Travis. À la scierie, j'imagine des trucs pendant que je travaille. Qu'ont pensé vos parents de votre choix de carrière ?

Sourire mélancolique.

— Mon père… n'était pas un homme bon. Il me menait la vie dure et pensait qu'écrire était une bêtise. Peut-être avait-il raison. Mais à l'époque, je ne voulais pas l'entendre. Pas plus qu'aujourd'hui, d'ailleurs.

Silence. Gary termina une autre cuillérée de glace.

— Vous écrivez, Travis ?

— Oh, non.
— Pourquoi ?
— Parce que… je ne sais pas écrire.
— Ah bon… avez-vous déjà essayé ?
— Non.
— Alors bien sûr, que vous ne savez pas écrire. On apprend l'écriture en écrivant. Pour devenir écrivain, il faut de l'imagination, et ça, vous en avez clairement. Il faut lire des livres, ce que vous faites aussi de toute évidence. Et il faut écrire, ce que vous ne faites pas encore, mais vous devriez.
— Il ne faut pas aller à la fac pour devenir écrivain ?
— Pas du tout. Écoutez, nous vivons une époque formidable. On trouve des conseils gratuits partout sur Internet. Avez-vous déjà lu des fanfictions autour de la saga ?
— Oui, répondit prudemment Travis. Mais je peux arrêter, si vous voulez.
Gary éclata de rire.
— Sottises. Commencez par là. Écrivez de la fanfiction autour de l'univers du *Règne du sang*. Empruntez mes personnages. Je vous en donne la permission. Entraînez-vous à écrire. Et puis commencez vos propres textes. Je sens que vous avez quelque chose de spécial. Une formidable imagination. Je sens que vous avez une histoire à raconter.
Travis souriait de toutes ses dents. Quelque chose commença à germer en lui. Quelque chose qui pourrait peut-être pousser à travers les pierres et la terre que son père avait empilées sur lui.

Gary et Travis passèrent une heure et demie à échanger au sujet de la saga pendant que Dill et Lydia discutaient à l'extérieur. Travis parla d'Amelia à Gary. Ils empruntèrent le téléphone de Lydia et se prirent en photo de nombreuses fois. Puis vint le moment de partir. Ils retournèrent à l'aéroport.

— Avant votre départ, puis-je vous parler de l'un de mes passages préférés de toute la saga ? demanda Travis.

— Je vous en prie.

— Je ne sais pas pourquoi j'aime autant ce passage. Mais j'adore le texte que Raynar Northbrook fait graver sur la tombe de Baldric Tanaris après la bataille du Vallon des Larmes.

Gary lui adressa un sourire mélancolique.

— Je me souviens bien de ce passage. Je l'ai écrit après la mort de ma première épouse. J'étais sérieusement déprimé, et je m'interrogeais sur ce que ça signifiait, quand on disait d'une personne qu'elle « avait bien vécu ». Et j'en suis arrivé à la conclusion que c'était quand vos amis pouvaient écrire quelque chose de ce genre à votre sujet après votre mort.

— Je crois que c'est pour cette raison que ce passage me plaît, dit Travis. Cette phrase me donne envie de vivre pleinement.

Gary eut un large sourire.

— Tant mieux, dit-il doucement.

Au moment où Gary s'apprêtait à sortir de la voiture, Lydia s'exclama :

— Attendez ! J'ai failli oublier !

Elle sortit un exemplaire grand format du *Règne du sang* de son sac et le tendit à l'auteur.

— Pourriez-vous le signer pour mon ami Travis ?

— Bien sûr, bien sûr !

Gary sortit un stylo plume doré de la poche de sa veste et écrivit une belle dédicace en grandes lettres sur la page de garde de l'ouvrage.

À Travis de la maison Northbrook, mon nouvel ami, un homme doté d'une belle carrure et d'une imagination puissante. Accomplis ta destinée !

Lydia tendit le livre à Travis.

— Faudra que tu me passes ton vieil exemplaire du *Règne du sang*, vu que je dois le lire.

Le garçon sortit de la voiture pour serrer une dernière fois la main de Gary. L'écrivain gloussa.

— Nous sommes amis, maintenant, Travis. Mes amis, je les serre dans mes bras.

Il serra donc Travis dans ses bras à la façon d'un ours, et ils se prirent une dernière fois en photo tous les deux.

— Je n'arrive pas à croire que cette soirée a réellement eu lieu. Lydia, t'es vraiment incroyable.

Il répéta cette phrase tel un mantra. À force de sauter de joie à l'arrière de la voiture, il la faisait trembler.

— Je m'arrête au bord de la route si tu continues ! lui dit Lydia d'un ton taquin. À cause de toi, on va finir dans le fossé.

— Désolé. Les amis, je vais suivre ses conseils. Je vais commencer à écrire. Peut-être que je pourrais prendre quelques cours au Community College de Cookeville, par exemple.

— Vas-y, Travis, l'encouragea Dill. Tu en es capable.

Travis en eut le tournis pendant tout le trajet retour. Il était rare que sa vraie vie supplante sa vie imaginaire. Mais cette fois-ci, c'était le cas.

Il élabora un plan d'attaque. Il allait dormir (*ouais, bien sûr, surtout si je commence à envoyer des textos à Amelia*), et le lendemain, après les cours et la scierie, il irait sur Internet et commencerait à chercher des conseils pour écrire. *Peut-être que je devrais me procurer un carnet pour prendre des notes. Je devrais commencer à économiser pour me payer un nouvel ordinateur et des cours d'écriture. Et je devrais demander à quelqu'un qui sait écrire de lire mes textes. Peut-être que Lydia acceptera ? Mais il vaudrait mieux que je m'y mette vite avant qu'elle parte étudier à la fac et soit trop occupée.* Une détermination hors du commun l'animait.

Ses amis le déposèrent après qu'il les eut inondés d'autres « merci » enflammés. Tandis qu'il marchait vers sa maison, il regretta une fois de plus d'avoir oublié son téléphone portable. Certes, Lydia avait pris de nombreuses photos, comme d'habitude, mais il voulait envoyer des clichés de lui à Amelia et les poster sur le forum le plus vite possible. *Ils ne croiront jamais que G.M. Pennington – pardon, Gary – m'a payé une glace et a passé plus de deux heures avec moi. Oh, et mon exemplaire dédicacé !*

Il pénétra à l'intérieur de la maison plongée dans l'obscurité. Son père était affalé sur le canapé dans la lueur vacillante de la télévision. Lorsqu'il vit Travis, il prit la télécommande et éteignit le poste.

— Où étais-tu ? demanda-t-il d'une voix pâteuse.

Travis connaissait ce ton. Son cœur se serra. *Pitié, pas ce soir. Pitié, surtout pas ce soir. J'aimerais juste savourer un peu.*

— Avec mes amis, comme je te l'ai dit. Tu te souviens ?

— Non, je ne m'en souviens pas.

— Ah, désolé. Bon…

Il se dirigea vers sa chambre.

— Ramène ton cul ici. On n'a pas fini.

Travis fit demi-tour. Plus de doute, il était de retour sur terre. *Et c'est parti.*

— À 16 h 30, un client m'a contacté parce qu'il voulait du contreplaqué pour une terrasse. Une commande à cinq cents dollars. Et devine quoi ? Je n'avais personne pour la livrer.

Travis se mit à trembler. Il se sentait barbouillé.

— Je suis désolé. Lamar était au courant. Il était censé prendre en charge les livraisons.

— Le vieux cerveau de Lamar a oublié. Tu m'as planté. J'ai essayé de t'appeler. Plusieurs fois.

— J'ai oublié mon téléphone.

— Ouais, sans déconner.

Le père de Travis se leva.

— Je l'ai juste là, entre les mains.

Il le balança sur Travis. Le portable le heurta en plein sternum en émettant un bruit sourd. Le garçon parvint à le récupérer après qu'il eut rebondi et fut tombé par terre. Il aperçut l'écran. Quatorze appels manqués. Tous de son père.

Celui-ci se dirigea d'un pas chancelant vers lui.

— Aujourd'hui, tu m'as coûté cinq cents dollars. Qu'est-ce que tu as à me dire à ce sujet ? Hein ? Tu penses qu'on a les moyens ?

— Je suis vraiment désolé, papa. On ne peut pas livrer demain ? En appelant à une heure pareille, ils ont dû se dire…

— Non, non. On ne peut pas livrer demain.
— Pourquoi ?
— C'est quoi, ça ?
Le père de Travis pointait son doigt vers l'exemplaire fraîchement dédicacé du *Règne du sang*.
— Hein ? C'est quoi ? Encore des histoires de magiciens à la con pour pédés ?
— C'est rien.
— Hein ? C'est ça qui m'a coûté cinq cents dollars ? cria-t-il.
— Je m'occuperai de la livraison demain matin. Avant les cours. Je…
Brusquement, son père retira sa casquette de baseball et s'en servit pour le frapper sur le dos et sur le visage.
— Hein ? (Coup.) Hein ? (Coup.) C'est ça qui m'a coûté cinq… (coup) cents… (coup)… dollars ?
Travis essaya de protéger son visage mais fut touché aux yeux, qui se mirent à couler abondamment. Il se les frotta en clignant des paupières. Il commençait à bouillonner et à écumer intérieurement.
— T'es ivre, papa. S'il te plaît, laisse-moi aller me coucher.
Pitié, pas cette nuit. Pitié, que ce ne soit pas la nuit à laquelle tu t'attendais. Pitié, pas cette nuit.
Son père essaya d'attraper le livre.
— Donne-moi ça.
Travis l'éloigna d'un coup sec. Il entendit sa mère.
— Clint, mon chéri, tu m'as réveillée. Que se passe-t-il ?
Son père se jeta de nouveau sur lui. Travis l'empêcha une nouvelle fois de prendre le livre, mais se retrouva projeté contre le buffet dans lequel sa mère rangeait

sa porcelaine et sa collection de poupées. Les portes vitrées volèrent en éclats. Sa mère poussa un cri.

— Donne-moi cette merde, siffla son père entre ses dents.

Il parvint à s'emparer du livre. Il tourna le dos à Travis et se mit à arracher des pages.

Quelque chose se rompit à l'intérieur de lui, qui entendit en lui un son semblable à un millier de pages qu'on déchire. Il hurla comme un animal blessé et se précipita sur le dos de son père. Le choc fut brutal. S'il s'était agi d'un match de football et s'il n'avait pas été la cible de l'assaut, le père de Travis aurait été fier de lui. Au lieu de quoi, le choc l'envoya valser dans une table d'appoint, renversant au passage une lampe qui se fracassa sur le sol. Le livre lui tomba des mains. Travis plongea sur l'ouvrage qu'il protégea de son corps.

Son père se leva et se mit au-dessus de lui, de sorte qu'il le dominait de toute sa hauteur.

— Tu m'as pris pour un de ces latinos que tu peux tabasser comme ça te chante ? Je vais te flanquer une belle raclée.

Il le frappa en pleine figure, sur les oreilles. Il essaya de s'emparer du livre, mais Travis le protégeait complètement. Son père détacha sa ceinture et la fit glisser d'un geste rapide, déchirant l'un des passants de son pantalon. Il leva le bras et asséna un coup sur le dos de Travis. Puis un autre.

Et encore un autre.

Et encore.

Et encore.

Et encore.

Et encore.

Et encore.

La ceinture siffla et craqua sur la peau de Travis. *Souffre en silence ; c'est la seule façon que tu auras de gagner,* s'ordonna-t-il. Mais il pleura à chaque coup. Il avait l'impression que quelqu'un avait couvert son dos et ses côtes d'essence et de piment avant de leur mettre le feu. La mère de Travis sauta sur son père.

— Clint ! Tu lui fais mal ! Arrête !

Elle essaya de lui reprendre la ceinture. Le père de Travis attrapa ses deux bras et la jeta par terre. Fort. Sa tête heurta le sol en émettant un bruit sourd. Elle resta allongée là, pleurant doucement en se tenant le crâne.

Mais elle était parvenue à faire diversion assez longtemps pour que Travis se lève d'un bond. Son père se retourna, le vit debout et agita de nouveau sa ceinture dans sa direction. De sa main libre, Travis s'en empara d'un geste sec. Tandis que les larmes et la sueur coulaient sur ses joues, il resta immobile pendant une seconde – la ceinture dans une main, le livre dans l'autre – à regarder son père, plus petit que lui, qui, rougeaud et essoufflé, le fusillait des yeux.

Travis tenta de s'exprimer avec le plus de courage possible. Il essaya de parler avec une voix de clairon. Comme Raynar Northbrook s'adressant à ses hommes avant une bataille. Mais la douleur était trop cuisante. Son cœur martelait trop férocement. Sa voix peina, se grippa – il haletait, hésitait et bégayait.

— Je n… n'ai… p… p… plus peur de toi. Je ne m… m… me détesterai jamais comme t… toi tu me détestes.

Il aida sa mère à se relever sous les yeux de son père qui l'observait, poings serrés, encore prêt à combattre, en respirant bruyamment par le nez alors que les muscles de sa mâchoire se tendaient et se détendaient.

Travis balança la ceinture dans un coin, regarda son père droit dans les yeux et pointa un doigt vers lui, sa main tremblant autant que sa voix.

— Si tu lèves encore une fois la main sur moi, je la détacherai de ton bras. Si tu lèves encore une fois la main sur ma mère, je te tuerai, putain.

Son père pointa à son tour le doigt vers lui.

— Casse-toi de chez moi, dit-il doucement.

Travis embrassa sa mère qui sanglotait, récupéra son bâton et partit.

25

Dill

Dill était aux anges. Lydia avait laissé toute sa musique sur son ordinateur lorsqu'elle le lui avait donné. C'était une sorte d'intimité secrète avec elle. Tous les soirs, il s'allongeait sur son lit, l'ordinateur posé sur sa poitrine, et, les écouteurs dans les oreilles, il explorait et découvrait, nageait dans l'océan secret de Lydia.

Toc toc toc.

Dill arrêta la musique et tendit l'oreille une seconde. Rien. Il appuya sur « Lecture ».

Toc toc toc.

Il mit de nouveau sur pause et se leva.

Toc toc toc.

Dill regarda par la fenêtre et aperçut le visage de Travis. Il sursauta.

— Mec, j'ai bien failli me pisser dessus à cause de toi ! murmura Dill en forçant un peu la fenêtre pour l'ouvrir, laissant entrer une bouffée d'air glacial.

Travis semblait avoir pleuré.

— Ça va ?

— Pas trop. Ça te dit de sortir en douce et de faire un tour avec moi ?

— Ouais. Bouge pas.

Dill enfila ses bottes et sa veste. Il se mit à grimper par-dessus la fenêtre.

— Attends. T'as de l'aspirine, ou un truc du genre ?

Dill comprit à son expression que l'explication viendrait plus tard.

— Une seconde.

Dill se rendit dans la cuisine sur la pointe des pieds et prit leur flacon d'ibuprofène qui diminuait à vue d'œil. Il retourna dans sa chambre et tendit trois comprimés à Travis. Celui-ci les balança dans sa bouche et les avala.

Dill escalada la fenêtre et la referma derrière lui, se laissant assez d'espace pour passer les doigts en dessous et l'ouvrir de nouveau à son retour. Lui et son ami se glissèrent parmi les ombres jusqu'au pick-up de Travis, qui était garé à l'angle. Ils montèrent dans le véhicule. Il faisait encore chaud à l'intérieur. Travis se déplaçait avec difficulté. Quand son dos toucha le siège, il bloqua sa respiration. Il prit une seconde pour se ressaisir avant de démarrer le moteur. Dill décida de ne poser aucune question. Il se contenterait de laisser son ami parler.

— Allons regarder les trains, dit celui-ci.

Ils roulèrent jusqu'à Beltram Park sans échanger un mot. Lorsqu'ils arrivèrent, Travis se gara aussi près des voies ferrées que possible. Il laissa le moteur tourner et n'éteignit pas le chauffage.

Travis mit sa casquette en arrière et se frotta le front.

— Bon. Ce soir, j'ai dit à mon père que j'allais le tuer. Peut-être.

Dill le regarda avec des yeux éberlués.

— T'as fait quoi ?

— Je suis rentré chez moi. Mon père était bourré. Il a parlé boulot. M'a reproché de lui avoir coûté une livraison. Il a essayé de déchirer mon livre dédicacé. J'ai réussi à l'empêcher de faire trop de dégâts mais on s'est bien castagnés.

— Merde.

— Ouais. Comme il a raté son coup avec le livre, il a dégainé sa ceinture. Ma mère s'est interposée, et il l'a jetée par terre. Je lui ai pris la ceinture des mains et je lui ai dit que s'il me frappait encore une fois, il allait se prendre une raclée. Et que s'il faisait encore une fois du mal à ma mère, je le tuerais.

— Tu le pensais vraiment ?

— Quand je l'ai dit, oui.

Travis avait une voix maussade.

— Ça fait un bail que les choses vont mal entre mon père et moi. Tu t'en es sûrement rendu compte quand on a réparé ta voiture.

— Mais… ça va ?

— J'ai super mal, si c'est le sens de ta question.

— Oui, je parle de ça, et de tout le reste.

— Mon père m'a foutu à la rue. Il m'a demandé de sortir de chez lui. Mais je lui ai tenu tête. Je l'ai regardé droit dans les yeux. Je lui ai dit que j'en avais marre d'avoir peur.

— Et maintenant ?

— Je n'y ai pas encore vraiment réfléchi. J'imagine que je vais dormir dans ma voiture et que j'arriverai tôt au lycée pour me laver.

Ils entendirent un train siffler au loin.

— Tu vas prévenir les flics ?

Travis laissa échapper un petit rire amer avant d'inspirer.

— Non. La scierie fermerait. Je perdrais mon travail. Ma famille n'aurait plus de revenus. Ma mère ne s'en sortirait pas avec seulement ses petits travaux de couture.

— Ouais.

— Ça a été une bonne chose pour ta famille que ton père se retrouve en prison ?

— Non.

— Ne parle pas à Lydia de tout ça. Elle ne comprendrait pas. Elle appellerait sûrement les flics.

— Je ne dirai rien.

Le train prenait son temps. Ses sifflements portaient toujours plus loin les soirs d'hiver. Les deux garçons ne prirent pas la peine de sortir du pick-up pour le regarder lorsqu'il passa enfin.

Ils restèrent assis sans rien dire dans la voiture, sans couper le radiateur.

— Tu sais, dit Travis en regardant droit devant lui. Gary m'a plus donné foi en moi en une soirée que mon père de toute ma vie.

— Je sais ce que c'est. Quand ton père ne croit pas en toi. Ça fout grave les boules.

— Les choses vont changer. Je vais tout faire pour. Je ne vais pas vivre comme ça jusqu'à la fin de ma vie.

Dill ne disait rien et écoutait. Travis avait dans la voix une fermeté et une détermination inédites.

— J'ai pensé qu'après le lycée, poursuivit Travis, on pourrait louer une maison ensemble et devenir colocs. Même si tu ne participes pas trop au loyer. Ce n'est pas grave. J'en payerai la plus grosse partie, et toi, tu me rembourseras en me jouant des chansons. En me remontant le moral quand je serai triste.

— Ton idée me plaît bien. Même si mes chansons ne sont pas très gaies.

— Et on travaillera dur tous les deux, mais une fois la journée de boulot terminée, j'écrirai et toi tu composeras. On pourra avoir une pièce avec des bureaux accolés. Je pourrai peut-être nous les construire en récupérant des chutes de bois de la scierie.

— Je suis partant.

— Et on aura une connexion Internet super rapide pour que tu puisses poster tes vidéos, et moi, mes histoires. Et on continuera à faire notre soirée ciné le vendredi soir. Peut-être même que Lydia se joindra à nous, en visio-conf' par exemple. Peut-être même qu'Amelia aussi, parce que d'ici là, je lui aurai demandé de sortir avec moi. Et les pères seront bannis.

Dill sourit. Un sourire sincère.

Travis le regarda dans les yeux. Il continua à s'exprimer avec la même détermination d'acier.

— Je suis sérieux, Dill. Vraiment. À partir de maintenant, il faut qu'on veille l'un sur l'autre. On doit se tenir lieu de famille, parce que la nôtre est vraiment trop tordue. À nous de nous créer une vie meilleure. On doit se lancer dans des trucs qu'on a peur de faire. Je crois que tu devrais avouer à Lydia ce que tu ressens pour elle.

Ça venait du cœur. C'était flagrant. Et même si Dill se sentait coupable que la situation désespérée dans laquelle se trouvait son ami lui procure de l'espoir, l'espoir était bel et bien là. *Peut-être que Travis est assez fort pour m'empêcher de sombrer quand Lydia partira.*

— Je vais réfléchir, pour Lydia. En attendant qu'on ait notre maison, tu ferais mieux de te garer au coin de ma rue et de squatter ma chambre la nuit. Ma mère ne s'en apercevra pas. Elle dort comme une masse, tellement elle est fatiguée.

— T'es sûr ? Je peux passer la nuit dans mon pick-up.

— Oui, j'en suis sûr. Pour se reposer, il faut être au chaud et en sécurité. Je vais te trouver un bol avec de l'eau et une boîte de conserve dans laquelle tu pourras pisser.

Travis gloussa.

— Mec, me fais pas rire. J'ai trop mal.

— T'es sûr que ça va ? T'as pas besoin d'un docteur ?

— J'ai vu pire. Pas d'os cassé. Pas de dent pétée. Seulement des marques et des bleus. Le médecin ne pourra rien faire de spécial.

— Tu crois que tu réussiras à fermer l'œil par terre ? Je vais te fabriquer une espèce de matelas avec mes fringues et des couvertures. Je te laisserais bien mon lit, et ça ne me dérangerait pas de dormir par terre, mais si ma mère jette un coup d'œil dans ma chambre…

— Ça ira.

Ils restèrent assis sans se parler pendant plusieurs minutes.

— On va s'en sortir, Travis.

— J'aurais aimé qu'il ne me gâche pas ma soirée incroyable, dit Travis, la voix étranglée par l'émotion.

Ils rentrèrent ensuite chez Dill.

— Dis, ça t'embête si je reste quelques minutes seul ici avant de rentrer ? demanda Travis lorsqu'ils arrivèrent devant la maison.

— Vas-y, prends tout le temps qu'il te faut.

Alors que Dill ouvrait la fenêtre pour grimper dans sa chambre, il aperçut Travis, assis dans l'obscurité glacée d'un mois de janvier à minuit, la tête posée sur le volant, le corps agité de secousses.

26

Lydia

Lydia ouvrit la porte.

— Travis, qu'est-ce qui se passe ?

Il était rare que son ami se présente chez elle sans prévenir.

Il avait dans les mains une liasse de feuilles arrachées à un cahier. Il paraissait nerveux.

— Salut, Lydia. Bon. J'ai écrit une histoire. Et toi, tu t'y connais en écriture, et tout. Je me demandais si tu pouvais lire mon texte et me dire ce que je peux améliorer.

— Déjà ? Ça fait quoi, deux semaines que G.M. Pennington a évoqué la possibilité que tu deviennes écrivain ?

— Trois semaines.

— OK. J'ai l'impression que tu as mieux retenu cette date que moi.

Travis sourit.

— Est-ce qu'il faut que je connaisse bien la saga pour comprendre ce que tu as écrit ? demanda Lydia.

— Pas du tout, c'est une création.

— Parce que j'ai commencé à lire *Le règne du sang* après notre rencontre avec Gary. Il était tellement génial. Je lui dois bien ça. Et à toi aussi. Mais je suis loin d'avoir fini !

Travis sourit.

— Il était temps !

Lydia tendit la main.

— Ouais, ouais, blablabla, il était temps. Enfin bref, bien sûr que je vais lire ton histoire. Mais je préfère te prévenir, en matière d'écriture, je ne plaisante pas. Si un truc est naze, je ne ferai pas de quartiers. Et puisque c'est ton premier essai, il y aura sûrement des trucs nazes.

Travis lui remit les feuilles.

— J'ai l'habitude des critiques. Je peux encaisser.

Lydia se souvint de ce que son père lui avait dit au sujet de Travis et éprouva une pointe de culpabilité. Elle feuilleta la liasse.

— Waouh, écrit à la main ? Incroyable ! T'es un vrai Shakespeare !

— Je n'ai pas trop eu accès à mon ordinateur portable ces dernières semaines.

Le cœur de Lydia se serra – cette fois-ci, elle était inquiète.

— Tout va bien ? Je veux dire, à la maison ?

— Ouais, ça va.

La voix de Travis était nonchalante. Mais sonnait faux.

S'il mentait, il se débrouillait mieux que lorsqu'il avait été question d'Amelia.

— Pigé. Vous faites quoi, Dill et toi, ce soir ?

— Dill bosse, et moi, je vends du bois de chauffage.

— Sérieux ? Tu écris des histoires à la main et tu vends du bois de chauffage ? Et si je te montre une lampe torche, tu vas m'aduler comme un Dieu ?

— J'ai enfin hérité des ventes de bois de chauffage. Lamar, un type avec qui je bosse, a profité du plan pendant des années. On récupère les chutes de bois et on en fait des fagots qu'on vend pour les feux de cheminée. Mais j'imagine qu'il en a eu marre. Ça me permet de gagner un peu plus d'argent et d'économiser pour un nouvel ordinateur portable et des cours d'écriture.

Lydia regarda par la fenêtre et vit le pick-up de Travis chargé de bois.

— Papa ! cria-t-elle. Viens acheter du bois de chauffage à la con à Travis.

Le Dr Blankenship, chaussons aux pieds et portefeuille en main, entra à pas feutrés.

— Salut, Travis !

— Docteur Blankenship !

— J'ai cru comprendre que tu travaillais toujours à la scierie ?

— Oui, monsieur. Fort probable que je continue après le lycée. Ces dernières années, les affaires vont moins bien, alors je suis l'un des derniers employés.

— Ça te plaît ?

— Oui, monsieur. J'aime l'odeur du bois coupé et ça me laisse du temps pour réfléchir.

— Quand on fait ce qu'on aime, on n'a pas l'impression de travailler !

— Ce n'est pas moi qui ai demandé à Lydia de vous demander d'acheter du bois.

— Oh, je sais. Si tu le lui avais demandé, elle aurait refusé.

Il acheta la moitié du chargement de Travis.

Lorsque son ami partit, Lydia se dit que son sourire était différent ces derniers temps, avec ses deux fausses dents de devant. Triomphant, comme s'il avait traversé une rivière déchaînée et qu'il était arrivé de l'autre côté. Ou qu'il avait survécu à une grande bataille. Il rayonnait, comme brûlé par un feu purificateur.

Quelques heures après le départ de Travis, le téléphone de Lydia vibra.

J'ai entre les mains une grosse enveloppe de NYU, écrivait Dahlia.

OMG ! Ouvre-la !

Quelques minutes plus tard, son téléphone vibra de nouveau. La photo d'une lettre d'admission.

BRAVO !!

Je tiens plus. Préviens-moi quand tu reçois la tienne.

— Hé, maman ? cria Lydia du premier étage. Est-ce que le facteur est déjà passé aujourd'hui ?

— Le drapeau de la boîte aux lettres est baissé.

Lydia se précipita au rez-de-chaussée, dévalant les marches quatre à quatre. Elle courut dehors pieds nus, se brûlant au contact du trottoir glacial. Elle ouvrit la boîte d'un coup sec. Pleine de courrier. Elle enfonça sa main avec tellement de violence qu'elle se coupa avec du papier. Elle avait du mal à respirer.

Prospectus. Prospectus. Un truc pour ma mère. Un autre. Pour mon père. Prospectus. Prospectus. NYU.

C'était littéralement la dernière lettre de la pile. Lydia ferma les yeux, retint son souffle et déchira l'enveloppe. Elle dut se faire violence pour la lire. Mais le fit.

Chère Lydia,

Je travaille au bureau des admissions en première année. J'ai l'immense plaisir de vous annoncer que vous êtes admise à NYU. Félicitations !

Elle arrêta de lire et poussa un cri. Et fit un bond. Puis fit un bond et poussa un cri. Sa mère sortit pour voir ce qui se passait. Lydia lui montra la lettre. Elles firent des bonds et poussèrent des cris ensemble. Son père, qui était dans le jardin en train d'empiler le bois de chauffage, se précipita vers elles. Tous firent des bonds et poussèrent des cris en chœur.

27

Dill

— Ça vous va, monsieur McGowan ? J'ai déchargé la palette de pâtes, j'ai mis les paquets en rayon et j'ai passé la serpillière avec du produit.

Armé de son stylo, M. McGowan pointait le document sur son porte-bloc en marmonnant.

— Ça me semble bien, Dill. Tu as terminé tôt, mais je te compte l'heure entière. C'est du bon boulot.

— Merci ! À demain soir.

— Dis-moi, vite fait, Dill. Tu es toujours disponible pour travailler à temps plein à la fin de l'année scolaire ?

— Oui, monsieur. Pour autant d'heures que possible.

— Impeccable. Je vais en parler au grand chef. Il sera ravi de l'apprendre.

Dill ôta son tablier vert de travail, enfila son manteau et sortit. C'était l'une de ces nuits de février où l'on perçoit sous le froid un souffle timide de chaleur – plutôt propice à la marche.

— Je vous dépose chez vous, monsieur ?

Lydia était assise sur le coffre de sa Prius. Il sursauta. Pas seulement parce que le bruit l'avait surpris, mais parce qu'il lui semblait déceler dans sa voix – enfin, peut-être se trompait-il complètement – des tonalités aguicheuses qui se manifestaient de plus en plus souvent depuis le concours de talents. Sans doute était-elle impressionnée par son courage, pensait-il. Il n'osait espérer davantage.

— Qu'est-ce que tu fais ici ? Je croyais que tu devais bosser sur ton blog.

— Pas ce soir. C'est pour ça que je suis venue, d'ailleurs. On peut parler ?

Lydia avait sans doute remarqué l'air angoissé de Dill, car elle s'empressa d'ajouter :

— J'ai une bonne nouvelle. Enfin… plutôt bonne.

— Ouais, allons-y.

— Cool ! Viens. Je t'emmène au café *Bonne nouvelle*. Je trouve que le nom est adapté à la situation. Je t'invite.

Ils ne parlèrent pas beaucoup pendant le trajet.

— Tu peux me donner un indice ? demanda Dill.

— Laisse-moi faire mon annonce officielle.

— T'as été prise dans une fac. NYU ?

— Laisse-moi faire mon annonce, je te dis !

Une fois dans le café, après avoir commandé une boisson au nom chrétien, ils s'assirent.

— Vas-y, balance.

— J'ai reçu ma lettre d'admission à NYU aujourd'hui.

Coup lancinant dans la poitrine. Choc électrique rapide dans son cœur. La décharge se répandit de plus en plus bas, jusqu'à son ventre, comme des gouttelettes de sang qui se propagent dans l'eau.

Il ressent un peu la même chose que lorsqu'il a entendu son nom à la fin du concours de talents. Son esprit se fige, s'enfuit. Il est dans un campus. Peut-être NYU. Il n'en est pas sûr car il ignore à quoi ressemble cette fac. Et Lydia est sur un banc avec un type. Il est beau et bien habillé (sans doute par elle), et dégage le genre d'aisance insouciante et échevelée des gens qui ont de l'argent. Ils discutent et rient. Les feuilles d'automne tombent autour d'eux.

Lydia est installée à la table d'un café avec ce type. Ils sont entourés de piles de livres, aussi nombreuses que les opportunités et les possibilités s'offrant à eux.

Puis le type est dans une voiture avec le Dr Blankenship. Les deux hommes discutent et rient. Après, il est assis à la table familiale à côté de Lydia, en face de ses parents.

Et Dill, lui, porte son tablier vert de chez *Floyd.* Il est dehors dans le froid et les observe à travers la fenêtre. Il voit son reflet dans la vitre. Il a l'air épuisé, usé. Et, même si cela lui brise le cœur, il comprend parfaitement pourquoi c'est ce type qui est assis à côté de Lydia et pas lui.

Dill sortit son plus beau sourire.

— Félicitations, dit-il doucement. Je… je savais que tu serais prise. Je n'en ai jamais douté.

Si seulement j'avais pu en douter. Si seulement j'avais pu faire semblant pendant seulement une seconde…

— Merci. Merci de croire en moi et d'être mon ami.

— Et donc, tu vas y aller ?

— Ouais, je vais y aller, répondit-elle avec douceur.

Lydia avait sans doute perçu la pointe d'espoir dans sa voix.

Elle se leva, contourna la table et le serra longtemps contre elle, passant sa main dans ses cheveux, à l'arrière de sa tête. Ces derniers temps, toutes les excuses semblaient bonnes pour le prendre dans ses bras.

— Pourquoi tu fais ça ?

— T'aurais vu ta tête ! On aurait dit que ton cœur avait marché sur un Lego.

Dill regardait fixement son chocolat chaud Hosanna.

— Je suis heureux pour toi. Tu serais malheureuse, ici, et je ne veux pas que tu sois malheureuse.

— Je sais.

— Ne m'oublie pas, s'il te plaît.

— Je ne t'oublierai jamais. Tu es mon meilleur ami.

— Tu l'as annoncé à Travis ?

— Pas encore. Il vend du bois, ce soir. Tu savais qu'il faisait ça ?

— Oui, je le savais.

Et ce n'est pas le seul truc qu'on t'a caché.

Tandis qu'ils sirotaient tranquillement leurs boissons, ils entendirent des hurlements de sirènes. Ils se tournèrent vers la vitre et virent une ambulance foncer, suivie de deux voitures de police.

— Bon, moi aussi, j'ai une bonne nouvelle. Un plan pour après le lycée, commença Dill.

Lydia haussa un sourcil.

— Ah, ouais ? raconte-moi.

— Travis et moi, on va louer un truc ensemble. On est carrément à fond. Il écrira des histoires, et moi, des chansons. Et nos pères tout nazes n'auront pas le droit de foutre les pieds chez nous.

Lydia pencha la tête et sourit.

— Dément ! Une micro-colonie d'artistes bohèmes ici, à Forrestville.

Dill parla avec encore plus d'enthousiasme. Comme pour essayer de convaincre Lydia que le projet était génial. Comme pour essayer de s'en convaincre lui-même.

— On a l'intention de continuer notre ciné-club du vendredi. On s'est dit que tu pourrais te joindre à nous de temps à autre via le chat vidéo. Pas à chaque fois – on sait bien que tu seras occupée.

— Cela serait un honneur. Sincèrement.

Après un bref silence, elle ajouta :

— C'est bien ce que tu veux, Dill ?

— C'est ce qui s'en rapproche le plus, répondit-il après quelques instants de réflexion.

— C'est ce que j'ai toujours voulu pour toi : que tu sois heureux et que tu vives la vie que tu as envie de vivre. Je pensais qu'il te faudrait quitter cette ville pour ça, mais peut-être pas.

— Peut-être pas.

Et Dill se rendit compte qu'il n'était sans doute pas si facile à déchiffrer que ça. Sinon, Lydia lui aurait demandé pourquoi il donnait l'impression qu'on lui arrachait le cœur de la poitrine, fibre par fibre, cellule par cellule, molécule par molécule. Et qu'au lieu de le tuer, l'opération se contentait de l'évider.

28

Travis

Juché au sommet de la redoute isolée, Raynar Northbrook surveillait seul les abords du fleuve. Si des éclaireurs de Rand Allastair empruntaient ce chemin, ils se heurteraient à un ennemi plus féroce que prévu. Nombre de ses hommes l'auraient volontiers suppléé à ce poste d'observation solitaire, mais il ne pouvait pas confier à ses soldats des missions que lui-même n'était pas disposé à effectuer. Et c'est pour cette raison que ses troupes l'aimaient.

Travis était juché au sommet du tas de bois de chauffage qui lui restait. L'endroit, situé au bord de la rivière, et à l'écart des maisons ou des commerces, ne semblait pas idéal à première vue. Mais Lamar le lui avait recommandé, et il avait raison.

Comment ça se passe, la vente de bois de chauffage ? lui demanda Amelia par texto.

Ça marche plutôt bien, surtout depuis que le Doc B est passé par là ! Encore quelques nuits comme ça, et je pourrai m'acheter un nouvel ordinateur portable.

Quand est-ce que je pourrai lire l'histoire que tu as écrite ?

Lol. Quand Lydia m'aura dit ce que je dois retravailler. Je veux que tu lises la meilleure version.

Je parie que c'est déjà extra. T'es tellement intelligent !

Ah, merci. Hé, je viens juste d'avoir une idée.

BALANCE.

Quand *Le souffle des morts* sortira, je me suis dit qu'on pourrait se retrouver quelque part entre chez toi et chez moi pour le lire ensemble.

KIFFANT !!!

Eh bien, adjugé, vendu ! On prendra des couvertures, on s'installera à l'arrière de mon pick-up et on lira avec des lampes torches.

PARFAIT !!! OMG !!! J'AI HÂTE !!!

Travis frissonna et hésita à fermer boutique, mais il n'avait pas encore sommeil. Or, la nuit, une fois qu'il était entré en catimini chez Dill, il ne pouvait que dormir. Au travail, lui et son père ne s'étaient pas adressé la parole une seule fois. Son père ne l'avait pas invité à revenir à la maison – de toute façon, Travis n'aurait pas accepté. Il parlait souvent à sa mère quand il allait récupérer de quoi se nourrir lorsqu'elle était seule chez eux. Il ne lui avait pas dit où il dormait, mais lui avait juré sur l'honneur qu'il y était en sécurité et au chaud.

L'autre raison pour laquelle Travis ne voyait pas pourquoi remballer pour l'instant était qu'il était en train de lire *Le murmure des ténèbres*, le cinquième tome de la saga du *Règne du sang*, à la lueur de sa lampe torche. Il était parvenu à relire *Le règne du sang*, *La citadelle du corbeau*, *Le fil de l'épée* et *La nuit du loup* à temps pour dévorer ce dernier tome avant la parution du *Souffle des morts* en mars. Et cela coïncidait avec le début de sa carrière d'écrivain.

Son téléphone vibra. Un texto de Lydia.

J'ai une grande nouvelle à t'annoncer. Te raconterai quand on se verra.

J'espère que tu vas me dire que tu as donné mon histoire à l'agent de G.M. Pennington et qu'ils veulent la publier, LOL, répondit-il.

Des phares au loin. Une vieille Nissan Maxima ralentit et se gara derrière le pick-up de Travis. Il posa son livre, éteignit sa lampe torche et sauta par terre. Deux hommes descendirent de la Maxima. Il ne les connaissait pas. Tous deux portaient des capuches qui assombrissaient leur visage.

— Messieurs, puis-je vous proposer du bois pour vous chauffer en cette nuit frisquette ?

L'un des deux hommes resta un peu en retrait. L'autre s'avança.

— Ouais, mec. C'est combien ?

— Le petit fagot est à cinq dollars, le grand, à dix. Si vous êtes intéressé, je vous fais un prix sur l'ensemble.

— Je vais y réfléchir, mec.

Ce type avait quelque chose de bizarre. Il dégageait une énergie nerveuse, fébrile.

L'autre homme rejoignit son camarade.

— On va en prendre un grand, dit-il.

— Ça marche.

Travis farfouilla à l'arrière de son pick-up pour leur trouver un beau fagot.

Quand il se retourna, l'homme pointait une arme dans sa direction.

— File-moi ton pognon, mec. Magne-toi. Tout ton cash.

Le cœur de Travis se mit à battre à tout rompre. Sa bouche s'asséchа. Il avait l'impression de ne plus avoir de jambes. Il leva les mains en l'air.

— Bon, bon, bon. Pas de problème. Prenez ce que vous voulez.

Il leur tendit son portefeuille.

Le deuxième type semblait encore plus nerveux et fébrile que celui à qui Travis avait parlé.

— T'as quoi dans ton pick-up ?

Travis ouvrit la portière de la cabine. Il se pencha pour ramasser par terre la sacoche zippée contenant l'essentiel de ses recettes du soir. Elle était calée sous son bâton, qu'il dut par conséquent soulever.

Il entendit un son assourdissant et ressentit simultanément un coup de masse dans les côtes. Il s'effondra contre l'encadrement de la portière.

— Putain, mec ! Pourquoi tu lui as tiré dessus ? cria l'autre. Viens, on s'casse.

L'homme qui avait tiré sur Travis lui arracha la sacoche des mains. Les deux inconnus se précipitèrent vers leur voiture, y grimpèrent d'un bond et démarrèrent en faisant crisser leurs pneus. Travis regarda leurs feux arrière disparaître par-dessus la colline. Son cerveau lui souffla qu'il aurait dû noter leur numéro d'immatriculation, mais il était trop tard.

Il parvint à rester debout, cramponné à la portière pour ne pas tomber. Il n'allait pas bien du tout. Il ne sentait plus ni ses jambes ni ses bras. Son visage était paralysé. Son cœur luttait. Il respirait péniblement et avait un goût de sang dans la bouche. Tout à coup, il eut soif. Et froid. Il se mit à trembler de façon incontrôlable.

Voyant qu'il n'était pas en état de conduire, Travis décida d'essayer d'arrêter une voiture. Comme ses jambes ne répondaient plus, il rampa en direction de la route, fouillant dans la poche de sa veste pour retrouver son téléphone. Il le fit tomber devant lui et composa le numéro des secours.

— 911, je vous écoute.

— Je crois qu'on m'a tiré dessus.

— Bien, monsieur, où êtes-vous ?

— Sur River Road. Ma mère est là ?

— OK, River Road. Pouvez-vous me dire à quel niveau de River Road ?

— À l'est du pont. J'ai soif. Ma mère est là ?

— Monsieur, une équipe de secours est en route, d'accord ? Vous allez rester en ligne avec moi. Comment vous appelez-vous ?

— Travis Bohannon. Ma mère est là ?

— Travis, restez avec moi. Nous allons essayer de joindre votre mère. Vous devez continuer à me parler.

— De l'eau. Je veux de l'eau. Je ne peux plus respirer.

— Continuez à me parler, Travis. Travis. Travis ? Travis ? Travis ? Restez avec moi, Travis. Pouvez-vous me parler ? Travis ?

Certains tombent de manière glorieuse. Sur des champs de bataille verdoyants, en vieux guerriers, entourés de leurs amis, après s'être battus pour leur patrie, après s'être battus contre la barbarie.

D'autres tombent en rampant dans la boue de Forrestville, Tennessee, dans le noir, terriblement jeunes et seuls, sans aucune bonne raison.

29

Dill

— Ça m'embête que Travis n'apprenne pas la nouvelle en même temps que moi, avoua Dill.

— Tu sais où il est ? demanda Lydia, qui conduisait.

— Il a évoqué River Road.

— Alors il n'y a pas trente-six mille possibilités. Tiens, dit-elle en lui tendant son téléphone. Envoie-lui un texto pour savoir où il est.

Dill lui envoya un SMS. Pas de réponse. Il essaya d'appeler. Rien.

— Il m'a écrit, tout à l'heure. Peut-être qu'il n'a plus de batterie, dit Lydia.

— Ça ne lui arrive jamais.

— C'était peut-être vrai avant Amelia.

— Bien vu. On n'a qu'à y aller. Je ne suis pas obligé de rentrer chez moi tout de suite.

— Peut-être qu'on pourra l'aider à vendre du bois de chauffage. Je peux montrer mes jambes.

— Ouais, mais quand les gens s'arrêteront pour acheter du bois, tu les sermonneras sur l'objectification des femmes.

— Et alors ?

Elle tourna dans River Road. Un peu plus loin, elle se retrouva face à un mur de lumières bleues clignotantes. La police de Forrestville, le shérif du comté de White. Elle ralentit.

— Ouh là…, murmura-t-elle. Quelqu'un a dû avoir un accident.

Dill pencha la tête pour regarder.

— Pourvu que ce ne soit pas Travis.

Ils s'approchèrent. Un policier qui portait un gilet réfléchissant leur demanda de contourner l'endroit. Il y eut un flash d'appareil photo.

Ils purent alors voir ce qui se trouvait au-delà du mur de lumières qui clignotaient.

— Dill… C'est le pick-up de Travis ? demanda Lydia, la voix de plus en plus inquiète.

Dill plissa les yeux à travers les lumières éblouissantes. Il ne parvenait pas à distinguer la couleur du véhicule parmi tout ce bleu. Autre flash d'appareil photo. Rouge. Il sentit une poussée d'adrénaline et de peur obscure.

— Oh, merde. Pitié, non. Non, non, non, non, non, non, non, non, non, non, non, non. Lydia, arrête-toi.

Elle stoppa la voiture au milieu de la route. Ils bondirent hors du véhicule et se précipitèrent vers le policier qui déviait la circulation. Un homme à peine plus âgé qu'eux.

— Mademoiselle, je vais devoir vous demander de déplacer votre véhicule, dit-il.

La voix de Lydia tremblait.

— Monsieur l'agent, c'est la voiture de notre ami. Pouvez-vous nous expliquer ce qui s'est passé ?

— Mademoiselle, je ne suis pas encore en mesure de vous fournir des informations. Il y a eu un incident. J'ignore ce que la famille sait pour l'instant, alors je ne suis pas en droit de vous en parler.

Affolée, désespérée, Lydia tâchait de retenir ses larmes.

— Monsieur l'agent, je vous en prie. Je vous en supplie.

— Mademoiselle, je suis sincèrement désolé. Je ne peux pas vous en dire plus pour l'instant. Je m'en excuse.

Lydia s'effondra.

— S'il vous plaît, insista Dill, qui lui aussi commençait à perdre son sang-froid. S'il vous plaît, dites-nous où il est.

Le jeune policier semblait peiné. Il regarda d'un côté, puis de l'autre. Ses collègues étaient en train d'installer un cordon de scène de crime. L'un d'eux photographiait une tache de sang sur le sol.

Le jeune homme se pencha vers eux.

— Hôpital du comté.

Lydia et Dill partirent avant même d'avoir pu le remercier. Ils décampèrent.

Ils roulèrent dans un silence de mort. Le moteur, poussé au maximum, gémissait. Sur une grande partie du trajet, Lydia roula deux fois plus vite que la limite autorisée.

Mon Dieu, pitié. Pitié, mon Dieu. Faites qu'il aille bien.

Ils arrivèrent à l'hôpital, se garèrent n'importe comment dans un crissement de pneus et foncèrent à l'intérieur.

Tandis que Dill balayait du regard la salle des urgences à l'éclairage agressif, le temps sembla ralentir autour de lui. Une étrange déconnection se produisait entre ce qu'il voyait et la façon dont son esprit l'élaborait – ou plutôt, ne l'élaborait pas.

Le père de Travis, assis dans un coin, se frappait la tête de ses poings en pleurant, encadré de deux policiers qui semblaient mal à l'aise.

La mère de Travis était par terre et sanglotait, entourée de trois infirmières qui lui frottaient le dos en essayant de la réconforter.

Quelque chose céda dans la tête de Dill. Quelque chose qui était resté arrimé contre le tumulte assourdissant. Cette chose se détacha et s'écrasa avec un abandon téméraire – brûlant, fracassant, dévorant. Il ne voyait plus en couleur et tout devint désolation, une désolation grise comme le plomb, tourbillonnante et hurlante. Chaque parcelle de son être recula de la même façon que la mer recule avant un tsunami. C'est alors que la douleur s'abattit.

Le don de parler en langues ne s'était jamais manifesté en Dill. Le Saint-Esprit ne l'avait jamais habité de cette manière, pas plus qu'il ne lui avait permis de prendre dans ses mains le serpent mortel. Mais sur le sol de l'hôpital du comté de White, il hurla dans une langue angoissée, étrangère – la langue du deuil. Il ne se rendit pas compte que Lydia, agenouillée à côté de lui, s'agrippait désespérément à son bras comme si, en le lâchant, elle risquait d'être éjectée de la surface de la Terre. Elle faisait exactement la même chose que lui.

Quand il rentra enfin chez lui, le ton de sa mère se fit tranchant.

— T'étais où ?

Mais lorsqu'elle vit ses yeux, son visage, sa voix se teinta d'inquiétude.

— Dillard ? Que se passe-t-il ?

Il détestait déjà les mots qu'il n'avait en fait pas encore prononcés à voix haute. Ils étaient une espèce de terrible incantation qui rendait les choses encore plus réelles. Ces mots étaient comme des épines sur sa langue.

— Travis est mort.

— Non ? Pas ton ami Travis ? Travis Bohannon ?

Il s'assit et se prit la tête entre les mains. Il regarda fixement la table de la cuisine. Paralysé.

— Si.

Sa mère poussa un cri et posa sa main sur sa bouche.

— Dieu tout-puissant, murmura-t-elle. Pauvre Anne Marie. Que s'est-il passé ?

Dill secoua la tête.

— Il a été… sauvé ? demanda-t-elle.

Dill s'attendait à cette question mais dut malgré tout réfléchir à sa réponse.

— Il a eu son salut.

30

Lydia

— J'ai du nouveau, dit Lydia tandis que Dill montait les marches jusqu'à son porche. Viens, on s'assoit.

La balancelle grinçait au rythme de leur mouvement.

— Ils ont coffré les mecs qui ont fait ça. Mon père l'a su par l'un de ses patients qui travaille pour le shérif.

— T'es sérieuse ?

— Oui.

— Ça fait seulement trois jours.

— Ouais. Ça semble plus long.

— J'ai la même impression. Ils savent ce qui s'est passé ? demanda Dill.

— Deux connards sans cerveau shootés à la crystal meth étaient à une soirée à Cookeville. Ils voulaient de la drogue, mais n'avaient pas d'argent. L'un d'eux avait vu Travis qui vendait du bois de chauffage un peu plus tôt. Alors il s'est dit, « je sais où on peut trouver du blé rapidement ».

— Mais pourquoi ils lui ont tiré dessus ?

— En les coffrant, la police a découvert que les deux types s'étaient rencontrés le soir même. Ils ne connaissaient même pas leurs noms de famille respectifs. Alors celui qui n'a pas tiré a tout de suite balancé l'autre. Il a raconté que pendant leur fuite, celui-ci lui avait dit qu'il avait tiré parce qu'il avait cru voir Travis ramasser un bout de bois ou une batte de base-ball.

— Le bâton de pouvoir.

— Oui. Ils ont tué notre ami pour cent vingt-trois dollars.

Le simple fait de prononcer ces mots la blessait : « Ils ont tué notre ami. » La phrase était une douleur vive et aiguë retentissant à travers le bruit blanc qui bourdonnait dans sa tête.

— J'espère qu'ils brûleront en enfer. Pour toujours.

— Moi aussi. Et j'espère qu'ils seront en plus frappés par une forme d'urticaire sous-cutané.

Lydia se savait capable d'éprouver beaucoup de mépris envers les gens qu'elle n'aimait pas. Mais elle se surprit elle-même en découvrant tout le mal qu'elle souhaitait aux assassins de Travis.

La chaleur de ce mois de février n'était vraiment pas de saison. Des oiseaux qu'on n'entendait généralement que plus tardivement chantaient. Lydia portait une robe noire toute simple. Dill un costume noir bon marché qui avait appartenu à son père. Il ne lui allait pas très bien, mais cela aurait été pire sans les retouches de dernière minute de Lydia. Ils se balancèrent un moment sans parler. Leurs jambes se touchaient, comme pour se rappeler qu'ils étaient là.

— Je ne dors plus, avoua Dill.

Non pas qu'il soit nécessaire de le préciser. Son visage en disait bien plus qu'un long discours.

— Moi non plus. Peut-être dix heures en tout ces trois derniers jours.

Précision tout aussi inutile.

— Chaque fois que je me laisse aller à dormir, je me souviens. Et je me réveille en sursaut.

— Les rares fois où j'ai réussi à dormir, à mon réveil, pendant dix secondes, je ne m'en souvenais pas. Et chaque fois, ça m'est revenu. Il a dû se passer, quoi, quarante secondes sans que j'y pense.

— Je n'arrive pas à me dire qu'un jour, j'irai vraiment mieux. Comme avant.

— Moi non plus, soupira Lydia.

Elle consulta son téléphone.

— On devrait sans doute y aller.

— Aucune envie.

— Moi non plus.

— Enfin, je veux être là pour lui, expliqua Dill. Mais je n'ai pas envie d'aller à son enterrement.

— Je sais.

Ils se levèrent et se mirent à marcher. Les pompes funèbres se trouvaient à quelques centaines de mètres à peine. Pendant le trajet, Lydia se demanda ce qui allait advenir de Dill. Dès que l'état de paralysie dans lequel elle se trouvait se dissiperait, l'inquiétude viendrait le remplacer. La culpabilité, parce qu'elle partait en laissant Dill derrière elle. Seul. Sans projet. Sans soutien. Sans trajectoire. Perdu. À la dérive.

Une fois devant les pompes funèbres, ils restèrent un moment dehors, rassemblant leurs forces avant d'entrer.

— Attendons mes parents, dit Lydia.

Alors qu'ils patientaient, une petite rousse vêtue d'une robe en velours noir arriva seule. Elle devait avoir à peu près le même âge qu'eux. Elle pleurait.

Dill se pencha vers Lydia.

— Je crois que c'est Amelia. Travis m'a montré sa photo une nuit, quand il dormait à la maison.

— Travis dormait chez toi ?

— Ouais, je crois que je peux te le dire, maintenant. Le soir de sa rencontre avec G.M. Pennington, son père l'a foutu dehors après l'avoir frappé. Il a essayé de déchirer son livre, mais Travis s'est battu pour le protéger, et il y est arrivé. Il ne voulait pas t'en parler de peur que tu balances son père aux flics.

Le visage de Lydia s'assombrit.

— Il avait raison. J'aurais appelé la police.

— Si c'est Amelia, on devrait aller la voir. Travis était complètement dingue d'elle.

Un peu gênés, ils s'approchèrent d'elle.

— Tu es bien Amelia ? demanda Lydia.

La jeune fille sembla surprise qu'on la reconnaisse.

— Oui… Et vous, vous êtes Lydia et Dill ?

— Oui, répondit Lydia. Je suis contente de faire ta connaissance. On a entendu beaucoup de bien sur toi. Comment as-tu su ?

— La police m'a contactée. Je suis l'une des dernières personnes à qui il a parlé avant de mourir.

Amelia s'essuya les yeux.

— C'est marrant, j'ai tellement entendu parler de vous par Travis. Et maintenant, je vous rencontre avant même de le rencontrer lui.

Elle marqua un temps d'arrêt.

— Enfin, vous voyez ce que je veux dire.

— Oui, répondit Lydia.

— On était censés se retrouver pour lire *Le souffle des morts* ensemble. On avait aussi prévu d'aller à la fête médiévale. En fait, on avait pas mal de projets.

— Travis et moi, on voulait prendre un logement ensemble après le lycée et devenir colocs, expliqua Dill.

— J'étais en train de relire la première histoire écrite par Travis, dit Lydia.

— C'est grâce à toi que Travis a rencontré G.M. Pennington. Il disait que c'était la meilleure soirée de sa vie. Tu m'enverrais l'histoire sur laquelle il travaillait ? demanda Amelia.

— Bien sûr.

Pendant quelques instants, ils se turent, comme s'ils réfléchissaient à tout ce qui était mort avec Travis.

Les parents de Lydia, tous deux vêtus de noir, s'approchèrent. Le Dr Blankenship, d'ordinaire si joyeux, paraissait particulièrement abattu. Il déposa un baiser sur la joue de sa fille et serra la main de Dill. On leur présenta Amelia. Le Dr Blankenship soupira et consulta sa montre.

— Quand faut y aller, faut y aller. Vous venez ?

Le funérarium sentait le vieux parquet, la cire parfumée au citron, le lys blanc et les gardénias. Joe le hippie était là. Lui et Travis n'étaient pas proches, mais lorsqu'un élève du lycée mourait, Joe assistait systématiquement à son enterrement. Quelques professeurs de Travis étaient également présents. Dill reconnaissait certains visages croisés à l'église. Et puis, ce qui agaçait profondément Lydia, une meute de camarades de classe de Forrestville High avait fait le déplacement. Aucun d'eux n'avait réellement connu Travis ni ne s'était jamais intéressé à lui de son vivant, mais sa mort représentait une occasion en or pour les amateurs de pathos et de drame.

Le père de Travis, le visage blême, était assis, stoïque, à l'avant de la salle. Il jeta un coup d'œil par-dessus son épaule, aperçut Lydia et Dill, et s'empressa de regarder devant lui. *Il sait que nous savons.*

La mère de Travis vint voir Lydia, Dill et Amelia. Lydia ne pensait pas qu'il soit possible de paraître plus ravagé par la mort de Travis qu'elle et Dill, mais elle se trompait.

— Merci infiniment d'être là.

Sa voix se brisa.

— Vous étiez de bons amis de mon Travis. Il aurait voulu que vous soyez là.

— On l'aimait.

Dill prononça ces mots avec des sanglots dans la voix.

— Oui, on l'aimait, confirma Lydia.

— Ma mère s'excuse de ne pas pouvoir être là. Elle n'a pas pu se libérer, expliqua Dill.

Un cercueil en pin sans fioritures trônait tout devant. À l'intérieur se trouvait ce qui ressemblait à une statue de cire à l'effigie de Travis en costume bleu bon marché – un Travis en plastique, quasi irréel. Ils s'approchèrent avec appréhension.

— Je t'aime, Travis, murmura Dill, dont les larmes coulèrent sur le revers de la veste de son ami.

— Dill, l'implora Lydia, des larmes ruisselant sur son visage. Cache-moi. Serre-moi dans tes bras.

Tandis que Dill la tenait contre lui, Lydia fit semblant de s'agripper au cercueil pour ne pas tomber. Et puis elle tendit la main et glissa un minuscule paquet dans la veste de costume de Travis, ce qui fit une petite bosse.

Amelia les suivit en pleurant. Elle passa un long moment à contempler le visage de Travis.

Avant de regagner leurs sièges, une composition florale particulièrement belle et sophistiquée attira l'attention de Lydia. Elle lut la carte. Elle venait de Gary M. Kozlowski :

Repose en paix, preux chevalier, fier dans la victoire, fier dans la mort. Que ton nom éclaire à jamais ceux qui t'ont aimé. Que des fleurs blanches poussent à l'endroit où tu sommeilles pour toujours. Tu as vécu pleinement, et désormais, tu dînes à la table des Anciens, où tu prends part à leur festin éternel.

31

Dill

Debout devant la tombe de Travis, bien après le départ de tout le monde, Dill et Lydia contemplaient la terre marron fraîchement retournée. Le ciel était d'un bleu incongru et cruel.

— Il a sur lui la page dédicacée par G.M. Pennington et son collier avec le dragon, dit Lydia sans lever les yeux.

— C'est ça que tu as mis dans son cercueil ? Comment tu as fait pour les récupérer ?

— Je suis allée voir sa mère. La police lui a rendu les affaires de Travis, et son exemplaire signé s'y trouvait. J'ai découpé la page et récupéré le collier. Le bâton de pouvoir était trop grand, sinon je l'y aurais mis aussi. Je ne mérite pas de le garder, je lui ai tellement pris la tête avec ça !

— On va trouver ce que l'on peut en faire. Je me demande comment Gary a appris la nouvelle.

— J'ai contacté son agent. Je lui ai raconté ce qui s'est passé et lui ai demandé de faire savoir à M. Kozlowski que Travis avait été profondément touché par sa venue. Que c'était probablement la meilleure chose qui lui soit arrivée.

— Je me demande si c'est ce que Travis serait devenu un jour. Un écrivain riche et célèbre, qui prendrait du temps pour aller à la rencontre de gamins lui rappelant le gosse qu'il avait été un jour.

— Si Travis était devenu riche et célèbre, c'est certainement ce qui se serait passé. Le jour de sa mort, il m'a confié l'une de ses histoires pour que je la relise.

— Tu l'as lue ?

— Oui.

— Et tu l'as trouvée…

— À chier ! répondit Lydia entre le rire et les larmes.

Dill était dans le même état qu'elle.

— Mais il se serait amélioré, tu ne penses pas ? Il avait l'intention de s'inscrire à des ateliers d'écriture.

— Évidemment, qu'il se serait amélioré ! C'était son premier essai. Avec quarante ans de pratique comme Gary, il aurait été un merveilleux écrivain.

Pendant quelques minutes, ils laissèrent libre cours à leur chagrin.

Lydia soupira et s'essuya les yeux.

— Il était courageux.

— C'était l'une des personnes les plus courageuses que je connaisse.

Ils s'attardèrent encore un peu.

— Allons quelque part, proposa Lydia. Un endroit qui nous donne l'impression d'être vivants, ensemble, heureux.

Le Pilier absorbait la chaleur du soleil de l'après-midi. Dill passa ses doigts sur le texte que Travis avait écrit – il y avait des années de cela, lui semblait-il. *Nous laissons si peu de choses derrière nous.* Ils étaient adossés à la colonne. Dill desserra sa cravate.

— L'éloge funèbre nous en a plus appris sur Jésus que sur Travis, remarqua Lydia.

C'était le prêtre de l'église que fréquentaient Travis et Dill qui l'avait prononcé. Il avait beaucoup parlé de lumière, de vie et de résurrection, et en avait très peu dit sur la vie de Travis.

— Pour être tout à fait juste avec le prêtre, il ne connaissait pas très bien Travis. Et qu'est-ce que tu racontes sur quelqu'un qui n'a vécu que dix-sept ans ? demanda Dill.

— C'est sûr, tu ne peux pas vraiment évoquer sa ribambelle de petits-enfants, répondit Lydia.

— Travis adorait *Le règne du sang*, les burgers de chez *Krystal* et son bâton de pouvoir, mais n'avait jamais embrassé une fille.

— Travis n'avait jamais embrassé une fille ?

— Tu l'as déjà entendu en parler ? Il aurait embrassé qui ?

— Ouais, pas faux. Pourtant, ça n'allait pas tarder à arriver, il me semble.

— Remarque, il n'y aurait pas beaucoup plus de choses à dire à mon enterrement.

N'a jamais embrassé de fille non plus. N'a jamais trouvé le courage de faire part de ses sentiments à la fille qu'il voulait embrasser. N'aimait même pas les burgers de chez Krystal. *A gagné un concours de talents. A enregistré quelques vidéos de ses chansons qui ont été globalement bien accueillies par les gens qui les ont vues en ligne. A été un bon employé de chez* Floyd's Foods ; *était un pro de la serpillière ; allait devenir manager de l'équipe de nuit. Avait quelques amis proches. A peut-être envoyé son père derrière les barreaux, ou en tout cas, c'est ce que pense sa mère. En matière de foi, était moyennement à la hauteur. Fin.*

— Je pense qu'une vie ne se limite pas à la somme de ses parties, déclara Lydia. Je ne trouve pas très juste de mesurer une vie en termes de réussite. Surtout pas dans le cas de Travis.

Ils écoutèrent la rivière couler. Dill se demanda si ce cours d'eau existait déjà avant que des êtres humains vivent et meurent sur ses rives. Et si à l'époque, les sons qu'il émettait étaient les mêmes. Et qu'y entendrait-on lorsque le dernier être humain s'éteindrait ? *Les rivières n'ont pas de mémoire ; pas plus que le sol ou l'air.*

— À ton avis, il est où ?

Lydia avait posé sa question d'une toute petite voix. Dill réfléchit.

— J'ai envie de dire au paradis. Mais honnêtement, où qu'il soit, j'espère que c'est mieux qu'ici.

— Quand j'y pense, parfois, je panique complètement. Je me demande s'il est en train de dégringoler à travers l'espace. De tomber, encore et encore, sans jamais s'arrêter. Dans le vide noir alors qu'il est conscient. De ce qui l'entoure. De lui-même. Qu'il a encore tous ses souvenirs.

— Du moment qu'il a son imagination.

— Ouais. Je me demande aussi si le paradis, ce n'est pas tout ce qu'on rêvait que ce soit quand on était vivant. Par exemple, les musulmans arrivent au ciel, et Allah les y attend. Du coup eux pensent : « Vous voyez ? On avait raison depuis le début ! » Peut-être qu'au ciel, Travis boit de l'hydromel dans une corne, ou un truc du genre.

— J'espère que c'est vrai. J'ai du mal à croire que tous les souvenirs de Travis – tout ce qu'il a aimé, tout ce qu'il a été – n'existent plus quelque part. Pourquoi Dieu créerait-il tout un univers en quelqu'un pour finalement le détruire ?

— Tu crois encore en Dieu ?

Il tripota le revers de sa manche avant de répondre.

— Ouais. Mais je pense qu'il a peut-être créé tout ça, et qu'ensuite, il a été un peu dépassé par les événements. Peut-être qu'il n'arrive plus à suivre toutes les mauvaises choses et à les arrêter.

Dill réfléchit un instant à ce qu'il venait de dire.

— Et toi ?

— Je ne sais pas, répondit Lydia. Je veux y croire. J'y crois, parfois. Parfois, non.

Une bourrasque de vent humide ébouriffa leurs cheveux.

— Est-ce que ça t'arrive de te demander combien de temps il te reste ? demanda Dill en dégageant une mèche de cheveux qui lui tombait dans les yeux. On a dix-sept ans maintenant, alors il nous reste soixante-trois printemps si on a de la chance. Ça t'arrive d'y penser ?

— Jamais. Mais je vais le faire, à partir de maintenant.

— J'imagine que la réponse est « un de plus », jusqu'à ce que ce soit « plus aucun ». Et on ne peut pas savoir quand la réponse sera « plus aucun ».

Ils regardèrent un vautour qui décrivait paresseusement des cercles au loin. Il se laissait porter par des courants ascendants, glissait sur l'air.

— Rien ne s'arrête après notre mort, affirma Lydia. Les saisons ne s'arrêtent pas. Cette rivière ne s'arrête pas. Les vautours continuent de voler en cercle. La vie de ceux qu'on aime ne s'arrête pas. La bobine du temps continue de se dérouler. Les histoires continuent de s'écrire.

— Lydia ?

Elle se tourna vers Dill, et, la tête penchée, le chercha des yeux.

— Ça va ?

Il regardait fixement ses pieds.

— Je ne suis pas sûr. Je suis comme anesthésié, pour l'instant. Mais je sens que les ténèbres arrivent. De la même façon qu'on sent que l'orage approche. J'entends des voix dans le noir.

Dill se tut un instant pour rassembler tout son courage.

— Il faut que je te dise quelque chose à propos de moi.

Il lui raconta l'histoire du Roi Serpent. Lydia dut clairement se faire violence pour rester neutre, ce que Dill apprécia, mais son visage trahissait l'horreur qu'elle éprouvait.

Et maintenant, tu sais qui je suis. Tu as vu sur quels rails se trouve ma vie. Peut-être que la force de mon destin est puissante au point qu'il a fallu que Travis meure pour qu'il se réalise. Fuis. Fuis comme les gens fuyaient mon grand-père, le Roi Serpent.

Quand il eut terminé son histoire, Lydia, troublée et à court de mots, resta assise en silence pendant plusieurs minutes.

— Ce n'est pas parce que le chagrin a anéanti ton grand-père qu'il va t'anéantir aussi, finit-elle par lui dire.

Elle eut beau essayer de la camoufler, Dill décela de l'incertitude dans sa voix.

Il enfonça son visage entre ses mains et pleura.

— C'est dans mon sang. Comme si chacune de mes cellules contenait ce poison, et que la substance chimique du chagrin dissolvait tout ce qui retenait ce poison. Et maintenant, ce dernier s'écoule librement, et m'empoisonne. Comme c'est arrivé avec mon grand-père et mon père.

Lydia prit la main de Dill et la tira vers elle.

— Je veux que tu m'écoutes. Ils ont cédé aux ténèbres qu'ils avaient en eux. Tu n'es pas obligé de suivre leur exemple. Je veux que tu me promettes que tu ne le feras jamais.

— Je ne peux pas.

— Promets-moi de me le dire, si tu sens que tu es sur le point d'y céder.

Elle posa une main sur sa joue, tourna son visage vers le sien et le regarda droit dans les yeux.

— Promets-le-moi, Dill.

— Tu ne seras pas là.

Les yeux de Lydia s'emplirent de larmes, qui se mirent à couler sur son visage et à tomber par terre. Elle pointa son doigt vers lui et parla avec plus de détermination.

— Dill, je dépenserai toutes mes économies et j'affréterai un jet privé s'il le faut. Je suis prête à t'attacher avec du ruban adhésif, à te kidnapper et à te ramener à la maison avec moi – littéralement. Alors promets-le-moi.

Il inspira profondément et détourna le regard, mais ne dit rien.

— Dill ?

Lydia tendit la main et tourna son visage vers elle.

— Je te le promets, finit-il par murmurer.

Je ne sais pas si je pourrai honorer la promesse que je viens de faire.

— Je veux entendre tous les mots.

— Je promets de te le dire, si je sens que je suis sur le point de céder.

— Au moins, promets-moi qu'avant d'envisager de céder aux ténèbres, non seulement tu me le diras, mais qu'en plus tu essayeras de faire carrément autre chose de ta vie, puisque de toute façon, tu n'auras rien à perdre.

— Quel genre de chose ?

— N'importe quelle chose ! Aller à la fac. Entrer dans un cirque. Vivre à poil sous un tipi. J'en sais rien, moi ! Juste un truc qui n'inclue ni serpents ni poison.

— Je te le promets.

Ils restèrent à veiller comme s'il s'agissait d'un sacrement. Jusqu'à ce que le soleil se couche et que la lumière orange sanguine du jour déclinant projette de longues ombres. Dill observa Lydia du coin de l'œil. La brise faisait voler ses cheveux sur son visage. Elle portait le soleil couchant comme une couronne flamboyante. Jeune, belle, lumineuse et vivante, elle maintint les ténèbres à distance, au moins pendant ce bref instant.

32

Lydia

Quand elle rentra chez elle, son père était assis sur le canapé et feuilletait un album de photos. Il portait toujours le costume et la cravate qu'il avait mis pour l'enterrement. Elle s'assit à côté de lui et posa la tête sur son épaule. Il passa un bras autour d'elle et déposa un baiser au sommet de son crâne.

— Tu regardes des photos de moi quand j'étais bébé ?

— Oui.

— C'est ce que tu fais depuis que tu es rentré de l'enterrement ?

— Oui, avec une ou deux pauses. Ça va, ma chérie ?

— Il me manque.

— J'imagine bien ! Tu veux qu'on en parle ?

— Pas vraiment. J'ai le cœur en vrac, papa.

Elle essuya une larme sur sa joue avant qu'elle ne puisse tomber sur l'épaule de son père.

— Moi aussi. Nous sommes là pour toi, si jamais tu as envie de discuter.

Il tira Lydia vers lui, et elle enfonça son visage dans sa poitrine.

— Nous t'avons élevée ici précisément pour que tu ne sois jamais confrontée à ce genre de situation. Et puis voilà que cela arrive. Je suis vraiment bête. Nous aurions dû nous installer en plein cœur de Manhattan.

— Papa. Tu ne savais pas.

— Nous avons fait les mauvais compromis. Nous avons fait les mauvais choix. Nous avons essayé. Il faut que tu le saches. Nous avons essayé de t'élever du mieux que nous avons pu. Je suis désolé.

— Je sais. Si je n'avais pas grandi ici, jamais je n'aurais connu Travis. Comme tu l'as dit, l'autre fois.

— Je ne sais pas ce qui se passerait si je te perdais. Cela m'anéantirait.

— Ça n'arrivera pas.

— Je veux que tu sois prudente dans ce monde. Mon cœur bat pour toi.

— Je serai prudente.

Après un long moment, Lydia se leva pour aller à l'étage.

Au bout de quelques mètres à peine, son père la rappela.

— Lydia ?

Elle se retourna.

— Si j'avais acheté tout le bois de Travis ce soir-là, est-ce qu'il serait encore en vie ?

Sa voix semblait creuse et lointaine, comme s'il posait cette question sous une terrible contrainte, à la place de quelqu'un qui ne voulait pas connaître la réponse.

— Tu es en train de me demander si tu as tué Travis ?

— Oui.

— Non. Je ne pense pas que tu aies tué Travis. Je pense que ce sont les deux hommes qui ont tiré sur Travis qui l'ont tué. Et tu ne devrais pas les absoudre de ce crime, même un tout petit peu, en prenant à ton compte quelque responsabilité que ce soit.

Il essaya de sourire, sans grand succès.

— Merci, dit-il doucement.

Il retourna à l'album de photos et Lydia se rendit dans sa chambre.

Elle se sentait vidée. Elle s'allongea sur son lit et contempla le plafond. Son téléphone vibra.

Pouah, crise avec Patrick, lui écrivit Dahlia. J'en ai ma claque des gars du lycée.

Lydia ressentit un véritable dégoût physique face à la banalité des problèmes de Dahlia à l'échelle de ceux du monde. Pourtant, son amie n'y était pour rien. Lydia se rendit compte qu'elle ne lui avait pas parlé du décès de son ami. Ne rien dire au sujet de Travis était un réflexe.

Je ne peux pas te parler. J'ai perdu un ami.

OMG, perdu, tu veux dire mort ?

Oui.

OMG. Dsl, poulette ! Tu vas bien ?

Ché pas.

Que s'est-il passé ?

Eh bien, Dahlia, pensa Lydia, *ce n'est pas comme si je l'avais mentionné avant, mais j'avais un ami qui s'appelait Travis Bohannon. Il vendait du bois de chauffage, histoire de gagner un peu de sous pour se payer des cours d'écriture et un nouvel ordinateur sur lequel il pourrait écrire des romans de* fantasy. *Et quelqu'un l'a tué pour cent vingt-trois dollars. Mais il n'était pas à la mode, alors j'avais honte de lui. Ça s'ajoute à la douleur que j'éprouve face à sa perte.* Lydia eut alors une impulsion.

Jette un œil à mon blog tout à l'heure.

Lydia s'installa derrière son bureau et se mit à écrire. Elle hésita un peu. Elle savait qu'elle s'aventurait au cœur des ténèbres. Mais elle n'avait pas le choix.

Le texte qui suit est à la fois un éloge funèbre et une confession. Mais commençons par l'éloge funèbre.

J'avais un ami. Il s'appelait Travis Bohannon. Il y a quelques jours de cela, alors qu'il vendait du bois de chauffage, deux hommes lui ont tiré dessus avant de le laisser mourir en prenant la fuite avec son argent pour s'acheter de la drogue.

Travis était très bien dans sa peau. Il était comme il était, et n'avait jamais peur de ce que les gens diraient ou penseraient de lui. Lorsque le monde était trop étriqué pour lui, il se servait de la force de son imagination pour l'agrandir. Il était l'une des personnes les plus courageuses que je connaisse. L'une des plus gentilles. Des plus généreuses. Des plus loyales. Ce matin, en vous réveillant, vous n'avez probablement pas senti que le monde était moins riche. Et pourtant, c'est le cas.

Travis mérite qu'on se souvienne de lui. S'il vous plaît, regardez son visage. Sachez qu'il a vécu et qu'il était beau. Et qu'il me manquera.

Maintenant, place à ma confession. Je mens. Je suis une imposture. Je prétends être tout ce que Travis était. Bien dans ma peau. Courageuse. L'anonymat et l'absence de lien réel entre les gens sur Internet me permet de me présenter à vous sous les traits de ce personnage. Mais la raison pour laquelle vous ne découvrez que maintenant que j'ai un ami s'appelant Travis Bohannon est que je suis lâche. Travis n'était pas « cool » au sens conventionnel du terme. Il ne s'habillait pas avec des vêtements stylés, n'écoutait pas de musique branchée. Il adorait les romans de fantasy. *Il portait un collier en toc orné d'un dragon et se baladait avec un bâton de pouvoir. Je pensais que si vous appreniez son existence, mon blog en pâtirait. Je pensais que j'aurais l'air moins cool si vous appreniez qu'il était mon ami, alors je l'ai gardé secret. Mais c'est fini. Je préfère vivre de façon authentique et en assumer toutes les conséquences que vivre dans le mensonge. Travis, je t'en prie, pardonne-moi. Tu méritais mieux.*

Lydia serra les poings et se mit à pleurer. Lorsqu'elle eut terminé, elle parcourut les photos qu'elle avait prises de Travis lors de leur expédition shopping de rentrée à Nashville. Elle en trouva une sur laquelle on le voyait appuyé sur son bâton, le regard perdu au loin.

À l'époque, elle l'avait trouvé ridicule. Un gamin qui jouait à se déguiser. Désormais, en la postant, elle le trouvait majestueux. Noble. Royal.

Elle termina son post et éteignit son ordinateur. Non pas qu'elle craigne une mauvaise réaction. Elle savait qu'elle serait submergée par une vague d'amour et de soutien. Les gens se presseraient à sa porte pour lui offrir l'absolution. Et c'était cette clémence qu'elle craignait le plus. Elle ne s'en sentait pas digne. Elle ne supportait pas d'entendre dire qu'elle n'avait rien fait de mal.

Le souffle des morts sortit trois semaines après la disparition de Travis. Les critiques furent unanimement dithyrambiques. Voici, par exemple, ce qu'on put lire dans le *New York Times* :

> Le défi qui attendait G.M. Pennington était de taille : réunir une dizaine de fils narratifs différents afin de conclure de façon satisfaisante sa saga du *Règne du sang*. Avec cet opus de 1 228 pages, il y parvient d'une manière susceptible de contenter ses fans les plus exigeants. Épique dans ses dimensions, sa violence et son imaginaire, *Le souffle des morts* impose un nouvel étalon dans le genre de la *fantasy* et confirme que G.M. Pennington mérite amplement son statut de « Tolkien américain », qu'il cimente pour de bon.

Le Dr Blankenship fit venir à domicile un psychologue spécialisé dans le deuil pour Lydia et Dill. Après l'une de leurs séances, ils se rendirent tous deux à pied jusqu'à *Riverbank Books*, qui se trouvait à quelques pâtés de maisons de chez Lydia. Il faisait chaud. Avec le dégel hivernal, un parfum écœurant et sucré de putréfaction flottait dans l'air. On sentait aussi que l'orage approchait.

— Est-ce que ces rendez-vous t'aident ? demanda Lydia.

Dill semblait vidé et spectral. Il manquait de sommeil. Ses yeux s'enfonçaient dans son crâne. Il avait pris un coup de vieux.

— Un petit peu. Je m'en sors sûrement mieux que sans.

Ils marchèrent un petit moment en silence.

— Lydia ?

— Ouais ?

— Tu crois que Travis est mort à cause de moi ? Peut-être que mon nom est tellement empoisonné qu'il arrive malheur à tous ceux qui m'approchent de trop près ?

— Non, Dill. Je ne crois pas. Même pas un peu. Mais si je comprends bien, c'est ce que toi tu penses ?

— Parfois.

— Alors je veux que tu arrêtes. Tout de suite.

Ils passèrent devant des arbres bourgeonnants qui ombrageaient de belles pelouses vertes derrière des grilles en fer forgé. Crocus, jonquilles, marguerites et jacinthes sortaient des plates-bandes. Partout, la vie bruissait, bourdonnait.

Lydia cala une mèche de ses cheveux derrière son oreille.

— Et… les ténèbres ?

Comme un fait exprès, on entendit au loin le tonnerre déchirer le ciel.

— Je suis sûre que tu l'avais prévu, plaisanta Dill avec un vague sourire.

Cette petite note d'humour mit du baume au cœur de Lydia.

— Tu surestimes mes capacités, mais pas tant que ça. Tu n'as pas répondu à ma question.

— Elles sont toujours là.

— Tu te souviens de la promesse que tu m'as faite ?

— Oui.

Ils arrivèrent devant la librairie et entrèrent. La clochette tinta. M. Burson, qui lisait en caressant un chat, ne leva pas les yeux de son livre.

— Bienvenue, bienvenue. Faites comme chez vous, feuilletez comme il vous plaira. Ce n'est pas une bibliothèque, mais n'hésitez pas à prendre une chaise et à lire comme si c'était le cas.

Et puis il vit Lydia et Dill. Son visage se décomposa.

— Oh ! là, là ! murmura-t-il en reposant son livre. Je suis tellement, tellement désolé. J'étais dévasté d'apprendre la mort de Travis. C'était un jeune homme formidable.

— Oui, en effet, dit Lydia.

— Comment peut-on commettre un tel acte ? Tuer un garçon pour de l'argent.

Son regard se perdit au loin. Ses joues tremblèrent quand il secoua la tête.

— Nous sommes une espèce déchue. Nous crachons sur le précieux salut. Rien ne pourra racheter l'humanité.

— Nous sommes venus récupérer la commande de Travis, *Le souffle des morts*, expliqua Dill.

— Oui. Oui, bien sûr.

La voix de M. Burson semblait creuse et lointaine. Il se leva de son tabouret et se dandina jusqu'à sa réserve. Il revint quelques instants plus tard, en soulevant le gros volume.

— J'aurais aimé qu'il ait l'occasion de le lire. Je n'ai plus personne à qui parler de cette saga.

Lydia sortit son portefeuille de son sac. M. Burson leva la main.

— Est-ce que vous êtes sur le point de faire ce que je pense ?

— Oui, admit Lydia.

— Prenez-le. Je vous l'offre. Je me sens terriblement mal d'avoir raté l'enterrement de Travis. Je me trouvais à Johnson City pour acheter des livres.

— C'est très gentil, dit Lydia. Mais Travis adorait votre librairie, et aurait voulu la soutenir. Alors je vous en prie, laissez-le apporter sa contribution une dernière fois.

M. Burson resta assis sans bouger pendant un moment, réfléchissant à cette proposition.

— Bon, dans ce cas-là, j'accepte.

Ils payèrent le livre et étaient sur le point de partir quand M. Burson prit à nouveau la parole. Ils se retournèrent.

— Je suis las de tant de choses, dit-il en essayant de ne pas s'effondrer. Je suis las de voir des enfants mourir. Je suis las de voir le monde broyer des gens bien. Je suis las de survivre à des gens censés mourir après moi. J'ai fait des livres ma vie car ils me permettent de m'évader de ce monde cruel et sauvage. Il fallait que je dise cela tout haut à quelqu'un d'autre qu'à mes chats. Je vous en prie, prenez soin de vous, mes jeunes amis.

— C'est promis, répondit Lydia.

Ou au moins, nous essayerons. Parfois, le monde nous réserve des surprises.

Ils partirent.

Dehors, Dill semblait encore plus blême et pâle que d'habitude sous le ciel qui s'assombrissait. Quelque chose en lui paraissait éthéré. Comme s'il était en train de disparaître sous les yeux de Lydia. De décliner. De diminuer. De s'éroder. Et elle assistait à la scène, nouée, impuissante.

Ils marchèrent jusqu'au cimetière pour déposer le livre à Travis. Le vent chaud de l'orage qui se préparait soufflait des fleurs blanches sur la route. Elles tombaient sur le sol, déchues et charmantes.

33

Dill

Le psychologue lui suggéra d'essayer de canaliser son chagrin en écrivant des chansons. Alors il essaya. Il s'assit sur le canapé, une page quasi vierge devant lui. La musique lui paraissait enfouie en lui. Il gratta mollement les cordes de sa guitare. Le même accord, encore et encore. Il travaillait dans la frustration, comme s'il pouvait libérer la musique prisonnière en lui en frappant un grand coup. Comme s'il pouvait la déterrer par la force.

L'une de ses cordes se rompit en émettant un boiiing grinçant et métallique. Dill ne les avait pas changées depuis le concours de talents. Il regarda d'un œil vide la corde cassée pendant un moment avant de balancer sa guitare à côté de lui sur le canapé. Il regarda par la fenêtre le ciel du crépuscule qui s'assombrissait. Il envisagea d'appeler Lydia mais l'effort requis lui paraissait considérable. *En plus, je crois qu'il vaut mieux que je m'habitue à son absence, les soirs où je me sens comme ça.*

À la place, Dill essaya de visualiser sa vie dans un an. Il essaya de se représenter heureux, optimiste. Il essaya d'imaginer qu'il ne voyait pas tout en gris. Il se concentra sur ces pensées pendant un bon moment avant de décider d'aller se coucher – car une fois au lit, il aurait au moins la possibilité de ne rêver de rien.

Au moment où il se leva, il vit une voiture se garer devant sa maison. C'était la Ford de la mère de Travis. Il regarda Mme Bohannon sortir de son véhicule et marcher d'un pas mal assuré jusqu'à la porte d'entrée. Elle serrait son manteau contre elle et jetait des coups d'œil furtifs de part et d'autre.

Dill ne se souvenait pas que Mme Bohannon soit jamais venue chez lui. C'était bizarre.

Il alluma la lumière du porche et ouvrit la porte avant qu'elle puisse frapper. Debout dans l'embrasure de la porte, la bouche entrouverte, on avait l'impression que Dill lui avait volé les dernières quelques petites secondes qui lui étaient nécessaires pour savoir quoi dire.

— Dill.

— Hé, madame Bohannon. Vous… voulez entrer ?

Elle eut un sourire maladroit. Pas très convaincant. Elle était très maquillée – plus que d'habitude –, et ses yeux étaient rouges.

— Je peux ? Ta maman est là ?

Dill se déplaça pour lui céder le passage et lui fit signe d'entrer.

— Elle est encore au travail. Elle ne sera pas à la maison avant environ une demi-heure. Vous vouliez la voir ?

Mme Bohannon entra et se recoiffa pendant que Dill refermait la porte.

— Non, non. En fait, c'est toi que je suis venue voir.

— Ah ! OK. Vous voulez vous asseoir ?

Dill se précipita vers le canapé et déplaça sa guitare.

— Juste une minute, alors. Je ne peux vraiment pas rester longtemps.

Elle s'assit et prit une grande inspiration.

— Comment vas-tu, Dill ?

— Je…

Dill s'apprêtait à dire qu'il allait bien. Mais il en fut incapable. Quelque chose dans le regard de Mme Bohannon était trop à vif pour qu'on lui mente.

— Je ne vais pas bien. Je vais mal. Je vais mal depuis… depuis Travis.

Les yeux de Mme Bohannon s'emplirent de larmes. Elle détourna la tête et se mit à cligner rapidement des paupières. Puis elle posa de nouveau le regard sur Dill.

— Moi aussi. Ce soir, j'avais besoin de parler à quelqu'un qui le connaissait. Je voulais aussi voir comment tu allais. Et te remercier d'avoir été un si bon ami pour lui. Je sais qu'il n'avait pas beaucoup de copains. Les enfants sont cruels envers ceux qui sont différents, et Travis était différent. Désolée. Je divague…

— Vous n'avez pas à être désolée.

Dill commençait à avoir la gorge nouée.

Mme Bohannon laissa échapper un sanglot involontaire et posa une main sur sa bouche.

— J'ai fait de mon mieux pour être une bonne mère pour lui.

— Je sais. Travis disait que vous étiez une bonne mère.

Le temps de se ressaisir, elle baissa la tête et se couvrit les yeux avec les mains. Lorsqu'elle leva de nouveau la tête, le mascara dessinait des coulures d'encre sur son visage.

— Une fois, Travis devait avoir six ans, nous avons pris la voiture pour rendre visite à ma sœur à Louisville.

Sur le trajet, nous sommes passés devant une chaussure abandonnée au milieu de la route. Travis a dit : « Maman, cette chaussure, elle ne va pas se sentir seule ? » Ça l'a tellement stressé qu'il s'est mis à pleurer. Bien sûr, Clint et Matt ont trouvé ça terriblement drôle. Ils ont ri, et ri. Pas méchamment. À l'époque, Clint était plus gentil. Simplement, ils ne comprenaient pas. Mais c'était mon Travis. Je suis habitée de tant d'histoires comme celles-ci.

Elle sortit un mouchoir en papier de sa poche et s'essuya les yeux.

— C'est du Travis tout craché !

— J'ai toujours cru que Matt était courageux et fort alors que Travis était doux et gentil. Finalement, j'ai compris que Travis était doux, gentil, courageux et fort.

Mme Bohannon marqua un temps d'arrêt.

— Mais maintenant, ils sont tous les deux partis. Je ne suis plus une mère.

Dill et Mme Bohannon se regardèrent en silence. Puis ils se serrèrent dans les bras pendant ce qui sembla une heure, pleurant tous les deux encore un peu.

Mme Bohannon prit ensuite une grande inspiration et s'essuya les yeux. Elle jeta un coup d'œil à sa montre.

— Il vaudrait mieux que j'y aille. Merci, Dill. Pour ce soir. Et pour tout. J'imagine que c'est ici que Travis est resté lorsque…

Dill hocha la tête.

— De rien.

Il l'accompagna jusqu'à la porte.

Mme Bohannon s'engagea dans l'allée devant la maison. À la lumière du porche, Dill remarqua que sa voiture était remplie de sacs, de vêtements et d'affaires empilés n'importe comment. Et il comprit.

— Madame Bohannon ?

Elle se retourna, des larmes ruisselant sur son visage.

— Je ne vous reverrai plus, n'est-ce pas ? demanda-t-il.

Elle secoua la tête.

— Alors je dois vous donner quelque chose.

Dill retourna dans la maison, alla dans sa chambre et prit le bâton de Travis.

Mme Bohannon séchait encore ses larmes lorsqu'il la retrouva dehors. Son maquillage avait tellement coulé que ses bleus transparaissaient.

Il lui remit le bâton de Travis. Elle le souleva et sourit à travers ses larmes. Elle essaya de le remercier, mais fut incapable de parler. Elle toucha le visage de Dill avant de poser sa main sur sa poitrine.

— Bonne chance, madame Bohannon.

— Merci, Dill, murmura-t-elle. Bonne chance à toi aussi.

Elle posa avec précaution le bâton sur le siège passager, monta dans sa voiture et démarra.

Ce soir-là, Dill ne dormit pas. Il réfléchit à comment se sortir de la douleur, comment y échapper. Il enviait Mme Bohannon.

Le lendemain matin, Dill ne parvint pas à sortir du lit. Non pas qu'il essaya.

Dill entendit frapper à la porte, mais ne réussit pas à rassembler l'énergie nécessaire pour parler. Une minute ou deux plus tard, sa mère entra.

— Dillard ?

— Quoi ?

— Pourquoi tu n'es pas debout ? Tu as cours.

— Je n'y vais pas.

— Tu es malade ?

— Je n'ai pas envie d'y aller, c'est tout.

— Tu devrais y aller.

— Pourquoi ? Qu'est-ce que ça peut te faire ? Tu voulais que j'arrête, cette année.

Il roula sur le côté, lui tournant le dos.

Elle vint s'asseoir au bord du lit.

— Non, c'est vrai. Mais tu as insisté. Tu t'es engagé. Alors je veux que tu honores cet engagement. Nous honorons nos engagements dans cette maison. Nous ne sommes pas riches mais nous tenons notre parole.

— Pas aujourd'hui. Aujourd'hui, c'est le mauvais jour pour honorer quoi que ce soit.

La voix de sa mère se fit étonnamment douce.

— C'est Travis, le problème ?

Dill roula sur son dos pour la regarder.

— Non, le problème, c'est ma vie. Et Travis n'est qu'une partie de cette histoire pitoyable. Les gens me quittent. C'est comme ça.

— Pas Jésus. Il est toujours avec toi. Nous sommes trop bénis pour être déprimés.

Dill laissa échapper un rire amer.

— Ah, oui ! Béni est le premier mot qui me vient à l'esprit quand je pense à notre vie.

— Je sais. Nous traversons des épreuves. Ne pense pas que je n'ai jamais demandé à Dieu : « Pourquoi moi ? » Mais la réponse est toujours la même : Pourquoi pas moi ? Pourquoi ma vie devrait-elle être dénuée de douleur et de souffrance alors que le Christ a enduré toutes sortes de choses pour nous ?

— Tant mieux si cette stratégie marche pour toi.

— Je m'inquiète pour toi, Dillard. Je ne t'ai jamais vu dans cet état, même quand on nous a enlevé ton père.

Dill ne lui répondit pas.

— Imagine à quoi ressemblerait notre vie si je décidais un jour, comme ça, de ne pas me lever un matin.

— Je ne t'en voudrais pas. Peut-être que toi et moi, on n'a aucune raison particulière de se lever le matin.

Sa mère se tut pendant un moment.

— Je me lève chaque jour parce que je ne sais jamais quand je vais me retrouver confrontée à l'une des petites grâces de Dieu. Peut-être qu'en nettoyant une chambre, je vais tomber sur un billet de un dollar. Ou qu'un soir tranquille à la station-service, je vais être payée à rester sur ma chaise à contempler le soleil se coucher. Il se peut juste que je ne souffre pas trop ce jour-là. Chaque jour est un sacré miracle. Voir l'esprit de Dieu se déplacer sur le visage de nos vies comme il l'a fait en traversant les eaux dans les ténèbres de la création.

— Dieu m'a abandonné.

— C'est faux. Je te le promets.

— Si, aujourd'hui, il m'a abandonné.

— Tu veux prier avec moi, Dillard ?

— Non.

— Alors je vais prier pour nous deux.

— Vas-y.

— Jésus connaît nos chagrins. Il les a goûtés. Il a bu le calice amer.

— Alors il sait déjà que je ne sortirai pas de mon lit aujourd'hui.

34

Lydia

Assise dans sa voiture, Lydia essaya une nouvelle fois d'appeler Dill. C'était sa cinquième tentative infructueuse. Elle secoua la tête et regarda la maison délabrée de son ami, guettant du mouvement à l'intérieur. Rien. La voiture de sa mère n'était pas là. Mais elle avait l'impression qu'il y avait quelqu'un. Elle consulta sa montre. Les cours commençaient dans quinze minutes.

Où es-tu, Dill ? Bizarrement, j'ai du mal à croire que tu aies décidé de te lever de bon matin et de te rendre à pied au lycée.

Lydia soupira, mit le contact et s'apprêta à démarrer. Elle s'arrêta brusquement.

Une autre fois, pourquoi pas. Je partirais. Je prendrais des nouvelles le lendemain. Je le pourrirais de m'avoir obligée à faire le déplacement pour rien. Mais ce n'est pas une période normale. Lorsque Travis s'est fait défoncer les dents de devant, tu ne t'en es pas rendu compte. Tu ne vas pas laisser Dill se vider de son sang ou s'étouffer dans son vomi dans cette maison.

Le cœur battant, Lydia sortit de la voiture et se rendit à la hâte jusqu'à la porte d'entrée. Elle frappa et essaya de discerner des signes de vie. Rien. Elle frappa de nouveau, plus fort. Toujours rien. Elle se retourna et commença à rejoindre sa voiture.

Ce n'est pas une période normale. Ce n'est pas une période normale.

Son cœur tambourinait dans sa poitrine. Elle prit son courage à deux mains et revint sur ses pas en jetant un coup d'œil aux misérables maisons délabrées qui encadraient celle de Dill. Peu probable que leurs habitants s'offusquent de voir quelqu'un entrer chez les Early sans y avoir été préalablement invité.

Lydia essaya la poignée qui pendillait. Celle-ci tourna en émettant un bruit de ferraille, et la porte d'entrée s'ouvrit en grinçant. Les narines de la jeune fille furent assaillies par une odeur de moquette moisie et de pain rassis.

C'est l'odeur du désespoir. Elle n'était jamais allée chez Dill. Il ne l'avait jamais invitée à entrer. En fait, il avait toujours déployé de gros efforts pour s'assurer qu'elle ne voie jamais à quoi ressemblait l'intérieur de sa maison. Pas étonnant. C'était pire que ce qu'elle avait pu imaginer – non pas qu'elle aimait particulièrement imaginer comment vivait son ami.

— Dill ?

Sa voix se perdit, absorbée par la proximité du salon poussiéreux et défoncé. Lydia entra, se frayant un chemin dans la lumière grise, marchant avec précaution comme si le sol pouvait s'effondrer sous ses pieds.

— Dill ?

Elle jeta un œil à l'intérieur d'une pièce spartiate. Il y avait un lit, qui était bien fait et au-dessus duquel était accroché un verset biblique au point de croix, une bible sur la table de chevet, et presque rien d'autre.

Lydia se tourna vers la porte close derrière elle. Le sol grinça. Ses oreilles bourdonnaient. L'adrénaline lui brûlait les entrailles, et la peur, acide, l'arrière de sa gorge. Elle sentit une montée de panique froide.

Elle tendit la main, hésita, et frappa doucement à la porte.

— Dill ? Hé, mec. On a cours. Dill ?

Silence. Lydia s'efforça de parler avec courage et décontraction.

— Hé, Dill, si t'es en train de te palucher, arrête, parce que j'entre. Et on serait tous les deux très gênés !

Silence.

Pitié. Pitié. Sois juste bien, là-dedans. Pitié. Tu ne peux pas mourir dans cet endroit horrible.

Elle tourna la poignée et poussa la porte, laquelle, ne tenant plus que sur une charnière, lâcha et se coinça dans la moquette.

— Dill ?

Lydia poussa deux ou trois fois la porte avant de comprendre qu'il fallait qu'elle soulève en même temps le panneau pour que cela marche.

Elle scruta la pénombre environnante. Autour des stores qui étaient baissés, quelques filets de lumière filtraient, illuminant la silhouette sur le lit. Dill, allongé torse nu et le dos tourné à la porte, ne bougeait pas. Chaque os de son dos était apparent. Il semblait si petit. Le rythme cardiaque de Lydia se calma un peu quand elle le vit respirer.

— Dill ?

Elle approcha à tâtons, se rattrapant après avoir trébuché sur l'une de ses bottes. Elle s'assit dans un coin du lit à côté de lui, tendit le bras et toucha son épaule de façon hésitante. Elle sentit qu'il était chaud. C'était une bonne chose.

— Quoi ? demanda Dill.

Sa voix était glaciale et terne.

— Je m'inquiétais pour toi. En fait, je m'inquiète toujours. Tu vas bien ?

Dill gardait les yeux rivés sur le mur en face de lui.

— Mieux que jamais.

Lydia se força à rire.

— Question idiote, pas vrai ?

— Ouais.

Lydia parcourut la pièce du regard tandis que ses yeux s'habituaient à l'obscurité. Les quelques vêtements que possédait Dill – ceux qu'elle l'avait aidé à choisir – étaient éparpillés par terre ou s'échappaient de tiroirs à moitié ouverts de la commode. Le sol était jonché d'une couche de boulettes de papier. Sans doute des feuilles qu'il avait arrachées à son carnet de chansons. Sa guitare était posée n'importe comment dans un coin. L'une des cordes était cassée et pendouillait au bout du manche.

Étape un : faire en sorte que Dill quitte sa chambre, parce que cet endroit me donne envie de me suicider alors que je ne suis que modérément déprimée.

Lydia posa de nouveau la main sur l'épaule de son ami et le secoua doucement.

— Hé, oh ! Viens ! On bouge. Pas forcément en cours. On n'a qu'à sécher pour regarder des trains, aller au Pilier, ou autre.

— Non.
— Viens, on n'a qu'à prendre la voiture et rouler. Qu'est-ce qui te tente ? Nashville ? Atlanta ? Pourquoi pas Memphis, on pourrait faire un tour à Graceland[1] ?
— Non.
— D'accord. Suggère des trucs alors !
— Je veux rester allongé ici.
— Ça craint un peu, comme plan.
— Ouais, sûrement.
On tourne en rond. Lydia laissa sa main posée sur l'épaule de Dill tout en réfléchissant à la suite.
— J'ai vu la mère de Travis hier soir.
— Comment elle tient le coup ?
— Mal. Elle était sur le départ.
— Tu veux dire qu'elle se casse pour de bon ?
— Ouais.
— Mais pas avec cet abruti de père de Travis ?
— Non.
— Waouh. Tant mieux pour elle. Elle t'a dit où elle allait ?
— Non, et je ne lui ai pas demandé. Je lui ai donné le bâton de Travis.
— Bien.
Nouveau long silence. Autour d'eux, la maison grinçait, craquait.
— Travis me manque aussi, Dill. Chaque jour.
— Le problème, ce n'est pas juste Travis.
— Je sais.
Dill se mit sur le dos et regarda Lydia.
— Reste, implora-t-il doucement.

1. Nom de la demeure d'Elvis Presley, transformée aujourd'hui en musée qui expose des objets ayant appartenu au défunt chanteur.

— Je veux bien, mais je pense sérieusement que tu te sentirais mieux si tu sortais de ton lit et que tu me laissais t'emmener quelque part.

— Tu n'as pas compris. Je veux que tu restes ici. Je t'en supplie.

Lydia sentit son estomac se nouer lorsqu'elle saisit le sens de ses propos.

— Dill, je…

— Tu vas me dire que tu ne peux pas. Mais ce n'est pas vrai. Tu peux. En revanche, tu ne veux pas.

Pas ça. Pas maintenant. Tu m'as promis. Enfin, tu ne m'as pas vraiment promis. Mais c'était implicite dans la promesse que tu m'as faite. Elle le regarda dans les yeux. Ils étaient vitreux, vides.

— Je ne resterai pas, parce que je ne peux pas.

— Tu peux faire tout ce que tu veux. Tu pourrais rester.

— Dill, s'il te plaît, arrête. Ce n'est pas juste. Je ne vais pas rester. Pars, toi. Pars comme moi. Pars comme la mère de Travis.

— Je…

— Ouais, ouais, je sais. Tu ne peux pas. Mais ce sont des excuses, tout ça. Tu peux le faire. C'est juste que tu ne veux pas.

— Je ne peux pas. Je n'arrive même pas à sortir de mon lit.

— Viens avec moi. Viens à New York. Tu pourras dormir sur mon canapé. On te trouvera un boulot. Je te tannerai à propos de la Bible et te ferai culpabiliser pour que tu te sentes comme à la maison.

— Non.

Lydia perçut une morne détermination dans sa voix.

— Je ne lâcherai pas l'affaire.

Dill se remit sur le côté. Elle attrapa son bras et essaya doucement de l'obliger à se tourner vers elle.

— Dill…

Il repoussa violemment sa main.

— Va-t'en, murmura-t-il. Je veux rester seul.

— Ce n'est pas bon pour toi de rester seul en ce moment.

— Ah ça, c'est sûr. Mais autant que je m'habitue. Casse-toi.

C'était la première fois que Dill se montrait agressif à son égard.

— Non, répondit-elle en s'efforçant de ne pas avoir l'air aussi effrayée et impuissante qu'elle l'était.

— Casse-toi ! cria-t-il. Laisse-moi tranquille !

Lydia se leva, attrapa son bras et l'obligea à se mettre sur le dos. Elle essaya de maîtriser sa voix, qui trembla malgré tout. Elle enfonça son doigt dans le torse nu de son ami.

— Tu sais quoi ? Tu te comportes en gros naze. Tu es injuste, et ça craint. Et si tu penses que je vais te laisser te noyer comme ça, sans bouger, tu te trompes complètement. Aujourd'hui, je te laisse t'apitoyer sur ton sort, parce que parfois, ça fait du bien de pleurnicher, mais crois-moi : je vais t'obliger à tenir ta promesse. Et on va réparer la corde de ta guitare. Compris ?

— Très bien. Va-t'en.

— Tu sais à quel point tu es blessant, là ? En plus, s'il t'arrive un truc, ça sera l'horreur pour moi.

Dill ne répondit pas. Il se remit sur le côté. Lydia garda les yeux rivés sur lui, cherchant désespérément une dernière chose à ajouter. Quelque chose qui réparerait tout. La blague parfaite. La réplique spirituelle.

Le bon mot intelligent. Une fois n'est pas coutume, rien ne lui vint à l'esprit.

Elle tourna les talons et sortit. Elle s'attarda un peu dans le salon, en serrant et desserrant les poings. Respira profondément en essayant de ne pas pleurer.

Lorsqu'elle referma la porte d'entrée, elle eut l'impression de pousser une pierre pour boucher l'entrée d'une tombe.

Lydia resta allongée sur son lit dans état d'épuisement absolu. Le lycée craignait. Tout craignait. Elle était sur le point de mettre sa musique préférée pour se calmer – les vidéos de Dill – quand elle se souvint que chez son ami, tout n'était pas rentré dans l'ordre.

Lydia savait que Dill détestait envoyer des textos parce que sur son téléphone à clapet préhistorique, c'était fastidieux. Mais elle lui écrivit malgré tout car son cœur se serrait lorsqu'elle repensait à la tonalité grise de sa voix. **J'ai passé une journée atroce et il faut que je sache tout de suite si, au moins, tu vas bien. Sinon je vais me mettre à hurler et à casser des trucs.**

Quelques secondes plus tard : Je vais bien je crois.

35

Dill

Mais il n'allait pas bien. En dépit de tout, les ténèbres gagnaient du terrain. Jour après jour, le poison se diffusait, l'étranglait.

Dormir ne lui était d'aucun soulagement. Jamais il ne se réveillait avec l'impression de s'être reposé. Il rêvait de serpents. Il avait des visions dans lesquelles il les manipulait, les laissait s'enrouler autour de ses bras et de son cou. Il se parait de leur peau, de leur crâne, de leurs crocs ; il était débraillé, hirsute et barbu, sentait la matière en décomposition. Il n'était plus qu'une épave. Dill se voyait passer devant Lydia dans la rue alors qu'elle rentrait à la maison pendant les vacances universitaires. Il la regardait fixement de ses yeux vides, mais ils n'échangeaient pas un mot.

Dans ses rêves, Travis venait lui rendre visite. Ils prévoyaient de vivre sous le même toit, d'avoir des bureaux côte à côte. Et puis il se réveillait et, pendant quelques secondes, il était incapable de distinguer le rêve de la réalité. Dans ses songes, Lydia lui annonçait qu'elle restait et ne l'abandonnait finalement pas. Lorsqu'il rouvrait les yeux, le moment où il perdrait le seul bonheur qui lui restait s'était rapproché d'un jour.

Quand Lydia le regardait, ses yeux trahissaient qu'elle le savait à la dérive, disparaissant devant elle comme le brouillard dans le soleil du matin. Et elle n'y pouvait rien. Par conséquent, il passait beaucoup de temps seul. Il ne la rappelait pas. Être à ses côtés tout en sachant que les secondes défilaient et qu'elle ne tarderait pas à partir rendait les choses encore plus pénibles. Lorsqu'ils étaient ensemble, elle l'emmenait regarder des trains, mais il ne supportait pas leur vie, leur énergie. Il n'avait pas d'espace pour les accueillir en lui.

Sa mère essayait de communiquer avec lui à travers les textes sacrés, en lui rappelant les labeurs de Jésus. Cela ne fonctionnait pas. Et de toute façon, elle n'avait pas beaucoup de temps à lui consacrer.

Le monde qui l'entourait lui paraissait en sourdine, terne. Chaque son qui parvenait à ses oreilles semblait avoir traversé une épaisse couverture en laine. Il n'avait pas de musique en lui ; les rares fois où il s'asseyait pour écrire, la page restait blanche. Ses doigts ne parvenaient pas à former des accords sur les cordes de sa guitare. Lydia lui montrait le nombre grandissant de *likes* et de vues de ses vidéos afin d'essayer de fendre son armure, mais cela ne fonctionnait jamais.

La nourriture n'avait pas de saveur. Tout ce qu'il sentait, c'était le désespoir envahissant et dévorant, comme de la suie sur sa langue. Il cessa de se rendre aux rendez-vous avec le psychologue.

Dill traversait ses journées telle une apparition. Vivre lui semblait aberrant, âpre, pénible. Comme des ongles sur un tableau noir. Un moteur qui manque d'huile. Les roues d'un engrenage qui grincent. Des dents fêlées qui se désagrègent. Une brûlure. L'éreintement.

Le matin, il se levait et allait au lycée avec Lydia. Ils n'échangeaient pratiquement pas de tout le trajet, même si elle essayait de lui arracher quelques mots. Incapable de se concentrer, il comptait les minutes avant la fin des cours. Puis il allait au travail et accomplissait ses tâches dans un brouillard somnolent. Ensuite, il rentrait chez lui et se couchait aussi tôt que les codes humains l'autorisaient, afin d'éviter d'avoir à interagir avec sa mère. Elle aussi se rendait compte qu'elle le perdait. Dill le lisait sur son visage, et c'était pour lui une blessure de plus. Il savait qu'elle priait pour lui, et il ne voulait pas être une autre de ses prières restées sans réponse.

Et, par-dessus tout, il y avait le poids écrasant du destin. La conviction de plus en plus solide qu'il était en train de réaliser un plan ancestral préétabli, codé dans son sang, présent dans l'architecture même de son nom. Quelque chose d'horrible et d'inévitable.

Un matin, à la fin du mois de mars, Dill se réveilla en se demandant s'il serait de nouveau heureux un jour. Au moins, le soleil brillait. Le monde était verdoyant, en contraste avec la désolation qui l'habitait.

Il alla à Bertram Park pour regarder les trains. Il dut patienter un long moment. Puis il marcha jusqu'au Pilier et grimpa. Il portait ses habits préférés. Des habits que Lydia avait choisis pour lui.

Il resta adossé à la liste de choses qu'il avait un jour aimées et écrites. Il ferma les yeux et sentit le soleil sur son visage. Il étudia les motifs lumineux derrière ses paupières, se demandant s'il lui restait quelque chose à perdre – si quelque chose le retenait. Non.

Est-ce qu'il manquerait à Lydia autant qu'elle lui manquerait ? Probablement pas. Est-ce qu'au moins elle lui pardonnerait d'avoir trahi sa promesse ? Il l'espérait.

Il se demanda s'il reverrait Travis. Il l'espérait aussi.

Il se demanda s'il manquerait à ses parents. Peut-être son salaire, mais sûrement pas lui.

Il se questionna. Est-ce que les choses auraient pu prendre une autre tournure s'il avait eu davantage la foi, s'il avait porté un autre nom ou s'il était né dans d'autres circonstances ? Il l'ignorait.

Il se demanda pourquoi il lui semblait que Dieu l'avait abandonné. Cette question resta sans réponse. Dieu avait-il suffisamment conscience des détails pour se sentir offensé par l'acte qu'il pensait commettre ? Le garçon s'en moquait.

Il regarda la rivière en contrebas et se souvint du jour de son baptême, ici même.

Il a huit ans et porte une chemise blanche et un pantalon noir trop grands pour lui. Son père lui a dit qu'il marchait dans les pas de Jésus, qui a été baptisé dans le fleuve Jourdain par Jean-Baptiste. Et Dill est content de suivre Jésus, mais encore plus de faire plaisir à son père.

Son père lui dit que le baptême symbolise la mort, l'enterrement et la renaissance en tant que disciple du Christ. Que ce sacrement le lavera de ses péchés.

Et Dill s'en réjouit, bien qu'une part de lui se rende compte qu'il n'a pas eu beaucoup de temps pour pécher.

Les fidèles sont disséminés le long de la rive et chantent « Amazing Grace ». Dill entre dans l'eau et s'enfonce dans le sol boueux en essayant de rejoindre son père qui l'attend plus loin, un sourire aux lèvres. La rivière se tortille autour de ses mollets, de ses genoux, de ses cuisses, puis de sa taille. Elle lui semble vivante, pareille à un serpent.

Son père prend sa main et le tient tandis qu'il l'immerge complètement dans l'eau fangeuse avant de l'en sortir rapidement, dégoulinant. Dill essuie l'eau sur son visage, et le bruit des applaudissements en provenance de la rive s'intensifie lorsque ses oreilles se débouchent. Son père le serre contre lui. Dill patauge jusqu'au bord en chantant « What a Friend We Have in Jesus » de sa voix aiguë et cristalline.

Il se sent purifié. Comme si les flots de la rivière avaient balayé tous les poids et les soucis qui l'encombraient.

Dill baissa les yeux vers la rivière. Il eut envie de ressentir la même chose. Il se demanda si l'eau trouble qui glissait quelques mètres plus bas pouvait emporter au loin ses fardeaux. Et puis il se souvint de la dernière fois où il s'était senti aussi libre et propre. Debout sur la scène du concours de talents, le regard plongé dans celui de Lydia.

Le soleil se couchait. Dill guetta la ligne indigo dans le ciel, attendit la première étoile du soir.

Et puis il se leva et rassembla son courage. Il décida d'en finir avec cette vie et de tenter sa chance dans la prochaine.

36

Lydia

On frappait à la porte avec de plus en plus d'insistance.

— J'arrive, cria Lydia. Une seconde !

Les coups continuèrent.

— Calmos ! cria-t-elle.

Elle ouvrit. Son pouls s'emballa.

— Tout va bien ? demanda-t-elle.

Dill était sur le seuil. Des larmes maculaient son visage.

— Je suis ici parce que je t'ai fait une promesse. Si je ne pars pas étudier à la fac, je vais en mourir. Je n'y arriverai pas sans ton aide.

Lydia se jeta sur lui et le serra plus fort que jamais dans ses bras. Elle faillit casser ses lunettes contre sa pommette. Ses larmes de joie coulèrent sur le cou de Dill.

— Ma puce ? Est-ce que tout va bien ? demanda le Dr Blankenship en se dirigeant vers la porte d'entrée. Dill ?

Lydia relâcha son étreinte et respira fort, s'éventant avec la main pour reprendre ses esprits.

— Oui, tout va bien. Papa, je pense que je vais faire une nuit blanche. Dill va étudier à la fac, et comme il s'est décidé au dernier moment, ça urge.

— Il va vous falloir du café. De première qualité. Beaucoup de café, dit son père en se rendant dans la cuisine.

— Et des pizzas. La bacon et *cream cheese* au piment. Tout de suite !

— Mais tu détestes *Pizza Garden*.

— Je ne suis pas fan. Nuance !

— Et la mère de Dill ? Elle ne doit pas voir d'un bon œil qu'il découche chez une fille, si ?

— Pas faux, répondit le garçon.

— Et on ne doit pas lui parler de la fac. Il nous faut un mensonge en béton.

— Je dois te dire officiellement que je n'aime pas qu'on mente aux parents, déclara le père de Lydia.

— Je dois te dire officiellement qu'on s'en fout et qu'on n'a pas de temps à perdre pour les pizzas, répliqua la jeune fille.

— Touché !

— Bon, revenons-en à nos bobards… Tu ne te sens pas bien et tu vas dormir sur notre canapé ? suggéra Lydia.

— Même pas en rêve. Il nous faut un truc bibliquement correct… Je suis en train de vous lire le Nouveau Testament et de vous apporter la parole de Jésus à domicile. Toute ta famille baigne dans le Saint-Esprit, et en redemande.

— Elle va avaler ça ? demanda Lydia, stupéfaite.

— Vouloir croire en quelque chose, c'est puissant.

Dill sourit. C'était un vrai sourire. Le premier que Lydia voyait depuis des semaines. Depuis avant. Ils envoyèrent un SMS à la mère de Dill. Elle était ravie. En plus de la dimension religieuse, elle devait être soulagée de lire que Dill s'intéressait de nouveau à quelque chose.

Ils s'étalèrent dans la chambre de Lydia. Dossiers d'inscription à la fac, de prêt étudiant et de bourse : son imprimante chauffa. Dill, heureusement et malheureusement, connaissait toutes les informations importantes relatives à sa famille, jusqu'au numéro de sécurité sociale de sa mère.

— Papa ? cria Lydia à un moment.

— Oui, ma chérie ?

— Commence à écrire une lettre de recommandation pour Dill.

— Tout de suite.

Ils travaillèrent toute la nuit. Rapidement, ils décidèrent que Dill postulerait aux universités suivantes : la Middle Tennessee State University (MTSU), la University of Tennessee à Knoxville et la University of Tennessee de Chattanooga. La MTSU était son premier choix, car cette fac proposait un cursus consacré à l'industrie de la musique, et que Lydia sentait que Dill pourrait s'y épanouir. Une recherche sur Google lui révéla que soixante-dix pour cent des étudiants venaient d'une famille où personne n'avait jamais fait d'études supérieures.

À l'aube, Dill était prêt à envoyer sa candidature, avait terminé sa dissertation d'admission et rempli ses dossiers de demande de bourse. Lydia et lui étaient allongés sur le lit, côte à côte, et contemplaient le plafond, épuisés et silencieux. Comme des marathoniens qui viennent de franchir la ligne d'arrivée.

— Dill ?

Long blanc.

— Je peux te poser une question ?

Autre long blanc.

— Tu étais vraiment prêt à le faire ?

Il inspira une grande bouffée d'air qu'il retint dans ses poumons avant d'expirer.

— Oui, à deux doigts.

— Qu'est-ce qui t'a arrêté ?

— Ma promesse. Et je me suis rappelé le concours de talents.

Lydia se tourna vers lui et posa une main sur sa joue.

— Merci d'avoir tenu ta promesse. Ça me briserait le cœur de vivre dans un monde sans toi.

Dill posa sa main sur la sienne, sans bouger d'abord. Puis il se mit à la caresser doucement, à passer ses doigts sur les siens.

37

Dill

Il eut l'impression d'entendre les battements du cœur de Lydia. Ou peut-être étaient-ce les siens, qui tambourinaient dans ses oreilles. *As-tu toujours peur ? Même maintenant ? Même en entendant ton propre cœur battre dans l'ombre de la mort ?* Sa main se déplaça avec plus d'insistance sur celle de Lydia, qui resta sur son visage. Lentement, il glissa ses doigts entre les siens, longs et délicats, comme il voulait le faire depuis très longtemps. Les battements de son cœur résonnèrent plus fort encore dans ses oreilles.

38

Lydia

Chaque partie de son corps lui sembla chaude, liquide et rouge tandis que Dill, du bout de ses doigts calleux à cause de la guitare, caressait sa peau. Elle écarta ses doigts afin qu'il puisse y glisser les siens. *Je ne sais pas ce que c'est, mais ça me plaît. C'est peut-être irréfléchi, imprudent, mais je m'en fous. Je préfère le perdre comme ça que de n'importe quelle autre façon.* C'était là la traduction la plus cohérente de ses pensées confuses. Le délire sauvage qu'elle ressentait était peut-être le résultat d'un manque de sommeil combiné à un excès de café. Mais elle n'y croyait pas vraiment. Elle avait déjà manqué de sommeil et bu trop de caféine auparavant, et jamais elle n'avait désiré que les mains de son meilleur ami fassent au reste de son corps ce qu'elles étaient en train de faire à ses doigts.

39

Dill

Leurs doigts s'entrelacèrent et leurs mains se joignirent. *Et toi qui pensais que continuer à vivre était ton action la plus courageuse de la semaine.* Il alla dans la chambre forte dans laquelle il conservait en secret ce qu'il avait ressenti au concours de talents. Il l'ouvrit pour la deuxième fois en vingt-quatre heures. Il espérait que le souvenir de cet instant le soutiendrait une fois de plus.

Rapidement, Dill se mit sur le côté et se hissa sur son coude gauche. Son visage se retrouva à quelques centimètres seulement de celui de Lydia. Ils se regardèrent droit dans les yeux. La respiration de Lydia s'arrêta. Pendant une seconde, Dill craignit qu'elle éclate rire. Cela ne se produisit pas. À la place, elle écarta les lèvres comme pour dire quelque chose. Mais resta muette. Dill pensait ne jamais pouvoir se sentir aussi vivant qu'après avoir fait quelque chose d'incroyablement courageux. Il se rendit compte qu'il se sentait aussi très vivant juste avant.

Dill découvrit qu'il n'y avait pas que la musique qui lui venait naturellement.

40

Lydia

Les lèvres de Dillard Early étaient sur les siennes, et c'était son premier baiser. Pour lui aussi. Mais ils s'habituèrent rapidement et, après quelques moments d'hésitation, ils commencèrent à vraiment s'embrasser. Le visage. Le cou. Les doigts. Il y avait dans ce qu'ils faisaient un désir et une faim qui allaient au-delà du sexe. Quelque chose de plus primal, de plus vital. Le poids d'années à l'avoir désiré.

C'est une très mauvaise idée de sauter le pas avec ton meilleur ami deux mois et demi avant de partir t'installer à New York. C'est un très bon moyen de vous retrouver tous les deux avec le cœur brisé. C'est une très bonne façon de te détourner de ta nouvelle vie. C'est vrai.

C'est vrai.

C'est vrai.

C'est vrai.

— Lydia ? cria Mme Blankenship dont les pas résonnaient sourdement dans les escaliers.

Dill se détacha de Lydia comme si elle était radioactive. Allongés côte à côte, ils regardèrent fixement le plafond en essayant de reprendre leur souffle tout en étouffant un rire.

Mme Blankenship apparut dans l'embrasure de la porte, une tasse de café dans la main, habillée pour le travail.

— Eh bien, vous n'avez pas chômé cette nuit, pas vrai, les enfants ?

— Ce matin non plus, dit Lydia.

Elle sentit que Dill, agité de soubresauts, essayait désespérément de ne pas rire. *Retiens-toi, Dill. Retiens-toi. Garde ton sang-froid.*

Dill laissa échapper un grognement du fond de sa gorge. Il essaya de le camoufler en toussant. Et cela servit de détonateur. Fous rires. En cascade. Lydia se tourna vers Dill et enfouit son visage dans son bras.

Mme Blankenship les étudia avec une expression suspicieuse.

— Bon… Je crois que j'ai loupé un truc.

— C'est rien, maman, dit Lydia en essayant de se ressaisir, la voix étouffée par la manche de Dill.

— On riait à cause d'une blague.

Mme Blankenship haussa les sourcils et s'appuya contre le cadre de la porte.

— J'aime bien les blagues. Racontez-la-moi !

— Vas-y, Lydia, dit le garçon en l'obligeant à regarder sa mère en face.

Lydia donna un coup dans la poitrine de Dill et essuya des larmes. Elle s'éclaircit la voix.

— OK, OK. Très bien. Toc-toc !

Nouvelle crise de fou rire.

— Qui est là ? répondit Mme Blankenship en prenant une gorgée de café.

— Satan.

— Satan qui ?

— Satan Merderait de te la boucler ?

Lydia eut du mal à terminer sa blague. Elle et Dill étaient hystériques. Des larmes coulaient le long de leur visage et gouttaient sur le couvre-lit. Lydia se mit à avoir le hoquet.

— Hum, dit Mme Blankenship. Très, très drôle. Mais vous savez quoi ? Je crois que vous avez besoin de dormir, tous les deux.

— Ouais, répondit sa fille. On n'a vraiment pas les idées très claires, ce matin.

— Allez, bonne journée, ma chérie. À toi aussi, Dill. Et bravo pour l'université. C'est une sage décision. Je suis ravie pour toi.

— Merci, madame ! Ces derniers temps, j'ai pris de nombreuses sages décisions.

Mme Blankenship sourit et s'éloigna.

— Tâchez de dormir ! Je ne plaisante pas, cria-t-elle par-dessus son épaule.

Lydia attendit que les pas de sa mère s'évanouissent dans le couloir avant de se tourner vers Dill.

— On vient juste de se rouler des pelles sur mon lit.

— Ouais.

— Une vraie session intensive de roulage de pelles. Une session de roulage de pelles bio, cent pour cent naturelle.

— Une session de roulage de pelles de qualité supérieure.

— J'ai l'impression de raconter n'importe quoi.

— Non.

— Mais je ne suis pas en train de ne pas raconter n'importe quoi.

Lydia se pelotonna contre Dill.

Il passa son bras autour delle.

— Non. Ou si. Je ne sais pas. Bref, je m'en fiche. Je suis trop fatigué pour les doubles négations.

— T'étais censé m'apporter la bonne parole de Jésus, murmura Lydia.

— C'était un bobard.

— J'ai l'impression que ça peut déraper en une blague douteuse.

— Je suis sûr que tu vas en trouver une.

Lydia se tourna, planta ses coudes sur le torse de Dill, croisa les bras et posa son menton dessus.

— Bon, t'as conscience qu'à partir de maintenant, « apporter la bonne parole », ce sera un euphémisme pour se rouler des pelles, pas vrai ?

À partir de maintenant ???

— Ouais.

— Je voulais juste que ce soit clair.

— D'accord.

— Bon, on se repasse le film des dernières vingt-quatre heures ? Premièrement, tu ne t'es pas suicidé. Deuxièmement, tu as postulé à des universités. Troisièmement, on s'est roulé des pelles. Ce sont trois choses vraiment, vraiment extra.

— La seule chose qui serait encore mieux, ce serait que je devienne en plus un musicien connu.

— Je ne t'ai pas dit que chacune de tes vidéos a été vue plus de cent mille fois ?

— T'es sérieuse ?

— On ne peut plus sérieuse.

— Waouh.

— Ouais, tu as tout pour toi, Dillard Early.

— À part une télé et un père en liberté.

— C'est vrai. Bon, on fait quoi, maintenant ? On va où ?

— Je ne sais pas. Je ne me suis pas projeté jusque-là.

Dill tendit la main et lui caressa la joue.

— On ne devrait pas se rouler encore quelques pelles ?

— Si, t'as raison.

Et c'est ce qu'ils firent.

— Ça complique la donne, dit Lydia quand ils eurent terminé.

— Nos vies étaient déjà bien compliquées.

— Oui, mais ça les complique un peu plus encore.

— Ouais. Je sais.

41

Dill

Il y avait des règles. Explicites et implicites. Presque toutes avaient été édictées par Lydia.

Explicites : ils gardaient leur histoire secrète. Inutile d'avoir la mère de Dill ou leurs camarades de classe sur le dos. De plus, comme cela, Lydia pouvait promouvoir la musique de Dill sur son blog sans que cela donne l'impression qu'elle faisait de la pub pour son petit ami. Conséquence directe de cette règle : les démonstrations d'affection publiques étaient interdites. Parler de l'autre comme de son petit ami ou de sa petite amie aussi.

Implicites : ne pas trop s'attacher. Dans quelques mois, quoi qu'il arrive, chacun partirait de son côté. Ils ne l'oubliaient pas.

Dill amorça sa longue et lente remontée hors des abysses. Il avait de bons jours et de mauvais jours. Il quitta son emploi chez *Floyd's Foods*, et le Dr Blankenship lui fit un contrat de vingt heures pour ranger son cabinet et y faire du classement. Non seulement il gagnait mieux sa vie (ce qui contribua à calmer sa mère), mais pour couronner le tout, tous les employés du Dr Blankenship, même ceux salariés à mi-temps, bénéficiaient d'une assurance santé. Dill eut enfin accès aux soins médicaux, put suivre une vraie thérapie et prendre des médicaments pour lutter contre sa dépression. Tout cela l'aida beaucoup. Petit à petit, la musique lui revenait. Les bons jours se mirent à être plus nombreux que les mauvais.

Et puis, par une chaude journée de la fin avril, Dill trouva en rentrant chez lui après le lycée une lettre d'admission à la MTSU. Il téléphona à Lydia, qui fit immédiatement demi-tour : elle voulait à tout prix improviser une visite sur le campus de cette université afin que Dill puisse connaître l'endroit où il allait étudier.

Lydia mit une playlist spéciale pour le trajet.

— Bon, quand est-ce que tu vas dire à ta mère que tu as été accepté à la fac ?

— C'est quand, la veille de la rentrée universitaire ?

— Je te conseille de lui dire avant, vu que, tu sais… c'est ta mère.

— On verra.

Alors que Dill chantait en chœur avec la musique, ils abordèrent les faubourgs de Murfreesboro, avec ses centres commerciaux et ses chaînes de restaurants. Tout lui paraissait immense. Ils baissèrent leurs vitres et laissèrent le vent gorgé de soleil frapper leur visage. Le cœur de Dill battait fort, au rythme de tous les possibles qui s'offraient à lui.

Lydia se gara dans un quartier à proximité de l'université. Le pouls de Dill s'accéléra quand ils parcoururent les quelques centaines de mètres les séparant du campus. La bibliothèque en brique et en verre se dressait, imposante, du haut de ses trois étages. Impressionné, Dill la contempla avec admiration. Il avait déjà vu des bâtiments plus grands, mais aucun qui ait un lien direct avec sa vie.

Lydia se tourna vers lui.

— Rien que ce bâtiment serait, de loin, le plus grand de Forrestville. Ça te plaît ?

— Oui ! Je n'arrive pas à croire qu'il y ait autant de monde !

Le campus était une vraie ruche. Il y avait des jeunes partout. Dill et Lydia passèrent devant un banc sur lequel étaient assises trois personnes qui parlaient dans une langue ressemblant à de l'arabe. Une fille aux cheveux violets, qui bavardait avec un garçon au visage constellé de piercings. Des étudiants qui se déplaçaient sur des skateboards ou à vélo. Plusieurs groupes aux profils sociaux très différents débattaient avec animation. Bien entendu, ils croisèrent plusieurs personnes qui ressemblaient à leurs tortionnaires du lycée de Forrestville, mais aucune ne semblait bénéficier d'un statut privilégié.

Deux filles tatouées – dont l'une avait le crâne rasé – se promenaient main dans la main.

— Tiens, voilà une preuve concrète que cette université sera très différente de notre lycée, observa Lydia.

— T'imagines pas à quel point j'en suis ravi.

Dill essayait de ne pas paraître trop impressionné, mais il avait des yeux ébahis.

— Tu devrais voir ta tête ! On dirait un gamin à Disneyland !

— C'est la première fois que je mets les pieds dans un campus.

— Sérieux ?

— Sérieux. C'est génial !

Lydia s'arrêta net et se donna une petite claque sur le front.

— T'es en train de me dire que j'aurais pu te convaincre depuis longtemps si je t'avais emmené ici avant ?

Dill eut un petit sourire.

— Peut-être.

Lydia leva les yeux au ciel.

— Viens.

— Où ?

Elle attrapa son poignet.

— À la librairie du campus. Je veux t'offrir un sweat aux couleurs de ton université. Un cadeau pour te féliciter d'avoir été accepté à la fac et d'avoir réussi à fuir la petitesse oppressante de la ville où tu as grandi.

Une fois cet achat réalisé, ils passèrent devant un tableau d'affichage consacré à différentes activités.

— Hé, Dill, regarde !

Lydia lui montra du doigt un flyer pour une soirée « *open mic* » au bureau des étudiants.

— Je crois que tu te feras vite des amis ici.

Dill montra à son tour un autre papier.

— Un groupe cherche un guitariste !

Lydia prit une photo de Dill devant le tableau d'affichage.

— Quand tu seras ici, n'attends pas que les choses se fassent. Prends le train en marche. Sois tout de suite dans l'action, va rencontrer les gens.

— Cette idée me stresse un peu.

— Rappelle-toi le concours de talents. T'as quand même joué devant les fachos de Forrestville High. Et t'as fini par faire le premier pas avec moi. Plus rien ne devrait te stresser.

— Pas faux.

Ils tournèrent les talons pour partir.

— Je sais ce que tu penses, dit Lydia. Ici, tu seras enfin toi-même. C'est un nouveau départ. Fini, de se traîner des grosses casseroles.

— Mais n'importe qui, en cherchant mon nom sur Google, trouvera des tas de trucs sur mon père.

— Et alors ? Les gens vraiment cool comprendront que tu n'es pas ton père. Tu ne vivras plus dans une petite ville merdique où les gens, pour se sentir mieux, n'ont rien trouvé d'autre que de rabaisser leurs congénères.

— Tu penses ?

— Bien sûr. Je n'ai pas dit que tu ne tomberas pas sur un ou deux abrutis qui penseront que les péchés de ton père sont tes péchés. Mais pour l'essentiel, ce sera un nouveau départ.

Ils s'assirent sur un petit mur en brique, où Lydia prit un ou deux selfies de Dill et elle.

— Tu sais, y a même des gens capables de trouver ça romantique. Tu pourras frimer : « Ouais, poupée, j'en ai bavé. Mon père est au pénitencier d'État », plaisanta Lydia en prenant une voix de gros dur.

Dill se mit à rire.

Lydia consulta son téléphone.

— Bon, c'est par ici, maintenant, dit-elle en pointant le doigt dans la direction qui l'intéressait. Allons voir où traînent tes futurs potes à lunettes fondus de musique.

Ils marchèrent un peu avant d'arriver devant le bâtiment « Médias & communication ». À l'intérieur, il faisait sombre et frais. Les murs étaient recouverts de plaques commémoratives, de récompenses et de photos. La masse d'informations visuelles, présentées de façon clinquante, donna le tournis à Dill. Bon nombre des gens qui se trouvaient ici n'étaient sans doute pas très populaires au lycée. *Des gens comme moi.*

— Cet endroit a l'air vraiment chouette, Dill. Je t'avoue que je suis un peu jalouse.

Il serra rapidement la main de Lydia – au diable les règles !

— Tu serais admise ici sans problème, dit-il.

Ça ne coûte rien d'essayer.

— T'enflamme pas !

Ils explorèrent le bâtiment jusqu'à ce que la faim les tenaille. Alors qu'ils se dirigeaient vers le bureau des étudiants pour chercher quelque chose à manger, ils passèrent devant une jolie fille à lunettes qui avait des cheveux blonds en bataille, un anneau dans le nez et des tatouages sur les bras. Elle était assise en tailleur sur un muret en brique. Ses tongs étaient posées par terre devant elle. Elle leva le nez de son téléphone et croisa furtivement le regard de Dill. Elle sourit, baissa la tête et se passa la main dans les cheveux. Dill lui rendit son sourire. L'échange n'échappa pas à Lydia. Peut-être que c'était dans sa tête, mais Dill aurait juré avoir vu Lydia adresser à l'inconnue un subtil regard dont le message était « pas touche ».

Et puis la fille leva de nouveau la tête.

— Euh, excuse-moi. Je veux pas passer pour la folle de service, mais je te reconnais.

— Ah, ouais, j'ai un…, commença Lydia.

— Non, pas toi, la coupa la fille en montrant Dill du doigt. T'es musicien ?

Il fallut un instant au garçon pour comprendre qu'elle lui parlait à lui.

— Euh, ouais.

— Tu es Dearly ?

— Ouais.

— Un de mes potes a posté une vidéo de toi, l'autre jour. C'était génial. T'as une voix incroyable.

La fille se passa de nouveau la main dans les cheveux et entortilla une mèche autour de son doigt.

— Ah, waouh… Merci ! Remercie ton ami de ma part.

— Bon, qu'est-ce que vous faites ici ? Juste une balade ?

— Oui, on peut dire ça. J'étudie ici l'année prochaine.

— Mortel ! J'espère qu'on se croisera.

— Ouais, moi aussi.

— Tu comptes donner des concerts en ville ?

— Je n'y ai pas vraiment réfléchi.

La fille agita sa chevelure.

— Tu devrais. Mes amis et moi, on viendrait, c'est sûr ! Ta vidéo a reçu beaucoup de bons commentaires.

— Ah, oui…

— Bon, intervint Lydia en parlant bien fort. Vaudrait mieux qu'on poursuive notre visite. Ravie d'avoir fait ta connaissance, euh…

— Marissa.

— Ravie d'avoir fait ta connaissance, Marissa. Je m'appelle Lydia. Je suis le manager de Dearly. Dis au revoir, Dearly.

— Au revoir.

Quand ils se trouvèrent trop loin pour que Marissa puisse les entendre, Dill, l'air rayonnant, se tourna vers Lydia.

— Cette fille m'a carrément reconnu !

— Oui, j'ai remarqué. Ça ne me surprend pas, mec. Tes vidéos circulent. Elles ont beaucoup de vues. T'es vraiment bon.

— Peut-être que lorsque je serai à la fac, c'est tout ce que les gens sauront à mon sujet : que je fais de la musique.

— Ta vie sera meilleure à tellement de niveaux !

Lydia se tut.

— D'ailleurs, il faudrait qu'on parle d'un truc.

— D'accord…

Le cœur de Dill, qui s'emballait parce qu'il venait de connaître quelques modestes minutes de gloire, se mit à palpiter pour une autre raison, plus familière – le fameux « il faut qu'on parle ».

Lydia hésita un instant.

— Bon, le lycée ne te l'a pas appris, et ne prends pas la grosse tête, mais t'as un genre de beauté étrange, une beauté sombre et intense qui fascine un certain type de filles. En plus, tu chantes et tu joues de la guitare comme Orphée, en témoigne ce qui vient de se passer.

— Merci, c'est…

— Chut. Je ne suis pas en train de te passer de la pommade. Mais d'énoncer des faits. Et je n'ai pas terminé. Ce « type de filles » est souvent barje. Ce que je suis en train de te dire, c'est que tu auras des tas d'occasions de coucher avec des meufs tarées à la fac, mais tu le regretteras.

Dill eut un petit sourire idiot.

— Je pourrais peut-être me trouver une énorme tapette à mouches pour les chasser.

Lydia attrapa son bras.

— Dill, je ne déconne pas.

— OK.

Lydia avait tendance à exagérer pour obtenir ce qu'elle voulait, mais Dill l'avait rarement vue aussi véhémente. *Possessive, même.*

— L'idée que tu couches avec quelqu'un, barje ou pas, me rend malade.

Lydia ne relâcha pas le bras de Dill et jeta un regard mauvais au type qui osa tourner la tête vers eux en passant.

Dill la regarda droit dans les yeux.

— Tu te fais appeler comme tu veux. Mais moi, je me considère comme ton petit ami. Et en tant que tel, je n'ai pas l'intention de coucher avec qui que ce soit d'autre. Barje ou pas. OK ?

— OK. Juste pour ta gouverne, je n'ai pas non plus l'intention de coucher avec des gros nazes.

— Eh bien, je suis ravi de l'apprendre.

— Pas plus qu'avec des mecs qui ne sont pas des gros nazes.

— Tant mieux.

Lydia sembla absorbée par ses pensées pendant tout le trajet jusqu'au bureau des étudiants. D'immenses bâtiments des années 1950 entourés de grands arbres se dressaient à perte de vue devant eux. Le parfum d'herbe chaude coupée, de sciure de bois et de steak haché en train de cuire flottait dans l'air.

Et puis, comme ça, sans crier gare, comme si c'était la chose la plus normale qui soit, Lydia tendit le bras et prit la main de Dill dans la sienne. Et voilà qu'ils marchaient sur le trottoir, main dans la main. En public.

— C'est une violation flagrante des règles, remarqua Dill.

Lydia resta imperturbable.

— Oui, mais le fait que Marissa te drague devant ta copine l'est aussi. Alors je déclare un moratoire sur les règles. La MTSU est une zone de non-droit et d'anarchie.

Dill entrelaça ses doigts dans les siens.

— Si c'est vrai, alors il n'y a pas de règle s'opposant à ce que je t'embrasse ici, devant tout le monde.

— J'imagine que non.

— Tu as dit que tout était permis.

— Oui.

— Très bien, alors !

— Très bien.

— J'y vais.

Dill s'arrêta net, et fit pivoter Lydia face à lui.

— Pourquoi on est encore en train de parler ?

Il l'attira vers lui, posa la main sur sa joue et l'embrassa. Longuement, lentement. Comme s'ils étaient tout seuls, et pas au milieu d'un flot d'étudiants pressés qui se dépêchaient d'aller en cours.

— Le premier show de Dearly à la MTSU reçoit d'excellentes critiques, murmura Lydia, les yeux encore fermés.

— Ah bon ?

Les lèvres de Dill effleurèrent légèrement celles de Lydia.

— Ouais. On devrait peut-être recommencer, juste pour Marissa et ses amies.

— Je suis partant. Allons la trouver.

Lydia se détacha de Dill et reprit sa main, l'entraînant vers le bureau des étudiants en manquant presque de le faire tomber.

— Viens, on va se chercher un truc à manger. Je crève de faim. Suis-moi, la rock star.

Ils s'achetèrent des sandwichs dans l'espace restauration aux allures de grotte. Dill posa le sac qui contenait son nouveau sweat MTSU, parcourut la pièce du regard et sentit quelque chose fleurir en lui. Personne ne pourrait remplacer Travis. Pas plus que Lydia. Mais au moins, il n'était plus face à cette atroce solitude. Désormais, sa vie avait le soleil et la terre qui lui permettraient de continuer à s'épanouir. Il imagina de longues conversations avec Lydia dans lesquelles il serait question de leurs cours et de leurs nouveaux amis. Soudain, un mélange de joie, de mélancolie, d'espoir et de nostalgie le déborda. Il dut lutter contre ses larmes.

On aurait dit que Lydia avait lu dans ses pensées.

— Hé, Dill !

Il toussa et se racla la gorge.

— Ouais ?

Elle tapota sur le sweat à capuche posé sur la table.

— Tu y es arrivé.

Il faisait nuit quand ils arrivèrent chez Dill. Sa mère rentrerait dans une heure. Lydia se pencha pour l'embrasser.

— Attends ! s'écria Dill. Entre avec moi. J'ai quelque chose pour toi.

Ce n'était pas prévu, car il n'avait pas tout à fait terminé. Mais il s'était rendu compte qu'il n'y aurait pas de meilleur moment pour la lui offrir.

Lydia le suivit dans la maison, où elle pénétrait pour la deuxième fois de sa vie seulement. Dill lui fit signe de s'asseoir sur le vieux canapé déglingué.

— Tu veux que j'allume la lumière ? demanda-t-elle.

— Non, j'aime bien l'obscurité.

Il alla dans sa chambre et prit sa guitare. Il revint et se planta devant Lydia. Il rougissait. Pourvu qu'elle ne s'en soit pas aperçue !

Il vérifia rapidement que sa guitare était bien accordée.

— Euh… bon. Eh bien, c'est une chanson que j'ai écrite pour toi. Elle s'intitule « Lydia ».

Il finit d'accorder son instrument.

— J'aurais sûrement pu juste te dire qu'elle s'intitulait « Lydia », et tu aurais deviné toute seule que je l'avais écrite pour toi.

— Sûrement.

Il se mit à jouer. C'était une chanson à la fois très intense et calme – un peu à l'image des sentiments qu'il éprouvait lorsqu'il était à ses côtés. Trente secondes après avoir commencé, il entendit qu'elle reniflait. Il la vit ôter ses lunettes. Sa chanson était brouillonne et imparfaite. Mais jamais il n'avait été aussi fier du résultat.

— Bon, ben, j'espère qu'elle te plaît, conclut Dill quand il eut terminé, rougissant encore. Je ne ferai pas de vidéo pour celle-ci. Elle est juste pour toi. Je veux dire, si tu veux…

Mais Lydia se leva et lui coupa la parole en lui donnant un baiser qui lui fit l'effet d'un orage d'été.

42

Lydia

Lorsque Lydia rentra chez elle, son père jouait de la guitare électrique (la comparaison avec la performance qu'elle venait d'entendre n'était pas en sa faveur) tandis que sa mère, assise sur l'une des chaises à bascule du porche, était en train de lire, un verre de vin à la main.

— Coucou, la salua sa mère. Tu rentres tard.

Lydia s'affala sur la chaise à bascule à côté d'elle.

— J'ai emmené Dill faire un tour sur le campus de la MTSU. Il a été accepté aujourd'hui.

Sa mère posa son livre sur sa cuisse.

— C'est vrai ? Génial ! Ça lui fera du bien de quitter cette ville.

— Tu m'étonnes !

Elles se balancèrent un petit moment, sans trop parler.

— Bon, simple curiosité… Tu me racontes comment toi et papa avez fini par sortir ensemble ?

Elle s'efforça de poser cette question d'un ton nonchalant. *Juste envie de papoter au sujet d'un truc dont je me suis toujours royalement foutue. C'est tout.*

Sa mère la dévisagea en plissant les yeux d'un air malicieux.

— Simple curiosité, hein ?

Note pour plus tard : être plus maligne. Lydia évita de croiser le regard de sa mère.

— N'ai-je pas le droit de m'intéresser au processus qui a abouti à mon existence ?

Sa mère posa son verre de vin.

— Ma chérie, je ne suis pas née de la dernière pluie.

— Bon. Grillée. Bien joué, marmonna Lydia.

— Franchement, pas besoin d'être un grand détective.

La guitare électrique se tut. Quelques secondes plus tard, son père ouvrit la porte et sortit sa tête.

— Ah, mes femmes ! De quoi vous…

— Demi-tour ! ordonna Lydia en pointant le doigt vers lui. Ouste !

Il prit un air blessé.

— Quelle façon sympathique de…

— Du balai !

— Denny, mon chéri, dit doucement sa mère. C'est une discussion entre filles.

Son père leva les mains au ciel, comme pour se rendre, et rebroussa chemin.

— OK, OK, je recule, sans mouvement brusque. Ne me faites pas de mal. Je suis soulagé que tu sois bien rentrée, Lydia.

Sa mère attendit d'être sûre que son mari était parti pour poursuivre.

— Alors ? Depuis quand ?

Lydia se mit à gratter le vernis élimé sur les ongles de ses orteils.

— Depuis un mois. Depuis que Dill est venu passer la nuit ici pour s'inscrire à l'université.

— Je le savais ! Vous vous croyiez tellement malins avec votre blague.

— Voilà.

— Vous choisissez bien votre moment.

Lydia soupira.

— Ouais. Mauvais timing. Je sais. Ce n'est pas comme si nous l'avions prévu. Je veux dire, je ne regrette pas, mais ça devait être facile, de partir. Je ne sais pas quoi faire.

Sa mère reprit son verre de vin et en sirota une gorgée.

— Qu'est-ce que tu peux faire ? Profitez du temps que vous avez ensemble. Faites en sorte que cette expérience, quelle qu'en soit sa nature, soit belle, tant que vous pouvez la vivre. Le cœur a ses raisons que la raison ignore… Et nous ne maîtrisons pas sa temporalité.

— Le cœur est un gros naze.

— C'est ton premier copain, pas vrai ?

— Bien sûr ! Avec qui d'autre j'aurais pu sortir ici ?

Elles se balancèrent pendant un bon moment.

— Dill est un bon premier petit ami. Ça fait un bout de temps qu'il a des sentiments pour toi, dit sa mère.

— Vraiment ? Comment tu sais ?

— Oh, ma chérie ! Ça se voyait comme le nez au milieu de la figure. Tu n'avais vraiment rien remarqué ?

— J'imagine que j'avais des soupçons. Mais je savais que je partais, alors je n'y ai jamais vraiment pensé comme quelque chose qui pouvait se produire. Je… je ne pouvais pas, c'est tout.

Lydia s'affala dans le siège.

— Si tu avais su que papa et toi alliez être séparés, est-ce que tu aurais quand même sauté le pas ?

— Bien sûr ! La vie est courte, ma chérie. Je suis désolée que tu en aies fait l'expérience de façon aussi dramatique et prématurée… On ne peut pas vivre le cœur barricadé dans un coffre-fort.

43

Dill

L'excitation de la journée n'était pas encore retombée quand sa mère rentra à la maison. Dill s'était dit qu'il attendrait d'être plus proche de la rentrée pour lui en parler mais, en préparant le dîner, il se mit à douter.

Il égoutta les spaghettis et en disposa une portion dans une assiette. Il y ajouta quelques cuillérées de la sauce qui chauffait sur la cuisinière puis la tendit à sa mère.

— Merci ! Tu as l'air de bonne humeur.

Il se servit à son tour.

— Je le suis.

— Je suis contente que tu ailles mieux, dit-elle entre deux bouchées. Notre Seigneur entend nos prières.

— Oui, c'est vrai.

— C'était comment, le boulot, aujourd'hui ?

— Bien.

Pointe de culpabilité. *Tu dois lui dire.*

— Quand est-ce que…

— Non. Attends une seconde, maman. Je ne suis pas allé au boulot aujourd'hui. Il faut que je te parle d'un truc.

Elle posa sa fourchette et le regarda de ses yeux épuisés. Un ange passa.

— Aujourd'hui, j'ai visité le campus de la MTSU avec Lydia.

Le visage de sa mère se durcit.

— Pourquoi ?

Dis-lui que t'as fait ça pour rigoler. Juste pour rigoler. Mais alors, il se vit, debout sur la scène du concours de talents. Et il sut qu'il ne pouvait pas trahir la personne qu'il était devenu.

— Parce que je vais étudier là-bas l'année prochaine. J'ai été accepté.

— Nous nous étions mis d'accord pour que tu ne fasses pas cela.

Sa voix était claire. Mais pas comme un ciel d'azur. Comme de l'air dans lequel flottent des copeaux de métal ou des particules de verre.

— Toi, tu étais d'accord. Moi non. Je ne t'ai pas contredite, c'est tout. Mais maintenant, si. Je vais étudier à la fac.

— Nous n'en avons pas les moyens, Dillard. Tu vas nous mener à la faillite.

Elle parlait doucement, avec prudence, comme si elle expliquait à un bébé de ne pas toucher une plaque électrique.

— J'ai obtenu une bourse sur critère de revenus. Je vais emprunter le reste. Mais j'irai.

Elle secoua la tête.

— Non.

— Je ne te demande pas la permission de le faire. Je t'en parle parce que je t'aime. C'est en train de se passer. Peut-être qu'un jour, je t'expliquerai exactement pourquoi il fallait que ça arrive. Mais pas maintenant. Maintenant, tout ce que tu dois savoir, c'est que ça va arriver.

Elle prit délibérément une grande inspiration. L'air dans sa gorge produisit une espèce de râle. Elle détourna le regard et ferma les yeux comme si elle priait. *Pas comme si. Bien sûr qu'elle prie. Pour quoi ? Pour trouver les mots susceptibles de me convaincre ? La grâce d'accepter ma décision ?*

Elle se leva et repoussa son assiette de spaghettis, qu'elle avait à peine entamée. Il y avait presque de l'élégance dans son geste. Elle tourna les talons et se rendit dans sa chambre. Elle referma la porte doucement, avec précaution. Comme si elle savait que Dill aurait aimé l'entendre claquer.

Dill resta assis dans le silence de la pièce, à écouter leur frigo qui cliquetait. C'était comme ce moment où il avait fini sa chanson au concours de talents, juste avant les applaudissements tièdes qui avaient salué sa prestation ; comme quand il avait embrassé Lydia pour la première fois – comme chaque fois qu'il avait embrassé Lydia ; quand il savait qu'il avait fait une chose douloureuse, courageuse et belle. Et quitte à vivre, autant accomplir des choses douloureuses, courageuses et belles.

44

Lydia

Lydia et Dill étaient assis dans leur coin de la cantine, qui bourdonnait au son des discussions au sujet du bal de fin d'année prévu la semaine suivante, début mai. Plus personne ne les importunait. Pas depuis la mort de Travis. Mais était-ce une marque de décence de la part de leurs camarades, ou bien ceux-ci étaient-ils simplement passés à autre chose ? Lydia l'ignorait.

Dill avait sorti son ordinateur portable et regardait quels cours choisir à l'université.

— Ça te dit qu'on passe la soirée du bal de promo ensemble ? demanda-t-il à Lydia tout en tapant sur son clavier.

Lydia ne leva pas les yeux de son roman de Djuna Barnes.

— Désolée, Dill, je vais au bal de promo dans un Hummer H2 limousine jaune avec un footballer américain bien gaulé. On fera l'amour comme des bêtes pendant sept secondes sur la banquette arrière. Je tomberai enceinte et on se mariera. Il gagnera sa vie en vendant des voitures d'occasion. Bon, j'arrête, cette blague est déprimante.

Dill referma son ordinateur portable.

— Non, sérieusement.

— Mais bien sûr !

Elle mordit dans une carotte recouverte de houmous. Elle n'avait toujours pas levé les yeux de son livre.

— Je pense que tu devrais aller à la soirée avec moi.

Dill prononça cette phrase avec sa toute nouvelle assurance qui était décidément très charmante.

Lydia posa enfin son livre et haussa un sourcil de façon faussement timide.

— Ah, vraiment ?

— Oui. Et j'ai une idée pour rendre ça moins craignos.

— Je suis tout ouïe.

Il se pencha vers elle.

— Le bal des losers. On n'a qu'à décider de vivre le bal de fin d'année le plus pathétique qu'on puisse imaginer.

Lydia prit le temps de réfléchir à cette idée.

— Le genre de soirée que les gens s'attendent à ce que nous vivions toi et moi, dit-elle.

— Exactement. Comme un gros doigt d'honneur à ce bahut.

Il illustra son propos en faisant un doigt d'honneur à la cafétéria. Personne ne s'en aperçut.

— Le genre d'occasion pour laquelle nous n'aurions pas juste autorisé Travis à prendre son bâton. Nous l'aurions poussé à le faire ?

— Exactement.

Lydia leva la main pour que Dill tape dedans.

— Je suis carrément dég' de pas y avoir pensé en premier.

Dill mit le costume qu'il avait porté à l'enterrement de Travis (ce n'était pas comme s'il avait le choix). Lydia se gara devant chez lui et klaxonna. Dill sauta de son porche.

— Tu vois, je ne t'ai pas pris de petit bouquet, comme tu me l'as demandé avec insistance, dit-il en montant dans la voiture.

— Parfait ! répondit-elle en lui tendant une rose fanée et une pince à dessin. Accroche-la à ma robe !

Elle portait une robe de soirée vintage des années 1980 à paillettes rouges bien voyantes.

Dill s'exécuta, et Lydia accrocha un pissenlit au revers de Dill à l'aide d'une pince du même genre.

— Attends ! Sors. Il nous faut des tas de selfies. Et d'ailleurs, ça suffit, de faire comme si je ne te connaissais pas sur mon blog. Tu en as déjà assez bénéficié. Après des centaines de milliers de vues, tu ne perdras pas grand-chose si les gens pensent que c'est du népotisme. Je vais donc poster tout ça. Fais semblant de t'éclater avec moi !

Dill éclata de rire lorsque Lydia se leva. Elle avait de l'autobronzant uniquement sur la jambe et le bras gauches.

Elle prit la pose.

— Au début, ils ont refusé. Mais ils ont cédé quand j'ai payé pour la prestation complète.

Elle s'était aussi mis des tartines de maquillage ridicule et criard sur le visage, et une coiffure élaborée tout en hauteur se dressait au sommet de son crâne. Elle arborait de longs faux ongles rose fluo.

— T'as l'air d'une folle !

— L'idée, c'est « reine de beauté relookée par une prostituée de bord de route ». Ou l'inverse.

— Bingo ! T'as quand même réussi à être jolie, ceci dit.

Ne rougis pas.

— Oh, la ferme ! Allez, viens ici !

Ils prirent quelques photos, individuellement et ensemble. En postant sur Twitter et Instagram les clichés sur lesquels Dill souriait systématiquement, Lydia savourait son soulagement. *Dill est vivant. Il est heureux. Il a un avenir.*

— Bon, maintenant, place au dîner des losers. Que je payerai, précisa Lydia. Ça sera encore plus pathétique comme ça.

— Nan, désolé.

Dill sortit de son portefeuille un beau billet de cinquante dollars tout neuf.

— C'est l'argent du concours de talents ?

— Ouais.

— Mec, emmener une fille dîner en ville avec tes cachets de rock star, c'est le truc le moins pathétique au monde.

— Bon, visiblement j'arrive même pas à assurer pour le bal des losers. Ça prouve bien à quel point je suis un loser, répliqua Dill joyeusement.

Ils roulèrent une trentaine de minutes avant d'arriver à Cookeville. Ils écoutèrent un CD de coaching d'affirmation de soi pendant le trajet. Lydia se surprit à l'apprécier sans ironie aucune – c'est dire si elle était de bonne humeur. Elle se surprit également à apprécier sans ironie aucune les œillades avides que Dill lui jetait. Elle aurait parfaitement pu lui lancer les mêmes.

— Où va-t-on ? demanda Dill.

— Chez *Cracker Barrel.*

— Mais j'aime bien ce resto !

— Je sais. Je triche un peu, là, dit Lydia. D'un point de vue technique, *Krystal* serait le plus pathétique, suivi de près par *Waffle House*. Mais souviens-toi ! On est tellement des losers qu'on n'arrive même pas à être à la hauteur d'un bal des losers, alors on mange de la bouffe correcte.

Le fait d'avoir parlé de *Krystal* rappela Travis à Lydia. *Sans lui, c'est bancal.*

En entrant dans le restaurant, ils ne passèrent pas inaperçus. Lydia agita sa chevelure et passa de façon théâtrale devant les curieux. Leur serveuse aux allures de matrone ne fut impressionnée ni par leur accoutrement, ni par l'attention qu'elle suscitait.

— Dites donc, vous êtes beaux à voir tout bien habillés comme ça ! C'est le bal de fin d'année, ce soir ? demanda-t-elle avec un accent du Tennessee bien trempé.

— Oui, madame, en effet, répondit Lydia avec une inflexion sudiste qu'elle réservait d'ordinaire aux grandes occasions.

Leur serveuse se pencha tout près d'eux.

— Eh bien, je vais vous bichonner pour cette soirée si spéciale !

En attendant leur Sprite Zero (la boisson la plus pathétique qui soit, d'après Lydia), Dill joua au solitaire. Il était sur le point de gagner la partie quand Lydia, en tendant la main sans faire attention, renversa le plateau par terre. Les pions se répandirent sur le sol.

— Désolée, Dill, s'excusa Lydia.

Dill se mit à quatre pattes pour ramasser les pions.

— Gagner au solitaire de chez *Cracker Barrel* n'est pas pathétique. C'est un triomphe de l'esprit humain.

La serveuse revint avec leurs boissons.

— Vous avez fait votre choix ?

— Oui, répondit Lydia. Je vais vous prendre une portion de foies de poulet frits, des pancakes à la myrtille avec une boule de glace à la vanille dessus et une part de gâteau double chocolat et caramel, avec une boule de glace dessus aussi.

— Et moi je vais prendre…, commença Dill.

— La même chose que moi.

La serveuse regarda Dill, puis Lydia, puis Dill.

— Je prendrai la même chose qu'elle, confirma-t-il d'un ton joyeusement résigné.

La serveuse regarda Lydia avec des yeux emplis d'admiration.

— Bien, madame. Ça vient tout de suite.

Elle tourna les talons.

— Regarde-moi dans les yeux et dis-moi que ce n'est pas, en toute objectivité, le repas le plus pathétique qui soit.

— Et s'ils te mettent une boule de glace à la vanille sur tes foies de volaille ?

— Eh bien nous entrerons alors dans l'ère de la post-bouffe. Nous nous aventurerons sur le territoire de l'art conceptuel.

— Compris.

Il sirota sa boisson et pointa le doigt vers l'une des photos qui étaient accrochées au mur.

— Ça t'arrive de penser au nombre de photos de gens morts qui tapissent les murs des *Crackers Barrels* ?

— Je crois qu'il n'y a pas de « s » à « Cracker Barrel ». Et si, quand ils accrochent ta photo au mur d'un *Cracker Barrel*, ça obligeait ton fantôme à hanter à tout jamais le resto ?

— On devrait faire entrer en douce ici un cadre avec la photo de Travis et l'accrocher au mur, au cas où. Je crois que ça lui plairait de hanter ce restaurant, remarqua Dill.

Lui et Lydia se mirent à rire. Elle ressentit un pincement de douleur vif et fugace.

— Travis me manque, dit-elle. J'aimerais qu'il soit là.

Soudain moins joyeux, Dill baissa les yeux et tripota le jeu de solitaire.

— Il se marrerait bien ce soir. Il aurait demandé à Amelia de venir.

— À ton avis, que penserait Travis de notre... situation à tous les deux ?

— Il aurait approuvé. C'est sûr. Nous en avons discuté. Il a essayé de me pousser à te parler avant de...

La voix de Dill se brisa.

Des larmes ruisselèrent des yeux de Lydia et se mirent à couler. Pas uniquement à cause de Travis. C'était aussi à cause de Dill. Plus précisément, à cause de l'imminence de son absence. Aussi un peu parce qu'il n'y avait pas de *Cracker Barrel* à New York. *Je n'aurais jamais pu jouer le jeu jusqu'au bout ce soir. Même si l'idée de cette soirée est d'être au second degré.* Elle tendit la main. Dill la prit. Au moment même où la serveuse arriva avec leur commande, il se mit à pleurer lui aussi.

Elle les considéra d'un œil inquiet.

— Tout va bien ici ? Il y a un problème ?

— Tout va bien, madame ! répondit Lydia en s'essuyant les yeux avec ses annulaires, en prenant soin de ne pas se blesser avec ses faux ongles. C'est juste que nous n'arrêtons pas de perdre au solitaire et que nous avons les nerfs fragiles.

— Eh bien, ma jolie, je crois bien que je n'ai jamais vu quelqu'un se mettre dans un tel état à cause de ce jeu. Vous devriez peut-être arrêter un petit moment si ça vous fait un tel effet !

Lydia renifla et rit.

— Eh voilà. C'est le bal de fin d'année, et nous pleurons dans un *Cracker Barrel* de Cookeville, dans le Tennessee. Je crois qu'on commence à être à la hauteur de ce bal des losers, résuma Dill une fois la serveuse partie.

Lydia s'essuya le nez avec un mouchoir en papier.

— Viens, on fait vite un selfie tant que ça se voit encore qu'on a pleuré.

45

Dill

— Je suis bien contente qu'il fasse bon, dit Lydia en garant la voiture dans son allée.

— Je n'ose pas te demander ce que tu as prévu ensuite…

Lydia lui adressa un petit sourire malicieux – celui que Dill connaissait si bien maintenant.

— Tu n'as pas à poser de question. Tu vas le découvrir bien assez vite.

Elle ouvrit la porte d'entrée.

— Papa ? cria-t-elle. Ramène la limousine.

— Chérie, tu en es sûre ?

— Bal des losers !

Il soupira.

— On va être en retard. Dépêche-toi !

— Ma chérie, écoute-moi. Je vais vous emmener. C'est assez pathétique de se faire déposer au bal par son père. Je mettrai une tenue ridicule.

— Parce que d'habitude, tu ne portes pas de tenue ridicule ? Allez, ramène la limousine.

Le Dr Blankenship secoua la tête et disparut à l'angle de la maison. Il revint avec un VTT rouillé qui grinçait, acheté d'occasion dans une brocante.

— La vache ! s'exclama Dill. Je ne suis pas monté sur un vélo depuis que je suis gamin. Je ne suis pas certain de savoir encore comment on fait.

— Il paraît que ça ne s'oublie pas, dit Lydia.

— Soyez prudents ! cria le Dr Blankenship tandis qu'ils s'éloignaient cahin-caha sur leur monture, Lydia juchée sur la barre transversale.

Dill regardait Lydia tout en pédalant. Elle observait la rue d'un air enchanté. Elle se retourna et leva la main pour enlever une mèche de cheveux rebelle qui lui barrait les yeux. *Je suis vraiment content d'être ici, maintenant, et pas au fond de la rivière.*

On entendait le bruit d'une tondeuse à gazon au loin. Le parfum herbacé de pelouse coupée se mêlait à celui du lilas. Ce mélange d'odeurs était comme du miel dans la chaleur de ce début mai.

— Est-ce que quelque part en toi, tu sais que tout ça va te manquer ? demanda Dill, tandis qu'ils prenaient la rue principale et passaient devant *Riverbank Books*, adressant un petit salut de la main à M. Burson.

— Quoi ? Traîner avec toi ? Ou bien, dit-elle en faisant un grand geste englobant la ville, tout ça ?

Dill imita son geste alors qu'ils approchaient du café *Bonne nouvelle*, de la place de la ville avec le kiosque, et du théâtre municipal, un bâtiment des années 1920.

— Je parlais de tout ça. Je sais déjà que ça va te manquer, de ne plus traîner avec moi.

— Je rêve ou tu te jettes des fleurs ? demanda-t-elle d'un ton taquin. Oui, répondit-elle doucement. Ça va me manquer. Maintenant que j'aperçois la lumière au bout du tunnel, cette ville ne me semble plus si naze que ça. Le café *Bonne nouvelle* fait un latte Luc à peu près potable. Et il y a peut-être beaucoup de librairies à New York, mais ils n'ont pas *Riverbank Books*. Et de ton côté ?

— Ouais, un peu. Les trains et le Pilier vont me manquer.

Il s'autorisa une parenthèse contemplative tout en pédalant.

— Je pensais que j'allais passer toute ma vie ici et mourir dans cette ville. Je ne sais pas comment j'ai fait pour mener une existence pareille.

Lydia se recala sur la barre.

— Dill, tous les deux, on va étudier à l'université.

— Oui !

— Avec des cours, et tout et tout.

— On aura beaucoup de cours, tous les deux.

Les cours, il n'avait jamais trouvé ça excitant. Mais il n'avait connu que Forrestville High.

— On va pouvoir parler de ce qu'on apprend. Ou bien parler de sujets plus intéressants, c'est-à-dire à peu près tout le reste.

Ils rirent.

Lydia s'adossa contre Dill, confortablement, au creux de son torse. Il se pencha un peu et déposa un baiser sur la petite portion de peau entre son oreille et sa mâchoire.

— On y est arrivés, Dill.

— Oui, répondit-il doucement. On y est arrivés.

Si seulement nous allions dans la même direction, au même endroit.

Et le fait d'être deux lui rappela à nouveau Travis. *Seul, sous terre, dans le noir, pendant que Lydia et moi, nous sommes vivants, que nous avançons, rions.* L'idée que si Travis les regardait de quelque part, tout là-haut, il était heureux pour eux, fut la seule chose qui atténua sa culpabilité. *Travis aurait voulu que nous fassions exactement ce que nous sommes en train de faire.*

Ils roulèrent encore un peu sans rien dire. Puis Dill brisa le silence.

— On aurait eu du mal à faire ça avec Travis.

— Même si c'était lui qui pédalait, que tu étais assis sur la barre et moi sur tes genoux, on n'aurait pas eu la place pour le bâton.

— On aurait pété le vélo. Je pense que Travis pesait plus que nous deux réunis.

Le regard de Lydia se perdit au loin.

— Tu vas encore me faire chialer. Mon mascara va couler. (Elle se tourna vers Dill.) Et voilà !

46

Lydia

Ils arrivèrent devant le lycée au moment où une limousine PT Cruiser partait, après avoir déposé ses passagers. Jasmine Karnes et son cavalier, Hunter Henry, étaient un peu plus loin dans la queue pour entrer dans le gymnase. Jasmine se retourna, les vit dans la file et leur jeta un regard noir, surtout à Lydia. « Vous deux, vous êtes en train de piétiner la soirée la plus importante de ma vie », disait son visage lourdement maquillé. Elle se pencha vers Hunter et lui murmura quelque chose. Le garçon se retourna, les regarda de pied en cap et rit, mais plus pour qu'ils l'entendent que pour exprimer une joie réelle.

— Hunter se marre parce que Jasmine a évoqué la futilité inhérente à l'existence humaine et a souligné à quel point la conscience n'était qu'une illusion, et la seule façon pour lui d'élaborer émotionnellement ces idées a été de donner libre cours à une réaction incongrue, à savoir le rire, murmura Lydia à Dill.

Ils entrèrent dans le gymnase qui était plongé dans la pénombre. Un DJ passait des tubes de pop un peu dépassés. Ils entendaient les murmures et les marmonnements méprisants et sentaient les regards insistants.

— C'est pas génial de se dire que dans quelques petites semaines, ni toi ni moi ne verrons plus jamais ces gens au quotidien ? dit Lydia.

— Toi, c'est sûr. Moi, j'en croiserai peut-être certains à la fac.

— Mais jamais ils n'atteindront la même masse critique d'ignominie. Même à la MTSU.

— T'as raison. C'est génial, quand on y pense. Ce qui est génial aussi, c'est de ne plus en avoir rien à foutre de ce que ces gens pensent de moi.

Comme par hasard, Tyson Reed et Madison Lucas passèrent à côté d'eux.

— Oh, Lydia, ma chérie, dit Madison d'une voix faussement inquiète, je crois bien qu'ils ont oublié de te mettre de l'autobronzant à un ou deux endroits.

Lydia laissa échapper un petit rire insouciant.

— Ah bon ? C'est bien la dernière fois que je commande la formule bronzage « IRM cérébral de Madison Lucas », alors.

— T'es toujours si maligne, se moqua Madison.

— Et toi, tellement pas, répliqua Lydia.

Dill s'interposa entre les deux filles.

— Hé, Madison, Tyson, vous n'avez pas encore pigé ? Vous ne pouvez plus nous blesser. Vous ne pouvez plus rien nous faire. Vous ne pouvez rien nous enlever. Vous n'êtes plus rien, maintenant.

L'expression de Madison donnait l'impression qu'elle venait de lâcher un pet en pleine prière. Tyson se mit juste en face de Dill.

— T'as du bol que ce soit le bal de promo, Dildo. Sinon, je t'aurais flanqué une raclée. J'en ai rien à battre que ton pote soit mort et que tout le monde ait de la peine pour toi.

Dill ne cilla pas. Il sourit.

— Tu penses que tu peux me blesser après tout ce que j'ai vécu ? Vas-y ! Frappe-moi avec ton petit poing.

Il baissa les yeux vers Tyson. Celui-ci claironna encore que Dill avait beaucoup de chance que ce soit le bal, attrapa la main de Madison et s'éloigna d'un pas lourd.

— Désolée qu'aucune université n'ait voulu de toi dans son équipe de football ! leur lança Lydia.

Elle se tourna vers Dill, posa le dos de sa main sur son front et fit semblant de s'évanouir.

— Mon chevalier servant !

— Se prendre un œil au beurre noir pour le bal de fin d'année, ça serait pathétique ?

— Indéniablement.

Le DJ passa un slow. Lydia prit la main de Dill.

— Venez, sir Galaad. Être les seules personnes qui dansent au bal de fin d'année, c'est pathétique aussi.

Elle l'entraîna au milieu de la piste. Ils étaient seuls. Les autres les observaient en ricanant. Dill posa ses mains (tremblantes) sur les hanches de Lydia.

— On devrait danser un peu trop collés-serrés, histoire d'être bien pathétiques.

Elle l'attira contre elle. Suffisamment pour sentir sa chaleur. Pour voir sa (belle) mâchoire du coin de l'œil, plutôt que les regards abasourdis. Pour entendre le cœur de Dill battre (vite) plutôt que les ricanements.

Tandis qu'ils dansaient, oscillant tels deux arbres au gré du vent, elle se rendit compte que malgré ses efforts, elle ne se sentait absolument pas pathétique.

47

Dill

Ils rentrèrent à vélo jusque chez Lydia, sous la lune et les étoiles. Elle était assise sur la barre transversale, l'épaule appuyée contre la poitrine de Dill.

— Ça n'a pas eu l'air de beaucoup amuser le photographe de la soirée, constata le garçon.

— Je n'en ai rien à battre. Ce que je trouve ironique là-dedans, c'est que les gens semblaient plus inquiets qu'on se moque de leur précieux rite de passage que de voir des élèves conduire en état d'ivresse. Ou que des filles se fassent droguer.

— Je me suis éclaté.

Lydia se tourna, leva les yeux vers Dill et sourit.

— Au fait, t'as grave déchiré quand t'as tenu tête à Tyson. C'était, allez, j'ose le dire, assez sexy.

Sexy, hein ? Dill lâcha le guidon d'une main et plia le bras en bandant ses muscles.

— Qu'est-ce que tu veux, bébé ? Tyson m'a cherché.

Lydia éclata de rire, attrapa son poignet et remit la main de Dill sur le guidon.

— T'es vraiment un ringard impénitent ! Heureusement pour la pérennité de notre relation, t'es nul quand il s'agit de jouer les abrutis.

Ils passèrent devant *Riverbank Books*. Dill essaya de se concentrer sur la route, mais la géométrie du cou de Lydia l'en empêchait.

— Ça va me manquer, ça, dit-il.

C'était l'euphémisme du siècle.

— Cette ville ? demanda Lydia en indiquant la place de la ville. Ou ça ?

Cette fois-ci, elle fit un mouvement les englobant tous les deux.

— Ça, nous deux, ensemble.

Il adorait la sensation de ce mot, « ensemble », sur sa langue – c'était comme un nectar.

Lydia lui pinça la joue.

— Mais dis donc, c'est que tu as bien pris le pli de cette soirée !

Dill éloigna son visage.

— C'est pathétique ? Le fait que tu me manques déjà ?

— Bien sûr que non ! Je te taquine.

Elle appuya de nouveau sa tête contre la poitrine de Dill. La brise du soir aux senteurs florales souffla une mèche des cheveux ébouriffés de Lydia contre les lèvres de Dill. Ça chatouillait, mais il ne fit rien pour la retirer.

Ils arrivèrent devant chez elle. Quand Lydia sauta du vélo, Dill jeta un rapide coup d'œil alentour pour s'assurer que la voie était libre. Puis il attrapa Lydia par la taille et l'attira contre lui.

— Il y a autre chose qui va me manquer.

Et il l'embrassa. La façon qu'elle eut de répondre à son baiser ne lui laissa aucun doute sur le fait que les règles étaient une fois de plus suspendues.

— Bon, on ferait mieux d'arrêter avant que ton père nous surprenne.

— Il mérite de voir sa fille rouler des pelles au fils du prédicateur. Ça lui apprendra à m'avoir forcée à grandir dans cette ville de ploucs. Allez viens, entre.

Lydia fit signe à Dill de la suivre dans le jardin à l'arrière de la maison. Elle enleva ses chaussures et se dirigea vers le robinet extérieur.

— Nous voici dans la phase finale du bal des losers. Pendant que nos copines se font sauter au *Holiday Inn* de Cookeville et tombent enceintes, toi et moi, on va jouer avec l'arrosage automatique et regarder les étoiles jusqu'à ce que tu doives rentrer chez toi. Ça te va ?

Sans attendre la réponse de Dill, elle ouvrit l'eau et l'arroseur se mit à tournoyer sur la pelouse en émettant des « tschik-tschik-tschik ».

— Allez, Dill !

Lydia bondit sur la trajectoire de l'arroseur qui la mouilla. Elle couina et gloussa comme une enfant.

Dill se cacha le visage avec une main, rit et secoua la tête. Lydia était déjà trempée. Ce qui restait de son mascara laissait sur son visage des coulées noires. Sa choucroute élaborée avait disparu. Ses cheveux pendaient, trempés, autour de son visage. Des gouttelettes recouvraient ses lunettes. Elle gloussa, attrapa l'arroseur et se mit à pourchasser Dill.

Il essaya de fuir.

— Tu es piégé !

Il glissa et dérapa sur l'herbe, et Lydia se jeta sur lui. Elle le plaqua au sol (Dill ne lutta pas trop à ce moment-là, surtout quand il vit qu'elle s'attardait sur lui plus longtemps que nécessaire) et l'arrosa copieusement. Ils coururent et sautèrent dans le jet de l'arroseur pendant plusieurs minutes, en poussant des petits cris et en riant.

Les parents de Lydia sortirent sous le porche à l'arrière de la maison. Sa mère croisa les bras.

— Lydia, tu es sûre que Dill trouve ça aussi drôle que toi ?

Il se leva, des petits ruisseaux à ses pieds, une grosse tache d'herbe sur son costume.

— Oui, madame, je trouve ça très drôle. En tout cas, je crois. Je ne comprends pas toujours ce qui se passe dans la tête de votre fille.

Mme Blankenship soupira.

— Bienvenue au club !

— Bon, les enfants, on va vous laisser des serviettes près de la porte, si jamais vous vous décidez à rentrer, dit le Dr Blankenship. On va regarder la télé, nous.

Lydia fit signe à ses parents de déguerpir et ils obtempérèrent. Elle attrapa la main de Dill.

— OK, c'est l'heure de regarder les étoiles.

Elle entraîna Dill au milieu de la pelouse et ils s'affalèrent, sur le dos, sur l'herbe mouillée côte à côte.

Pendant quelques heures, ils parlèrent et rirent sans s'arrêter. Ils séchèrent tranquillement. Après quoi, ils se turent et contemplèrent l'étendue étoilée au-dessus d'eux au son de l'hymne nocturne des chouettes et des criquets.

Et puis Lydia se blottit tout contre Dill et posa sa tête à l'endroit où sa poitrine rejoignait son bras.

Chaque nerf du corps de Dill ressentit soudainement comme une bourrasque de vent sur des herbes hautes.

— OK, Dill, murmura-t-elle. J'ai menti. C'est ça, la phase finale de notre bal des losers. Au lieu de te sauter dessus, ta cavalière s'endort contre toi.

Les cheveux de Lydia tombaient en cascade sur sa poitrine, formant des affluents et des estuaires. Sa respiration ralentit et sa tête devint lourde. *Que va-t-il arriver à tout cela ? Que va-t-il* nous *arriver ? Non, ne demande pas. Accepte juste ce cadeau, après tout ce que la vie t'a enlevé.* Il se sentait illuminé, comme si son sang était fluorescent. Comme si on pouvait voir son cœur battre, fredonner à travers sa peau.

Au bout d'un moment, Lydia bougea légèrement en émettant un petit ronronnement et se blottit un peu plus contre lui, ses lèvres contre son cou. Il sentait son souffle chaud. Elle fit passer sa jambe pardessus la sienne.

C'est elle. Elle est tout. Je jaugerai chaque chose qui me touchera à l'aune de son souffle sur ma peau. Chaque voix à l'aune de sa voix. Chaque esprit à l'aune du sien. Mon unité de mesure de la perfection. Le nom gravé en moi. Si je le pouvais, je resterais allongé avec elle sous ces étoiles jusqu'à ce que mon cœur éclate.

Il tendit lentement sa main libre jusqu'à ses cheveux et les caressa. Il promena ses doigts sur toute leur longueur. Encore.

Et encore.

Et encore.

S'il parvenait à rester suffisamment immobile, tous les mouvements du monde cesseraient. L'orbite de la

Terre. La danse des marées. La marche des fleuves vers la mer. Le sang dans les veines. Et tout se réduirait à elle, ici, maintenant, dans le présent.

Retiens cet instant. Garde-le. Jusqu'à ce que le prochain sifflement de train au loin perce ce silence.

48

Lydia

En ce début juin, le crépuscule était doux et vert, exempt de la chaleur oppressante de l'été. De jeunes pousses d'herbe recouvraient la tombe de Travis. Ils étaient assis juste à côté et cherchaient quoi se dire, quoi dire à Travis. Lydia n'avait plus l'impression d'abandonner Dill. En revanche, elle avait le sentiment d'abandonner Travis. Ce qui, en quelque sorte, était pire, et plus irrationnel.

— C'est à combien d'heures de route ? demanda Dill en cueillant des brins d'herbe.

— Environ dix heures, répondit Lydia en écrasant un moustique sur sa cheville.

D'une manière générale, elle détestait parler de la pluie et du beau temps, mais trouvait cela encore plus insupportable avec quelqu'un d'aussi important à ses yeux que Dill. Elle comprenait cependant pourquoi c'était un passage obligé.

— Tu vas faire le trajet d'une traite ?

Il suffisait de regarder Dill pour comprendre que lui non plus n'aimait pas spécialement échanger des banalités – pas plus qu'il n'était disposé à remplir le silence d'autre chose.

— Ouais.

— La vache ! À quelle heure tu pars, demain matin ?

Lydia soupira.

— Certainement vers six heures.

— Aïe ! Et ensuite, ton stage commence…

Dill délogea doucement une coccinelle qui se trouvait sur son bras et la posa sur sa paume afin qu'elle puisse s'envoler.

— La semaine prochaine. Le 9 juin.

— C'est dommage que tu doives partir si tôt.

— Je trouve aussi, mais je veux avoir du temps pour explorer la ville et m'installer avant d'attaquer mon stage.

— Ça te stresse de bosser pour la dame de *Chic* ? Tu m'as dit qu'elle était flippante.

Lydia rit tristement.

— Oui, et oui.

Un silence de recueillement s'installa entre eux. Ils écoutèrent le chant étouffé des insectes dans les arbres qui semblaient étreindre le cimetière. La dizaine de jours depuis la fin des cours avait filé en un éclair : ils avaient travaillé, regardé des trains, passé du temps sur le Pilier, roulé au gré du hasard (Dill avait tout particulièrement aimé leur virée à Graceland), et étaient restés de très nombreuses heures sous les étoiles à s'embrasser.

Dill se pencha de nouveau un peu en arrière, en appui sur ses mains.

— Ça va pas être galère de garer Al Gore à New York ?

— Si. Je la revends à un pote de Dahlia. On s'est donné rendez-vous en ville, et il emmènera Al à Stanford.

Elle ressentit une pointe de douleur fugace. *Arrête ! Tu ne vas pas en plus t'attacher aux objets, quand même ? Tu n'étais pas censée aussi mal vivre les choses. Ce n'était pas ça, l'idée.*

— Elle va me manquer.

En percevant de la déception dans la voix de Dill, Lydia comprit qu'il était à peu près dans le même état d'esprit qu'elle. *L'irrationalité est contagieuse.*

Lydia caressa les brins d'herbe de la paume de sa main.

— À moi aussi.

— J'espère que tu as gardé le vélo du bal pour que je puisse t'emmener en balade quand tu rentres.

— Je parie que mon père voudra bien nous prêter sa voiture.

— Ouais, mais le vélo, c'est marrant.

C'est vrai, Dill. C'est vrai.

Le cimetière sentait la terre fraîchement retournée et la pierre qui a chauffé au soleil.

— On aurait dû prévoir une espèce de cérémonie, finit par dire Lydia.

— Pour prévoir quelque chose, il aurait fallu y réfléchir, et je n'avais pas envie de réfléchir à ce moment.

— Moi non plus.

Dill contemplait le sol. Lydia feignit de l'imiter mais, du coin de l'œil, observa le profil de Dill, la valse lumineuse des lucioles autour de sa tête. Elle avait le cœur serré car elle savait que chaque fois que celui-ci battait, une seconde s'était écoulée – et elle se rapprochait un peu plus du départ, du moment où elle ne le verrait plus.

— Dill ?

Elle posa une main sur le genou de son ami.

Il leva les yeux.

— Oui ?

— J'espère que je ferai toujours partie de ta vie, et toi de la mienne, quel que soit l'endroit où nous allons, quoi que nous fassions.

On ne pourra pas m'accuser de ne pas être sentimentale, pensa-t-elle, vaguement honteuse. *Mais j'imagine que New York me donnera de nombreuses occasions d'être cool et cynique.*

Dill se rapprocha d'elle et l'enlaça.

— Je m'y engage, si toi aussi tu le fais. De nous deux, c'est toi qui iras le plus loin dans la vie.

Elle posa sa tête sur son épaule.

— Alors ça, ça m'étonnerait ! Je suis convaincue que le futur te réserve de grandes surprises.

— J'espère.

— Tu regrettes que nous..., murmura Lydia avec hésitation.

— Non. Je ne sais pas exactement ce que tu allais demander, mais je ne regrette rien nous concernant.

Elle pensa aux choses qui allaient lui manquer. Elle adorait sa façon de pencher la tête sur le côté quand il lui parlait, de repousser les cheveux qui lui tombaient dans les yeux, sa façon de s'asseoir, en tailleur, en prenant appui sur ses mains. Il ne la regardait pas toujours lorsqu'il lui parlait, mais lorsque le sujet était important, si, droit dans les yeux, et cela lui donnait des frissons. Ah, et ses yeux, à la fois sombres et incandescents... Un éclair illuminant une nuit d'orage.

C'était bizarre de l'imaginer exister en dehors de son champ de vision. Lydia se demanda si, en privé, sa gestuelle changeait du tout au tout. Peut-être ne tenait-il pas sa tête au même angle, peut-être ne s'asseyait-il pas de la même façon. Peut-être que ses yeux contenaient une luminosité et une intelligence différentes.

Lydia poussa un soupir mélancolique.

— Je crois qu'il est temps que je lui dise au revoir.

Ils se mirent debout devant la tombe. Dill posa sa main sur son épaule. Elle commença à parler, mais s'arrêta. Essaya de nouveau, et se tut.

— Tu me manques, Travis.

Sa voix tremblait. Elle prit une grande inspiration.

— Et je suis heureuse d'avoir eu la chance de te compter parmi mes amis. J'ai parlé de toi dans mon discours de fin d'année. Il y a un mois, Dill et moi, on est allés ensemble au bal de promo, et tu nous as manqué. Où que tu sois, j'espère que tu es heureux. Peut-être que tu as une cape sympa, une épée en sucre, ou quelque chose d'encore mieux ? Je suis désolée, je ne lis pas assez de *fantasy* pour savoir quel genre d'artéfact tu aimerais avoir. J'ai quand même terminé *Le règne du sang*, que j'ai trouvé très bien. Je regrette qu'on ne puisse pas en discuter ensemble. Je suis désolée de t'avoir fait la misère à cause de ton bâton de pouvoir. Je suis désolée de ne pas avoir dit plus tôt aux gens qu'on était amis. Je suis désolée de ne pas avoir deviné à quel point tu en bavais chez toi. Et je suis désolée de ne pas avoir quelque chose de plus spirituel et de plus profond à dire.

Elle essuya quelques larmes, se tourna vers Dill et le serra contre elle.

— Je me sens coupable de le laisser.

— Moi aussi.

Ils se rendirent au Pilier, où ils profitèrent ensemble de quelques instants volés supplémentaires. Ils écoutèrent la rivière s'enfoncer plus profondément dans la terre, comme le font les gens lorsqu'ils s'enfoncent dans le cœur des autres en y creusant des sillons.

49

Dill

Lydia le laissa choisir la musique sur le chemin du retour. Il passa « Love Will Tear Us Appart » de Joy Division, parce qu'il se souvenait que c'était son morceau préféré. Ils chantèrent à tue-tête. Dill avait envie de hurler sa peine, et s'égosiller de la sorte lui parut être une façon plus acceptable de le faire. L'effort qu'il devait déployer pour ne pas s'effondrer le rendait malade.

Ils se garèrent devant chez lui.

— Bon, dit Lydia, dont les yeux s'emplirent de larmes. C'est ici que tu descends, je crois.

— Oui, répondit-il en se raclant la gorge. Je crois bien.

Il ouvrit la portière et sortit. Il contourna la voiture par l'avant, s'arrêta devant la portière de Lydia et l'ouvrit. Elle détacha sa ceinture de sécurité, sortit d'un bond et le serra contre elle. Fort. Plus fort que jamais.

— Tu vas vraiment, vraiment, vraiment me manquer, dit-elle en éclatant en sanglots.

— Tu vas vraiment, vraiment, vraiment, vraiment me manquer, dit-il en ouvrant lui aussi les vannes.

Ils restèrent enlacés pendant plusieurs minutes, en se balançant doucement. Leurs larmes se mélangeaient avant de tomber par terre.

— Dillard Early, murmura Lydia d'une voix cassée. Je veux que tu te souviennes de quelque chose : tu es toi, et tu es sublime, brillant, talentueux. Tu n'es pas ton grand-père. Tu n'es pas ton père. Leurs serpents ne sont pas tes serpents. Leur poison n'est pas ton poison. Leurs ténèbres ne sont pas tes ténèbres. Même leur nom n'est pas ton nom.

Dill enfouit sa tête dans ses cheveux. Il huma leur parfum – poire, vanille, bois de santal – tout en prenant son courage à deux mains. *Au moins, dis-lui au revoir en lui confiant tous les trésors secrets que recèle ton cœur. N'as-tu pas appris de tout ce que tu as vécu que tu étais complètement nu ? Tu as dansé avec la mort. Qu'est-ce qui peut bien te faire encore peur ? Tu peux survivre à tout. Aux serpents. Au poison mortel. À ça.*

— Je t'aime, lui chuchota-t-il à l'oreille.

Lydia le serra encore plus fort, pressant sa joue maculée de larmes contre la sienne, mais ne dit rien pendant plusieurs minutes. Elle commença à parler, se ravisa. Et puis elle se mit sur la pointe des pieds, posa ses mains de part et d'autre du visage de Dill, et l'attira vers elle.

50

Lydia

Elle sentit le goût de ses propres larmes sur les lèvres de Dill. Et elle se souvint furtivement de son voyage à Nantucket à la fin de l'été précédent, du sel de l'océan sur sa langue. C'était le goût qu'elle avait sur les lèvres en ce moment, mais à la fin d'un été qui avait duré toute sa vie.

Un calme l'envahit, une capitulation, comme si elle tombait de très haut mais avec la certitude qu'elle ne heurterait jamais le sol. Comme si elle se noyait mais s'en moquait. Les mains de Dill, tremblantes, se promenaient dans ses cheveux et caressaient son dos, son cou. Et elles lui faisaient l'effet d'un feu se propageant en elle.

Et.

Et.

51

Dill

Et.

Après tout ce qui s'est passé, peut-être est-ce cela qui finira par te détruire. Pourtant, il s'en moquait. Il voulait bien être détruit de cette façon. Il accueillait cette fin. *Mais il faut quand même la laisser s'en aller. Tu dois la regarder partir.*

Le baiser prit fin, mais ils s'empressèrent de s'enlacer à nouveau voracement. Dill ignorait complètement combien de temps s'était écoulé. Des heures. Des jours. Des secondes. Il posa les mains derrière la tête de Lydia et caressa ses cheveux une dernière fois.

— Tu m'as sauvé.

Elle posa ses lèvres contre ses oreilles.

— Tu t'es sauvé tout seul.

Elle était aphone. Il l'entendait à peine par-dessus le vacarme des grillons.

Parce que prolonger davantage les choses lui était insupportable, il brisa leur étreinte. Et puis il se souvint. Il lui demanda d'attendre et se précipita dans sa maison, revint avec un CD et le lui offrit.

— J'ai enregistré certaines de mes chansons pour toi. Si jamais tu as envie d'écouter autre chose que tes playlists pendant le trajet. La chanson « Lydia » y est.

Elle serra le CD contre son cœur. Ils se regardèrent un instant en séchant leurs larmes. Et parce qu'il n'y avait plus rien à dire, et encore tout à dire, ils s'embrassèrent à nouveau.

— Appelle-moi une fois là-bas, d'accord ? Pour que je sache que tu es bien arrivée.

Les mots de Dill eurent du mal à sortir tant il avait la gorge serrée.

Lydia hocha la tête.

Elle monta dans sa voiture et lui adressa un petit signe de la main. Il lui rendit son salut chagrin et, planté au milieu de la rue, il regarda les feux arrière de sa voiture s'évanouir au loin.

Il monta les escaliers jusqu'à chez lui, s'assit sur l'une des marches délabrées et pencha la tête comme pour prier. À travers le flou des larmes, il aperçut le message qui était affiché devant l'église : QUAND JÉSUS ENTRE DANS UNE VIE, IL Y CHANGE TOUT.

Après un petit moment, il ouvrit la porte et commença à entrer. Mais il en fut incapable. Seule l'immensité indifférente et infinie du ciel étoilé pouvait contenir le déferlement de sa douleur féroce.

52

Lydia

Elle trouvait qu'elle ne s'en était pas trop mal sortie la veille, en terme d'absence de craquage, se fit-elle la réflexion lorsqu'elle s'arrêta à la station-service de Roanoke, en Virginie. Tout en prenant de l'essence, elle élabora des plans pour le dîner avec Dahlia et Chloe (il leur fallait un endroit discret et à l'écart pour Chloe, qui voulait rester incognito ; un endroit qui servait des plats sans gluten pour Dahlia ; un endroit un peu « ethnique » pour Lydia qui était de Forrestville). Comme elle documentait son voyage pour les gens qui la suivaient sur Twitter et Instagram, elle prit quelques photos en attendant que le réservoir se remplisse.

Elle avait sommeil, et décida donc de s'acheter un café bien corsé spécial camionneur. La station-service était un temple à la gloire du kitsch du sud des États-Unis. Il y avait des tee-shirts ornés d'aigles sévères en uniforme confédéré, d'autres avec le texte : AMÉRICAIN DE NAISSANCE, SUDISTE PAR LA GLOIRE DE DIEU. Des tabliers sur lesquels on pouvait lire : LE ROI DU

BARBECUE, avec un dessin grossier de porc anthropomorphe en train de faire griller au-dessus des braises ce qui était (vraisemblablement) un autre porc. Des débardeurs sur lesquels les États du Sud étaient représentés sous la forme d'une poêle en fonte. Elle en décrocha un a l'effigie du Tennessee. Prit des photos à la chaîne.

Et puis, le pompon : un chérubin en porcelaine qui brandissait un drapeau confédéré sous lequel était peint le slogan : L'HÉRITAGE PAS, LA HAINE. Elle rit, prit le bibelot en photo, l'envoya par message à Dill et le posta sur Twitter pour ses cent quatre-vingt-sept mille cinq cent soixante-quatre *followers* accompagné de la légende suivante : « Les racistes : pas très doués, avec les, virgules. »

Soudain, un souvenir lui revint. Lors de leur dernière expédition shopping de rentrée à Nashville, Dill lui avait montré un panneau publicitaire qui disait : VENEZ VISITER LE DOMAINE VITICOLE *DELLA TAZZA*, LE PLUS RAFFINÉ DE TOUT LE TENNESSEE CENTRAL. Il avait le don de repérer des choses qui la feraient mourir de rire.

« Chéri, va me chercher ma plus belle veste avec le logo du NASCAR, et mon tee-shirt avec le drapeau confédéré peint à l'aérographe. J'ai envie d'un bon verre de vin raffiné du Tennessee », s'était-elle moquée.

Et soudain, cela la frappa… de plein fouet. Elle se rendit compte que la personne à qui elle avait le plus envie de montrer le chérubin au drapeau rebelle et avec qui elle avait le plus envie d'en rire n'était pas là. Et ne le serait quasiment jamais pour toutes les autres choses qu'elle verrait et ferait dans son existence. Et avec cette prise de conscience, elle comprit aussi que la vie qui n'aurait jamais dû lui manquer lui manquait tout de même, et que Dill lui manquait mille fois plus qu'elle ne l'avait jamais imaginé.

Elle craqua. Au beau milieu du rayon dans lequel elle se trouvait, parmi les chérubins au slogan L'HÉRITAGE PAS, LA HAINE qui l'observaient, impassibles, de leurs yeux d'albâtre sans vie. Une bonne crise de sanglots bien laide, qui fit dégouliner son maquillage, et laissa des coulées de larmes et de morve le long de son visage. *Et voilà pourquoi je trouvais que c'était une mauvaise idée d'écouter ton CD en conduisant. Si tu me voyais, Dill. Si tu me voyais...*

Au bout d'une minute ou deux, elle parvint à se ressaisir, et ramena son café et son débardeur à l'avant de la boutique. La caissière était une femme d'une soixantaine d'années à l'air soucieux.

— Eh ben, ma jolie. Tout va bien ? lui demanda-t-elle.

Lydia hocha la tête, mais le robinet se remit à fuir. Elle secoua la tête.

— Je regrette de ne pas avoir dit à quelqu'un que je l'aimais aussi, avant de partir. C'est tout.

— Ma jolie, tu ne lui as peut-être pas dit, mais est-ce que tu lui as montré ?

— J'espère, répondit Lydia d'une voix tremblante, sur le point de se briser.

— Eh bien alors je pense qu'il le sait. Nous, les femmes, on n'est pas très douées pour cacher ce genre de choses.

La caissière lui adressa un petit sourire empreint d'empathie et chercha quelque chose sous la caisse. Elle en sortit un ours en peluche qui avait l'air tout aussi soucieux qu'elle.

— C'est une aire de passage, ma jolie, alors les gens qui souffrent parce que quelqu'un leur manque, ou les gens qui regrettent de ne pas avoir dit certaines choses avant de partir, on connaît bien. Tu veux faire un câlin à Chester ?

Lydia tendit la main et accepta Chester, l'ours en peluche. Elle le serra fort dans ses bras. Il sentait la cigarette et l'eau de Cologne bon marché. *Et pourquoi ne pas commencer ma nouvelle vie glamour de fille de la grande ville en pleurant dans une station-service, entourée de chérubins racistes, et en serrant dans mes bras un ours en peluche qui pue ?* Chester n'était pas la personne qu'elle aurait aimé tenir contre elle, mais elle allait devoir s'en contenter.

53

Dill

Il était debout lorsque les gardiens amenèrent son père, qui darda sur lui ses yeux ardents. Mais Dill soutint son regard sans détourner la tête. D'un geste brusque, l'homme tira une chaise et commença à s'asseoir, mais se ravisa en voyant que son fils n'allait pas en faire de même. Ils se scrutèrent un moment, qui parut long à Dill.

— Bon, dit son père avec un calme vipérin. Tu dois sûrement savoir que je sais.

— Oui.

— Explique-toi.

Dill tâcha de maîtriser sa voix, qui ne trembla pas.

— Je vais étudier à la fac. Je vais avoir une vie meilleure. Je n'ai rien d'autre à t'expliquer.

— Tu abandonnes ta mère.

Son père cracha ces mots comme s'ils étaient profanes.

— Tu peux parler !

Le calme venimeux de son père commençait à se dissiper.

— Non, je ne vous ai pas abandonnés, toi et ta mère. On m'a arraché à vous. Toi, tu nous abandonnes par choix, comme ton grand-père avec moi.

— Non, c'est faux. J'ai failli t'abandonner de cette façon. Mais je ne l'ai pas fait.

Dill comprit à l'expression qui traversa le visage de son père que, l'espace d'une seconde, il l'avait touché.

Et puis le feu pentecôtiste revint.

— Tu bafoues les commandements de Dieu en déshonorant ainsi ton père et ta mère. Il existe un lieu d'éternel tourment réservé à ceux qui bafouent les lois divines.

— Je t'honore déjà bien assez en venant te le dire en face. Tu n'en méritais pas tant.

Les mains posées sur la table, le père de Dill se pencha en avant, plongeant son regard dans celui de son fils. Sur son visage, Dill lut qu'il capitulait. Il savait que son père avait déjà dû avoir cette expression à d'autres occasions, mais ne l'avait jamais vue.

— Tout cela, c'est à cause de cette prostituée, n'est-ce pas ? Ta petite Dalila. Lydia. Ta mère m'a parlé d'elle. M'a raconté qu'elle t'avait susurré des choses.

Une vague de rage incandescente s'empara de Dill. Une rage au goût de fer. Et puis il comprit. *Ta rage, c'est ce qu'il veut. Ne la lui accorde pas. Quoi qu'il attende de toi, quelle que soit la personne qu'il souhaite que tu sois, ne la lui accorde pas.*

Dill parla calmement.

— Tu dis n'importe quoi. Tu ne sais rien. Et tu me fais pitié. Je t'ai détesté. Quand j'ai cru que j'allais devenir toi, je t'ai tellement détesté. J'avais moins peur de mourir que de devenir toi. Mais maintenant que je sais que je ne serai jamais toi, je peux enfin éprouver de la pitié à ton égard.

Sur ce, Dill tourna les talons et s'éloigna.

— Tu échoueras, lui cria son père. Tu échoueras et connaîtras la chute. Dillard ? Dillard ?

Mais le garçon ne se retourna pas.

Le Dr Blankenship l'attendait sur le parking. L'arrière de sa Prius était rempli de courses de chez *Trader Joe.*

— Bon, tu es prêt à partir ? demanda-t-il à Dill lorsque celui-ci grimpa dans la voiture.

Le garçon hocha la tête et sourit.

— Oui. Dites, docteur Blankenship, tant que j'y pense… Est-ce que dans deux ou trois mois, je pourrais encore vous embêter ? En vous demandant de m'emmener à l'université ? J'ai regardé comment y aller en car, mais ça a l'air compliqué.

— Tu m'étonnes ! Eh bien, ça ne m'embête absolument pas. Je serais ravi de t'aider à t'installer.

— Je vous en serais vraiment reconnaissant.

— On pourra même faire un crochet par Nashville si tu veux rendre visite à ton père.

— Ça ne sera pas nécessaire.

Avec le travail qui n'en finissait pas, Dill perdit la notion du temps et les journées d'été se dissipèrent en un instant. Maintenant qu'il n'avait plus un seul ami en ville, avoir du temps libre ne lui servait pas à grand-chose. La journée, il travaillait pour le Dr Blankenship, et le soir, chez *Floyd*, comme avant. Il donnait autant d'argent que possible à sa mère tout en en mettant un peu de côté pour la fac. Quand il avait deux minutes à lui, il écrivait des chansons ou discutait avec Lydia. Ils se parlaient tous les jours.

La journée, elle était occupée par son stage. Le soir, elle travaillait à développer *Dollywould*. Dahlia et Chloe avaient investi dans son blog. Pour la première fois, Lydia faisait appel à des rédacteurs extérieurs et abordait des questions plus larges susceptibles d'intéresser les filles de son âge. La nouvelle formule bénéficiait déjà d'un bon buzz et elle décrochait de très bonnes interviews.

Environ un mois après le départ de Lydia, Laydee vit l'une des vidéos de Dill sur son fil Twitter. L'artiste la retweeta à son million neuf de *followers*. Cela changea tout pour Dearly. Quelques semaines plus tard, le manager de Laydee le contacta. La chanteuse souhaitait enregistrer l'un de ses morceaux sur son prochain album. Sur un ton qui laissait entendre que c'était un euphémisme, elle lui confia qu'avec les royalties qu'il allait toucher, il n'aurait aucun mal à s'acheter de nouveaux cahiers…

Assis dans son salon entouré de toutes les affaires qu'il souhaitait emmener sur le campus, Dill attendait le Dr Blankenship. Deux valises achetées d'occasion contenaient tous ses vêtements (parmi lesquels ceux que Lydia lui avait envoyés de New York), un jeu de draps et une serviette de bain. Il y avait un sac à dos avec son ordinateur portable. Sa guitare. Ses cahiers de musique. Il passa en revue ses maigres biens en s'étonnant du cours inattendu que prenait sa vie.

La nuit précédente, Dill avait fait sa propre cérémonie d'adieu devant la tombe de Travis. Il y avait déposé un burger de chez *Krystal*. Le lendemain, il donnerait son premier concert dans un café. Tout laissait supposer qu'il jouerait à guichets fermés.

Vêtue de son uniforme de femme de ménage, la mère de Dill entra et, la mine sombre, balaya la pièce du regard.

— J'ai vu le projet que Dieu a pour toi. Ce n'est pas ça.

— Comment t'as fait pour le voir ?

Il s'efforça de gommer toute rancœur de sa voix, même s'il savait que sa réponse n'allait pas lui plaire. Pour son départ, il ne voulait aucun nuage.

L'expression glaciale de sa mère se radoucit un peu.

— Quand je t'ai tenu dans mes bras, lorsque tu étais bébé, le Saint-Esprit me l'a révélé. Ta place est ici. À travailler dur, à vivre simplement. Selon les préceptes de Dieu.

Dill passa une main dans ses cheveux et détourna le regard.

— À une époque, j'y aurais cru.

Sa mère recula.

— Tu n'y crois plus ?

Dill étudia le tapis pendant quelques instants, les yeux rivés sur la portion de tissu décoloré qui attirait parfois son attention lorsqu'il était assis et jouait de la guitare.

— J'ai un souvenir, moi aussi. Tu étais à l'hôpital, dans le coma après ton accident. Le médecin m'a dit que tu allais peut-être mourir. Je t'ai tenu la main pendant des heures, guettant le bip-bip des machines, suspendu à ton souffle, et j'ai demandé à Dieu de te soigner et de faire en sorte qu'un jour, ma vie soit meilleure. Et il m'a entendu. Il m'a envoyé des gens qui m'ont aidé à me sentir courageux, qui m'ont donné l'impression que j'avais la possibilité de choisir. Je crois que Dieu offre aux gens plusieurs chemins possibles. Pas juste un.

Elle haussa les sourcils.

— Et tu penses que c'est l'un des chemins qu'il t'a donnés ?

— Oui.

Elle secoua la tête. Pas comme si elle n'était pas d'accord – plutôt comme si elle essayait de transformer ses oreilles en cible mouvante pour les propos de Dill, afin que ses mots ne l'atteignent pas.

— Ce que tu prends pour Dieu est peut-être Satan qui t'apparaît sous les traits d'un ange de lumière.

Dill sourit tristement.

— Crois-moi, les anges que je connais me l'auraient dit, s'ils étaient Satan.

— Ce n'est pas drôle.

La mère de Dill repoussa une mèche de cheveux qui lui tombait dans les yeux.

— Tu n'es plus comme avant.

— J'étais comment, avant ?

— Tu étais moins orgueilleux.

Il la regarda dans les yeux.

— Ce que toi tu appelles de l'orgueil, moi j'appelle ça du courage.

Elle croisa les bras.

— Les choses sont ce qu'elles sont. Peu importe le nom qu'on leur donne.

Après un silence hésitant, elle ajouta :

— J'ai aussi un souvenir de la période où j'étais dans le coma. Je me rappelle avoir vu une belle lumière. Elle me remplissait de chaleur et d'amour. Et je savais que je pouvais la suivre vers un endroit meilleur, où je pourrais m'agenouiller aux pieds de mon sauveur et où plus rien ne me ferait jamais mal. Mais je ne l'ai pas fait. Je suis revenue pour prendre soin de toi. J'ai choisi de ne pas t'abandonner, et j'ai souffert, pour ce choix. Mais je ne le regrette pas.

Dill se leva et se planta devant sa mère. Il la dépassait depuis un bon moment déjà, mais là, il avait le sentiment d'être beaucoup plus grand qu'elle.

— Je ne m'attends pas à ce que tu comprennes. C'est l'esprit de Dieu qui se déplace en moi. C'est le signe de ma foi. J'ai fait cela pour sauver mon âme.

— Nous ne pouvons pas nous sauver nous-mêmes, répliqua-t-elle avec une pointe de mépris dans la voix.

— Je n'ai pas dit qu'on ne m'avait pas aidé.

— J'ai fait ce que j'ai pu pour toi, Dillard.

Elle semblait résignée, cassée.

— Je sais. Mais cet endroit n'est pas pour moi. Cette vie non plus.

Il pensa à lui dire qu'il avait été à deux doigts du précipice. Qu'elle avait de la chance qu'il soit encore en vie. Mais il ne put s'y résoudre. Il y avait des choses qu'elle n'avait pas à savoir.

La mère de Dill lissa son chemisier en secouant la tête.

— Tu n'es même pas un peu fière de moi ? demanda Dill.

Tu connais déjà la réponse.

— Les filles au boulot me disent que j'ai de quoi l'être.

— Et ?

Elle regarda le sol.

— Je ne sais pas, répondit-elle tout bas.

Dill savait qu'il était censé être vexé. Au lieu de quoi, il ressentit plutôt un vieux fond de tristesse un peu lasse. Semblable à un bleu en train de s'estomper. Simplement la déception que sa réponse soit exactement celle à laquelle il s'attendait. *Non, pas exactement. Tu t'attendais à un non pur et simple.*

Sa mère brisa le silence en prenant ses clés à côté de la lampe.

— Il faut que j'aille travailler.

Elle se dirigea vers la porte.

— Maman ? prononça Dill sans savoir ce qui viendrait ensuite.

Elle s'arrêta, tête baissée, une main sur la poignée de la porte, l'autre pinçant l'arête de son nez. Elle ne se retourna pas.

— Je t'aime, dit-il à son dos.

Elle se retourna doucement. Ses yeux étaient emplis de larmes.

— J'ai peur d'être seule, murmura-t-elle, comme si elle craignait, en parlant normalement, de provoquer l'effondrement de quelque barricade qui la protégeait.

— Je sais.

Nous avons tous peur de la solitude. Dill s'avança avec hésitation et la prit dans ses bras. Voilà bien longtemps que ce n'était pas arrivé. Il sentit les os de son dos et de ses épaules endoloris. Son odeur lui rappelait le parfum du savon Ivory, mais en version moins luxueuse, et celui d'une lessive en poudre dans un emballage jaune sur lequel était écrit : LESSIVE EN POUDRE. Elle se couvrit le visage des mains et ne lui rendit pas son étreinte.

Quand Dill eut terminé, elle posa ses doigts humides sur la joue de son fils.

— Je prierai pour toi, Dillard.

À l'entendre, on aurait pu croire qu'il la quittait pour aller mourir dans un coin sauvage et reculé. Elle essaya de tourner les talons et de partir avant que Dill voie les larmes qui commençaient à couler en torrents sur son visage, mais elle ne fut pas assez rapide.

Il resta assis un moment à contempler le mur. Il brancha le climatiseur, sortit sa guitare et joua pardessus le brouhaha jusqu'à ce que le Dr Blankenship gare sa Prius devant chez lui et klaxonne.

Dill éteignit l'air conditionné et rangea son instrument dans son étui. Il passa son sac à dos sur son épaule et transporta tant bien que mal ses deux valises et sa guitare.

Lorsqu'il sortit dans le matin radieux, il était empli d'un sentiment de légèreté et de liberté qu'il n'avait jamais éprouvé auparavant.

Remerciements

Je tiens à remercier du fond du cœur les personnes suivantes, sans qui ce livre n'aurait jamais vu le jour :

Mes formidables agents : Charlie Olsen, Lyndsey Blessing et Philippa Milnes-Smith. Ma talentueuse équipe éditoriale : Emily Easton et Tara Walker. Isabel Warren-Lynch et ses incroyables graphistes : Alison Impey pour sa vision artistique hors pair à l'origine de la couverture de l'édition américaine, et Trish Parcell pour la maquette intérieure de mon roman. Phoebe Yeh, Samantha Gentry et toute l'équipe de Crown Books jeunesse, ainsi que Barbara Marcus, Judith Haut, John Adamo et son service marketing. Sans oublier Dominic Cimina et son équipe marketing chez Random House Children's Books.

Mes lecteurs exceptionnels : Joel Karpowitz, Shawn Kessler, Sean Leslie, Heather Shillace, Amy Saville, Jenny Downs, Sherry Berrett, Valerie Goates, Ben Ball et le Dr Daniel Crosby.

SWAB.

Les « Bev Boys » : Jeremy Voros, Rob Hale et James Stewart.

Mon gourou : Fred Voros.

Mes chefs fantastiques : Amy Tarkington et Rachel Willis.

Lindsay Reid Fitzgerald, pour m'avoir encouragé à écrire davantage.

David Arnold et Adam Silvera, qui m'ont accueilli dans la confrérie.

Le Dr Matgorzata Büthner-Zawadzka, qui fut la première à dire de moi que j'étais un « écrivain ».

Jarrod et Stephanie Perkins, qui ont toujours été là pour moi, et sont une véritable source d'inspiration.

John Corey Whaley, pour être tout ce que j'espère être un jour. La seule qualité qui puisse rivaliser avec ton talent formidable, c'est ta générosité d'esprit.

Nathalie Lloyd, parce que tu me fais rire en permanence, et pour Midnight Gulche et les mondes magiques qu'il te reste encore à inventer.

Mes Lydia dans la vraie vie : Tracy Moore et Alli Marshall.

Reconnaissance éternelle à Denise Grollmus. Sans toi, ce livre n'existerait pas.

Ma professeure de lettres en CM1, Lynda Wheeler, grâce à qui je me suis dit que, peut-être, j'étais doué pour écrire des histoires.

Joe Bolton, pour ta poésie.

Tous les gens du Tennessee Rock Camp et du Southern Girls Rock Camp.

Tous ceux qui m'ont dit, même de façon ironique, qu'il faudrait que j'écrive un livre un jour, parce que je pars du principe que les compliments, même pour rire, sont sincères.

Toutes les personnes qui ont un jour écouté ma musique et m'ont encouragé. Ce livre n'existerait pas sans les histoires qui ont commencé sous forme de chansons. Ces chansons n'auraient pas existé sans vous.

La ville de Nashville, dans le Tennessee, pour nous avoir accueillis à bras ouverts lorsque nous sommes revenus. Merci à la Nashville Metro Transit Authority : vos bus sont de merveilleux endroits pour écrire. Une grande partie de ce livre a été écrite dans ces bus.

La bibliothèque municipale de Nashville, *Parnassus Books* et *Rhino Booksellers* à Nashville, ainsi que *Riverbank Books* à Sparta – merci d'exister.

Ma mère et mon père, qui m'ont durablement instillé leur amour des livres. Qui m'ont lu des histoires. Qui me déposaient devant la bibliothèque en me laissant une pièce de monnaie. Comme ça, après des heures passées à lire, je pouvais leur téléphoner depuis une cabine pour qu'ils viennent me chercher. Ce roman existe grâce à vous.

Sara, mon épouse, une femme belle et brillante qui est aussi ma meilleure amie. Sans tes encouragements et ton soutien, je n'aurais pas pu écrire ce roman, ni quoi que ce soit d'ailleurs. Tu es mon monde. Tu donnes vie à ma musique. Merci aussi à mon fils magnifique, Tennessee. Merci d'être un fils parfait, de me rendre si fier, tout le temps. Je n'oublierai jamais les matins que nous avons passés ensemble à travailler sur nos livres respectifs.

L'amour mérite qu'on lui érige des monuments, et je ne sais pas en bâtir autrement qu'à travers mes écrits. Je continuerai à en construire tant que j'en aurai la force spirituelle, et des mains pour le faire. Je vous aime tous les deux. Merci.

Ouvrage composé par
Facompo – Lisieux

Imprimé en France
par Normandie Roto Impression s.a.s.
61250 Lonrai
N° d'impression : 1805491
S28353/01

PKJ. www.pocketjeunesse.fr
• POCKET JEUNESSE

MIXTE
Papier issu de
sources responsables
FSC® C003309

Pocket Jeunesse, une marque d'Univers Poche,
est un éditeur qui s'engage pour
la préservation de son environnement
et qui utilise du papier fabriqué à partir
de bois provenant de forêts gérées
de manière responsable.